Janila Fuchs

Schokodiebe küsst man nicht

AF099959

Schokodiebe küsst man nicht

»Dieser Kerl hat meine Adventskalender-Schokolade eingeschmolzen. Und rausgekommen sind die genialsten Brownies, die ich je gegessen hab. Wenn das mal kein Argument ist, meine Gewohnheiten zu hinterfragen?«
Er grinste. »Muss ein cooler Typ sein.«

Adventszeit bedeutet für die achtzehnjährige Emily, sich mit geliebten Traditionen an ihre verstorbene Mutter zu erinnern. Dass ihr Vater in diesem Jahr ausgerechnet seine neue Freundin einlädt und diese auch noch ihre Söhne Fabian und Freddy mitbringt, passt überhaupt nicht in Emilys vorweihnachtliche Planung. Zumal einer der Jungs es nicht nur auf ihren Adventskalender, sondern auch auf ihr Herz abgesehen hat. Während er sie dazu bringt, ihre starre Vorstellung von Weihnachten zunehmend zu überdenken, ahnt Emily nicht, dass ihr künftiger Stiefbruder ein doppeltes Spiel treibt. Ein Spiel, das womöglich neben ihrem Weihnachtsfest auch ihr ganzes Leben auf den Kopf stellen wird.

Die Autorin

Janila Fuchs wurde 1994 geboren und entdeckte früh ihre Liebe zu fantastischen Geschichten. Bereits im Grundschulalter verfasste sie Kurzgeschichten und Gedichte. Ihren ersten Roman begann sie mit 16 Jahren.
Heute lebt sie mit Ehemann, Tochter und drei verrückten Katzen in einer nordrhein-westfälischen Kleinstadt und arbeitet als Lehrkraft für sonderpädagogische Förderung. Ihre Freizeit verbringt sie gern in ihrem Garten oder mit dem Malen von Aquarellen – am liebsten mit einem Hörbuch im Ohr.
Ob fantastisch, romantisch oder weihnachtlich – Janilas Jugendbücher zeichnen sich immer durch eine Extraportion Gefühl aus.

Janila Fuchs

Schokodiebe

küsst man

nicht

Romance

www.sternensand-verlag.ch | info@sternensand-verlag.ch

1. Auflage, November 2024
© Sternensand Verlag GmbH, Zürich 2024
Umschlaggestaltung: Juliane Schneeweiss
Lektorat / Korrektorat: Sternensand Verlag GmbH | Wolma Kefting
Satz: Sternensand Verlag GmbH
Fotos ›Fabians Brownie-Tannenbäumchen‹: Christian Dudzik
Druck und Bindung: Smilkov Print Ltd.

Alle Rechte, einschließlich dem des vollständigen oder auszugsweisen Nachdrucks in jeglicher Form, sind vorbehalten.
Dies ist eine fiktive Geschichte. Ähnlichkeiten mit lebenden oder verstorbenen Personen sind rein zufällig und nicht beabsichtigt.

ISBN-13: 978-3-03896-317-2
ISBN-10: 3-03896-317-2

Für alle, die Pläne lieben.

Keine Panik, falls dir mal Zettel und Stift ausgehen.

Manchmal ist der beste Plan nämlich der,

den das Leben für dich gemacht hat.

1. Dezember

Emily

Meine Augen wanderten über das bunte Bild eines Weihnachtsmarkts auf der Suche nach der Eins. Jedes Jahr aufs Neue brauchte man dafür eine halbe Ewigkeit, dabei war ich mir sicher, dass die Hersteller sich nicht einmal die Mühe machten, die Anordnungen der Zahlen jemals zu verändern.

»Mein Bruder nervt total.« Janas Stimme klang durch den Handylautsprecher an mein Ohr und lenkte mich von der Suche ab. »Er fährt mich nur zu Katie, wenn ich ihn zu seinem Training begleite.«

»Wieso holt er dich nicht einfach danach ab?«, fragte ich meine beste Freundin.

»Er hat keine Lust, zweimal hin- und herzufahren. Also keine Chance, außer ich will ewig auf den Bus warten. Die Verbindung zu Katie ist echt mies.« Jana stöhnte.

»Seid ihr immer noch an dem Referat für Englisch dran?«, hakte ich nach. Meines hatte ich mit einer anderen Mitschülerin schon letzte Woche hinter mich gebracht.

»Ach, die ist dauernd mit ihrem Freund beschäftigt. Außerdem warst du doch diejenige, die nicht mit mir zusammenarbeiten wollte.« Am anderen Ende der Leitung erklang ein empörtes Schnauben.

Als ich endlich das richtige Türchen fand und mit dem Zeigefinger meiner freien Hand die kleine Mulde eindrückte, um dann die Pappe mit dem bekannten Geräusch zu öffnen, freute ich mich wie ein kleines Mädchen.

»Tja, warum suchst du dir auch ein Referat im Dezember aus? Du weißt doch genau, dass ich da keine Zeit habe«, entgegnete ich.

»Das Training wird bestimmt nur halb so schlimm. Immerhin gibt's da einige heiße Kerle.«

»Danke, aber nein danke. Diese Rüpel vom Eishockey sind nicht mein Fall.« *Wie ich Jana kenne, riskierte sie mindestens einen Blick.* »Ich muss jetzt Schluss machen. Wir treffen uns morgen Nachmittag bei dir zum Dekorieren.«

Dass wir uns morgen wegen der Lehrerkonferenz nicht in der Schule sahen, hatte ich beinahe vergessen.

»Okay, bis dann.« Mit diesen Worten legte ich auf und warf mein Handy aufs Bett. Dann griff ich nach der Schokoladenfigur im geöffneten Türchen.

Obwohl ich nicht mehr das kleine schokoverrückte Mädchen mit den rotbraunen Löckchen war, versetzte mich die Neugier auf die Figur wie jedes Mal in die Zeit zurück, als Mama noch die Adventskalender besorgt hatte. Jeden Morgen verglichen wir unsere Süßigkeiten miteinander, weil sie mir immer die mit der weißen Füllung überließ. Dazu holte sie für sich extra den Kalender mit einem anderen Motiv, denn die kleine Confiserie im Einkaufszentrum hatte jedes Jahr zwei zur Auswahl.

Heute aß ich auch die übrigen Sorten, denn Paps hielt nichts davon, Schokolade vor dem Frühstück zu naschen, und besaß daher keinen eigenen Kalender. Dabei war es doch genau das, was die Adventszeit so wunderbar machte.

Das kleine Schaukelpferd schmolz auf meiner Zunge, während ich auf die Checkliste schielte, die ich gestern Abend ein letztes Mal auf Vollständigkeit geprüft hatte. *Wichtel auslosen mit Oma,* stand an oberster Stelle, dicht gefolgt von *Wohnung dekorieren*. Zwar gab es diese Liste auch in meinem Kopf, aber ich liebte es, nach und nach weitere Häkchen an die Stichpunkte zu setzen.

»Alexa, spiel *Jingle Bells*!«, rief ich dem Lautsprecher entgegen und die ersten Töne des Liedes zauberten mir ein Lächeln auf die Lippen.

Ja, ich gab es zu. Ich war eine von denen, die bei *Last Christmas* nicht schreiend davonliefen, sondern heimlich mitsummten. Wer würde je laut aussprechen, diesen Song zu lieben?

Nur meine Mutter war mutig genug gewesen, das Lied mitzusingen, egal, an welchem Ort sie es hörte.

Bei dem Gedanken an die alten Omis hinter ihren Einkaufswagen, die der Frau mit der roten Lockenmähne und dem superkitschigen Weihnachtspulli irritierte Blicke zugeworfen hatten, musste ich lachen. Bis ich plötzlich einen Stich in der Brust spürte, weil dieses Bild auf ewig eine Erinnerung bleiben würde.

Ich schüttelte den Gedanken ab und konzentrierte mich wieder auf das, was nun zählte. Weihnachten war die Zeit, in der ich mich an die fröhlichen Momente erinnern und Mamas Traditionen so weiterführen wollte, wie sie es uns damals vorgelebt hatte.

Mit den Fingern fuhr ich mir durch das gewellte Haar, teilte es in drei Stränge und flocht es eng an den Kopf zu einem Zopf. Eine einzelne widerspenstige rot-braune Locke bändigte ich mit einer Haarklammer, indem ich sie hinters Ohr steckte.

Über die Musik und meinen eigenen Gesang hinweg nahm ich kaum Paps' Stimme wahr, die immer lauter meinen Namen rief.

»Emily«, drang es dumpf an mein Ohr und ich brüllte Alexa an, die Lautstärke runterzufahren.

Ich öffnete die Zimmertür einen Spaltbreit. »Was ist denn?«

»Wenn wir das Adventsfrühstück zusammen essen wollen, musst du dich beeilen. Ich bin gleich weg«, rief Paps von unten.

Mit hochgezogener Augenbraue warf ich einen Blick auf mein Handy. Neun Uhr.

Was hatte er an einem Sonntagmorgen vor? Und dann auch noch am ersten Advent? Dabei wusste er doch, wie wichtig der mir war.

»Bin gleich da!«, rief ich und griff nach den erstbesten Klamotten aus meinem Schrank.

Wenn Paps es so eilig hatte, nutzte ich einfach die Zeit nach dem Frühstück, um mich für den Besuch von Oma fertig zu machen. Trotzdem trübte es meine morgendliche Laune, die nur im Dezember absolute Hochformen erreichte. An jedem anderen Tag verhielt ich mich vor dem Frühstück eher wie eine Katze, der man ihre Beute wegnahm. Eben wie ein echter Morgenmuffel. Nun aber beendete ich das Anziehen in Rekordtempo, um mich auf den Weg ins Erdgeschoss unserer kleinen Doppelhaushälfte zu machen. Wohl etwas zu schnell, da ich in meinen Flauschsocken beinahe auf den glatten Holzstufen ausgerutscht wäre.

Der Anblick von Paps in seinem besten Hemd, das er mit seiner einzigen Fliege kombiniert hatte, ließ mich auf dem unteren Treppenabsatz innehalten. »Lass mich raten. Dieser Aufzug ist nicht fürs Wichtelauslosen gedacht.«

Er bemerkte mich und machte große Augen. Sie strahlten in dem gleichen Graugrün wie meine eigenen.

»Ist das etwa heute?« Bei diesen Worten wirkte er, als wäre ihm gerade aufgefallen, eine wichtige Präsentation für ein Meeting verschwitzt zu haben.

»Falls heute der erste Advent ist, schätze ich schon.«

Gab es diesen Termin nicht seit mindestens achtzehn Jahren? Ich könnte wetten, dass meine Mutter dieses Ritual mit Paps zelebriert hatte, lange bevor ich auf die Welt gekommen war.

Er fuhr sich über den Kopf, als hätte er dort Haare, die einer Ordnung bedurften. »Wir müssen das auf morgen verschieben.«

Mein Mund klappte auf und wieder zu. Das war nicht sein Ernst! Ihm war doch klar, was mir das Adventswichteln bedeutete. Außerdem kam Oma gleich zu Besuch und wir würden die ersten Zimtsterne in diesem Jahr essen. Dazu würde die größte der vier Kerzen an ihrem selbst gemachten Adventskranz brennen und im Hintergrund spielte leise Weihnachtsmusik.

Während all das wie ein Film in meinem Kopf ablief, brachte ich keinen einzigen Ton heraus. Und das hieß nichts Gutes. Normalerweise fiel mir zu allem und jedem ein Kommentar ein.

Ich löste mich aus der starren Position am Treppenabsatz und ging zum gedeckten Küchentresen hinüber, der den Wohn- vom Essbereich trennte.

Selbst Paps schien die angespannte Stimmung zu bemerken, dabei ordnete ich ihn auf einer Feinfühligkeitsskala eher zwischen einem Hammer und einer Axt ein.

Er holte den Barhocker, auf dem ich immer saß, unter dem Küchentresen hervor und legte einen Apfel-Zimt-Pfannkuchen auf meinen Teller. Es sollte eine Einladung sein, der ich erst folgen würde, wenn ich wusste, warum unsere Wichtelauslosung ausfallen musste.

»Was gibt's denn heute so Wichtiges zu erledigen?« Ich bemühte mich, den sarkastischen Unterton in der Stimme zu unterdrücken, als ich sein zerknirschtes Gesicht bemerkte.

Vielleicht gab es ja wirklich einen guten Grund. Aber ich konnte für nichts garantieren, falls es ihn nicht gab.

Mein knurrender Magen, der nach Pfannkuchen verlangte, stimmte mich nicht unbedingt gnädiger.

»Ich bin mit Susie verabredet zu …« Die zweite Satzhälfte ließ er in der Luft hängen und das war auch gut so.

»Was ihr vorhabt, interessiert mich ehrlich gesagt wenig. Ich fasse es nicht, dass du für diese Ziege unseren Adventssonntag sausen lässt. Wie lange kennst du sie? Seit sechs Monaten?«

Gut, vielleicht waren meine Worte etwas zu hart gewesen. Aber wenn ich meinem Vater etwas näherbringen wollte, brachten freundliche Andeutungen leider gar nichts. Das hatte ich in den letzten Jahren, in denen wir beide allein gelebt hatten, auf die harte Tour lernen müssen.

»Werde nicht frech, Emily. Wenn Weihnachten näherrückt, verhältst du dich jedes Mal wie ein pubertierender Teenie.« Er setzte seinen strengen Gesichtsausdruck auf, trotzdem gelang es mir nicht, ihn ernst zu nehmen.

Dennoch nahmen seine Worte mir die Luft zum Atmen.

Vielleicht hatte er recht. Schließlich verband ich mit der Adventszeit nicht nur die schönen Erinnerungen an meine Mutter, sondern auch die schrecklichen an ihren Tod vor fünf Jahren. Damals war ich dreizehn gewesen, in einer Phase meines Lebens, in der ich Mama so sehr gebraucht hatte. Der aufsteigende Kloß im Hals war ein vertrautes Gefühl, das ich in diesem Moment jedoch mit aller Kraft niederrang. Dabei half es, die Lippen aufeinanderzupressen und die Fäuste zu ballen. Weihnachten war nicht die Zeit der Trauer, sondern der Hoffnung. Mama hätte es so gewollt. Also löste ich die Anspannung in meinem Körper ganz bewusst und schaffte es sogar, gegen den nachhallenden Stich in meinem Herzen anzulächeln.

Paps musste es als stumme Entschuldigung werten, denn er fuhr mit sanfterer Stimme fort: »Wir holen die Feier morgen nach. Ich wollte Susie und ihre Söhne sowieso beim Losen dabeihaben.«

»Wieso denn das?« Ich ahnte nichts Gutes. Seine anfängliche Strategie, mir die Dinge schonend beizubringen, hatte er wohl soeben aufgegeben.

»Weil es schade wäre, wenn sie Heiligabend nicht mitwichteln können.« Die Entschlossenheit in seinen Worten war kaum zu überhören.

»Wie bitte?«

»Ich habe Susie und ihre Söhne für den Vierundzwanzigsten eingeladen. Mittlerweile gehört sie doch fast zur Familie und wir dachten …«

Spätestens beim Wort *Familie* wurde es mir zu viel. »Ihr dachtet, dass ihr einfach über meinen Kopf hinweg entscheidet, wen ich zu unserer Familie zähle?«

»Nicht wir entscheiden das, sondern ich«, sagte mein Vater und baute sich mit in die Hüften gestemmten Händen vor mir auf. »Langsam reicht es mir, wie du über meine Freundin sprichst. Susie hat nichts getan, was du ihr vorwerfen könntest.«

»Das muss sie auch nicht. Ich will sie ganz einfach an Weihnachten nicht dabeihaben.« Ich reckte das Kinn vor und verschränkte wütend die Arme vor der Brust.

Ihm diese fixe Idee auszureden, war ein unmögliches Unterfangen. Dafür kannte ich meine eigene Sturheit zu gut und wusste genau, von wem ich sie geerbt hatte. Das bedeutete für mich jedoch nicht, die brave Tochter zu spielen, die sich alles gefallen ließ.

Sich eine neue Frau anzulachen und mit ihr auszugehen, war eine Sache. Diese neue Freundin und dann auch noch ihre beiden Söhne zu unserem heiligen Weihnachtsfest einzuladen, eine andere.

»Dieses Mal geht es nicht um das, was du willst, Emily. Jetzt geht es darum, was ich will. Ich habe sie eingeladen und damit basta!«

Ohne ihn weiter zu beachten, drehte ich Paps den Rücken zu, rollte einen Pfannkuchen ein und stolzierte mit der Beute wieder in mein Zimmer.

Diese Diskussion hatte ich wohl verloren, aber mein Vater sollte nicht denken, dass ich mich deswegen geschlagen gab.

Durch die rosarote Brille auf seiner Nase war er eindeutig nicht mehr dazu in der Lage, vernünftige Entscheidungen zu treffen, und Oma würde mir da ganz sicher zustimmen.

»Gönn deinem Vater sein Glück, Emmi«, sagte meine Oma, die gerade ihren Schal abgelegt hatte und zu mir ins Wohnzimmer gekommen war.

»Pah, und was ist mit mir und meinem Plan von Weihnachten?«, fragte ich.

Ich stand auf einem Stuhl vor dem großen Vitrinenschrank und angelte nach der Kiste mit der Dekoration. Als es unter mir gefährlich wankte, klammerte ich mich an die Eichenholzkante und verzog das Gesicht. Hier oben musste dringend mal wer staubwischen.

»Ich bin sicher, dass Markus und du Kompromisse finden werdet«, erklärte sie.

Was sollte es da für einen Kompromiss geben?

Statt ihr zu antworten, kämpfte ich mich weiter nach vorn. Keine Ahnung, wer auf die Idee gekommen war, den Karton bis in die hinterste Ecke zu schieben.

Einen Arm todesmutig durch die dicke Schicht an Wollmäusen gestreckt, erreichte ich endlich das blöde Ding und zog es vom Schrank. Als der Staub in alle Richtungen auseinanderstob, konnte ich ein Niesen nicht unterdrücken.

Mit lautem Klirren rutschte mir der Pappkarton dabei aus der Hand und Oma fing ihn im letzten Moment auf.

Ihre Reflexe waren erstaunlich, wenn man bedachte, dass sie vor ein paar Wochen zusammen mit meinem achtzehnten ihren siebzigsten Geburtstag gefeiert hatte.

Zumindest hatte ich mich bemüht, nach der durchtanzten Nacht mit Jana noch tapfer ein Stück Kuchen mitzuessen.

»Danke.« Ich nahm den Karton entgegen, der damals als Verpackung für unser Raclette gedient hatte, und bewunderte Omas grau gesträhntes Haar, das zu einem perfekten Bob frisiert war. »Warst du etwa schon wieder beim Friseur?«

Ein Lächeln legte sich auf ihre kirschrot geschminkten Lippen. »Wer sagt denn, dass ältere Frauen nicht mehr modisch sein dürfen?«

»Das bist du wirklich, Omi.« Zum ersten Mal, seit ich von der Planänderung meines Vaters erfahren hatte, musste ich grinsen.

Modisch war der perfekte Ausdruck für sie. Das tannengrüne Kleid mit dem dunkelroten Muster harmonierte wunderbar mit ihrem Lippenstift, und der dezente Goldschmuck rundete das Outfit ab.

»Danke. Aber jetzt setz dich doch erst mal, solange der Tee noch warm ist.« Ich holte zwei Tassen aus der Küche und stellte sie zu der Kanne auf dem kleinen Wohnzimmertisch.

Den Bratapfeltee hatte ich erst aufgebrüht, als ich mir sicher gewesen war, dass Paps das Haus verlassen hatte. Nach meinem Abgang hatten wir nicht mehr miteinander gesprochen, aber das war eben unsere Art zu streiten. Wenn wir uns wiedersahen, taten wir beide so, als hätte es die Diskussion überhaupt nicht gegeben. Manchmal fehlte mir ein wirklich versöhnlicher Abschluss.

Mittlerweile war der Tee ein wenig abgekühlt.

»Kandis oder Honig?«, fragte ich und goss beide Tassen bis zur Hälfte ein.

»Kandis bitte, Liebes.«

Ich warf ein paar Stücke in meinen Tee und reichte ihr das Schälchen. Nach einem großen Schluck wischte ich den Staub vom Pappkarton und zog ihn mir auf den Schoß.

Zwar waren es jedes Jahr die gleichen Lichterketten, Porzellanfiguren und Teelichter, trotzdem überraschte mich die ein oder andere Sache immer wieder.

»Alles heil geblieben?«

Ich zog einen Engel heraus, von dem eine Flügelspitze abgebrochen war, und reichte ihn Oma.

»Kein Problem, das kleben wir«, meinte meine Oma. »Den hat Nadine damals im Urlaub in Winterberg gekauft.«

Sofort schossen Bilder von wilden Schlittenfahrten mit Mama im Schnee und Shoppingtouren durch die kleinen Lädchen in meinen Kopf und schnürten mir die Kehle enger.

»Hast du morgen Zeit, die Wichtellosung nachzuholen?«, fragte ich, um das Thema zu wechseln.

»Na, was soll ich alte Frau sonst zu tun haben? Natürlich bin ich morgen dabei.«

Eine ganze Menge. Neben ihren Yogakursen besuchte sie noch eine Frauengruppe, die sich zum Kartenspielen traf, und vor Kurzem hatte sie sich bei Zumba Gold angemeldet. Der Kurs war zwar extra für ältere Frauen, aber welche Oma machte schon Zumba?

Ich seufzte. »Na, das wird sicher lustig mit Susie und ihren beiden Söhnen.«

»Sind die Jungs nicht ungefähr in deinem Alter, Emmi? Vielleicht ist ja einer der beiden was für dich.« Sie zwinkerte mir zu.

»Nein, bitte nicht. Auf einen Kerl kann ich gerade verzichten. Erst recht auf einen, der mir mein Weihnachten zerstört.«

»Wart's doch erst mal ab. Bestimmt sind sie supernett und Weihnachten wird besser, als du erwartest.« Meine Oma stellte ihre Tasse auf den Tisch und stand auf, um in den Flur zu gehen.

Na klar. Wieso sollte es das Fest auch nicht aufwerten, wenn drei wildfremde Personen auf einmal mit unterm Baum saßen? Zwei pubertierende Jungs, für die Volljährigkeit gleichbedeutend mit Erwachsensein war, konnten das besinnliche Weihnachtsessen schließlich nur bereichern.

»Wie gefällt er dir?« Oma kam aus dem Flur zurück ins Wohnzimmer und hielt mir stolz ihren Adventskranz entgegen, den sie gerade aus der Tüte gezogen hatte.

Allein der Geruch nach frischem Tannengrün war es, der meine Laune hob. Zwischen den Nadeln steckten getrocknete Orangenscheiben, Zimtstangen und glitzernde Sterne, die perfekt zur Einrichtung unserer Wohnung passten. Die vier dicken Kerzen hatten verschiedene Größen und waren von einem schimmernden Beige. Vorn hockte ein Rentier im Kranz und blickte mich aus seinen großen Augen freundlich an.

»Er ist perfekt! Der Schönste, den du je gemacht hast. Danke, Omi!«

Während sie ihr Kunstwerk noch immer in den Händen hielt, drückte ich sie von der Seite und war erstaunt, wie schmal sich ihr Körper in der Umarmung anfühlte. Bei unserer Begrüßung hatte ich das durch ihren dicken Mantel gar nicht bemerkt. Es machte mir bewusst, wie alt sie mittlerweile geworden war, obwohl es nach außen hin nicht so wirkte.

»Nun übertreib nicht, Emmi.« Ihre faltigen Wangen färbten sich rosa.

»Ich meine es ernst. Paps ist selbst schuld, wenn er heute Besseres zu tun hat. Wir werden jetzt Advent feiern!« Mit diesen Worten nahm ich ihr den Kranz aus den Händen, stellte ihn auf die Tischdecke und forderte Alexa auf, eine Playlist mit den instrumentalen Weihnachtsliedern zu spielen.

Meine Oma holte die Blechdose mit den Zimtsternen aus ihrer großen Handtasche und ich zündete die längste der vier Kerzen an.

Kurz saßen wir schweigend nebeneinander und starrten die Flamme an, deren Hitze das Wachs zum Schmelzen brachte.

Früher hatte ich es geliebt, einen Finger in die Flüssigkeit zu tauchen, sobald die Kerze aus war, um zu beobachten, wie das Wachs auf meiner Haut wieder fest wurde.

»Welche Geschichte ist es diesmal?«, brach ich die Stille.

Meine Oma lächelte. »Es war einmal ein kleines Rentier«, begann sie ihre Geschichte zum Kranz und ich lehnte meinen Kopf an ihre Schulter.

Das kleine Mädchen war ich zwar nicht mehr, aber die Rituale aus meiner Kindheit liebte ich dennoch. Wahrscheinlich ging das vielen so, doch für mich waren sie doppelt besonders. Denn sie erinnerten mich an meine Mama, für die Weihnachten immer die beste Zeit des Jahres gewesen war.

»Kannst du mir mal den Tesafilm geben?« Ich stand erneut auf einem Stuhl und versuchte verzweifelt, die Lichterkette um das Küchenfenster in Form zu bringen.

Aus dem letzten Mal hatte ich wohl nichts gelernt, denn ich begann erneut, gefährlich hin und her zu wackeln.

Meine Oma kam mit der Kleberolle und hielt den Stuhl unter mir fest.

Endlich schaffte ich es, das Kabel zu fixieren. Vorsichtig stieg ich zurück auf festen Boden und versteckte das Batteriekästchen hinter dem Messerblock auf der Arbeitsplatte.

Die Ernüchterung folgte, als ich den Kippschalter betätigte. Nur kurz flackerten die Lichter auf und erloschen im nächsten Moment.

»So ein Mist, Batterie leer.« Ich stöhnte.

»Ich kann morgen welche mitbringen«, schlug Oma vor. »Bei mir liegen noch einige zu Hause rum und ich dekoriere ja nicht mehr so viel wie früher.«

»Perfekt.« Ich schenkte ihr ein dankbares Lächeln und schlenderte rüber zur Dekokiste, deren Inhalt sich langsam lichtete.

»Wohin mit den Schneeflocken?«

»Die kommen an die Fenster«, antwortete ich und nahm mir einen Moment, um zu begutachten, was wir bisher geschafft hatten.

An allen Fenstern hatte ich Lichterketten angebracht und die kleinen Engelsfiguren, bis auf den mit dem gebrochenen Flügel, fanden ihren Platz in den leeren Schrankfächern. Auf dem Esstisch breitete ich den Läufer mit den Tannenbäumen aus und stellte ein paar Windlichter darauf, die ich als Kind gebastelt hatte.

Dennoch sahen sie nicht nach unbeholfenem Gekritzel aus, sondern waren einfach fröhlich und bunt. Am Treppengeländer zum ersten Stock hatte ich ein paar Tannenzweige mit roten Schleifen befestigt und Kissen mit Weihnachtsmannmotiven zierten nun unsere hellblaue Wildledercouch.

»Danke für deine Hilfe. Eigentlich wollte Jana morgen zum Dekorieren kommen, aber die Pläne haben sich ja nun geändert.« Den leicht genervten Unterton in meiner Stimme konnte ich nur schwer unterdrücken.

»Bist du immer noch sauer auf deinen Vater?«

»Natürlich.« So zu tun, als wäre ich es nicht, würde es nicht besser machen.

»Ich glaube, deine Mutter würde sich für ihn freuen.«

Mein Hals wurde wieder eng und ich schluckte schwer.

Wahrscheinlich wollte ich nicht wahrhaben, wie viel Wahrheit in ihren Worten steckte. Denn es fühlte sich für mich einfach nicht richtig an, Paps mit einer anderen Frau an seiner Seite zu sehen.

Als ich nichts erwiderte, schloss meine Oma mich in ihre Arme und streichelte mir über den Kopf. Dass ich sie dabei ein ganzes Stück überragte, nahm der Geste nichts von dem Gefühl der Geborgenheit.

»Versprich mir, ihnen eine Chance zu geben«, sagte sie schließlich.

»Ich verspreche es.«

2. Dezember

Emily

»Wie heißen meine zauberhaften neuen Stiefbrüder noch mal?« Ich saß mit Stift und Zettel am Küchentresen und bereitete die Wichtelbox vor, während Paps darum bemüht war, die Milch nicht anbrennen zu lassen.

»Frederik und Fabian«, antwortete er, ohne auf den sarkastischen Unterton in meiner Stimme einzugehen.

Entweder hatte er ihn nicht bemerkt oder aber er verlor gerade den Kampf gegen die Milch. Ich vermutete Letzteres, denn das Wort *zauberhaft* hätte Hinweis genug sein müssen. Auch wenn mein Vater nicht besonders sensibel war, taub war er nicht.

Auf einen Zettel schrieb ich *Frederik*, auf den anderen *Fabian*.

Welche Mutter nutzte bei Geschwistern den gleichen Anfangsbuchstaben? Echt einfallsreich.

In der mit Geschenkpapier beklebten Pappbox lagen nun also sechs gefaltete Zettel. Doppelt so viele wie in den letzten Jahren.

Wenigstens wäre es dieses Mal eine echte Überraschung, von wem man das Wichtelgeschenk bekam. Ich fragte mich nur, wie ich in so kurzer Zeit herausfinden sollte, was den Jungs oder Paps' neuer Freundin gefiel. Denn für dieses Geschenk gaben wir uns jedes Jahr besonders viel Mühe. Gutscheine waren absolut tabu.

»Kann ich dir helfen?« Ich trat hinter meinen Vater, der wild mit den Armen über dem Topf herumfuchtelte, um zu verhindern, dass die Milch überkochte. Es sollte ein Friedensangebot nach unserem Streit von gestern sein.

»Ja bitte.« Er ging einen Schritt zur Seite und strich sich tatsächlich den Schweiß von der Stirn.

Meine Güte, es war doch nur heiße Milch.

Ich schob den Topf von der Platte, blies ein wenig Luft hinein, um den Schaum zu vertreiben, und rührte kräftig. Angebrannt war sie nicht.

»Du brauchst viel weniger Hitze«, sagte ich.

»Hatte ich. Erst hat sich überhaupt nichts getan und dann kocht das Zeug plötzlich hoch wie ein Vulkan.«

Das Lachen konnte ich mir gerade noch verkneifen.

Obwohl Paps sich bemühte, den Haushalt zu schmeißen, hatte er beim Kochen nicht wirklich viel dazu gelernt. Gut, dass Oma uns oft etwas vorbeibrachte und mir ab und zu ein paar Tricks aus ihren Rezepten zeigte.

»Warum bist du eigentlich so nervös?« Ich bemerkte sofort, wie ertappt er sich fühlte.

Eine Antwort blieb er mir schuldig, denn im selben Moment klingelte es. Ich deutete auf den Honig und drückte meinem Vater die Zimtstangen in die Hand. »Ich geh schon.«

Zwar hatte ich seine Freundin bereits ein paar Mal gesehen, aber zu einem richtigen Besuch bei uns war es nicht gekommen.

Entweder weil sie zu beschäftigt war oder Paps der Konfrontation mit mir aus dem Weg gehen wollte. Auch ihre Söhne hatten sich bisher nicht bei uns vorgestellt.

Vielleicht könnten wir ja Leidensgenossen werden, weil sie genauso wenig von der Beziehung unserer Eltern hielten wie ich?

Ich riss die Tür auf und starrte in ein braunes Paar Augen, das mich intensiv musterte.

»Hallo, Emily.« Die Stimme der Frau im grauen Kostüm zog meine Aufmerksamkeit von dem Kerl weg.

Musste sie unbedingt in diesem Businesslook bei uns aufkreuzen? Gemütlich war das nicht gerade. Neben ihr fühlte ich mich in dem weihnachtlichen Strickpulli und der Jeans beinahe schäbig.

»Ähm ... hallo, Susie und äh ...«

»Fabian«, ergänzte der dunkelhaarige Typ mit dem Hundeblick und streckte mir seine Hand entgegen. Dabei strahlte er so fröhlich, dass ich mir plötzlich sicher war, das mit dem Verbündeten vergessen zu können.

Trotz allem ergriff ich die Hand, die ungewöhnlich warm für die Temperaturen war. Außerdem war sie weich. Eindeutig nicht die Finger eines passionierten Handwerkers.

»Wo ist denn dein Bruder?«

Seine Mundwinkel zuckten nach unten und er entzog sich meinem Griff. Das Strahlen war verblasst.

»Frederik ist beim Training, er schafft es heute leider nicht«, antwortete seine Mutter an Fabians Stelle.

Das fing ja gut an. Dann würde er wohl den Zettel für seinen Bruder ziehen müssen. Noch einmal verschob ich diese Aktion mit Sicherheit nicht.

»Kommt gerne rein.« Die Worte kamen mir nur zäh über die Lippen, doch die Hauptsache war, ich entkam dieser merkwürdigen Stimmung.

Susie lief auf ihren Pumps in die Küche und fiel gleich meinem Vater um den Hals. Ich wandte meinen Blick ab, um nicht mitten in den Flur zu kotzen.

Musste das sein?

Fabian war neben mir stehen geblieben, als warte er auf eine Extraeinladung. »Soll ich die Schuhe ausziehen?«

Wollte er etwa einen guten Eindruck machen? Bei mir konnte er das jedenfalls vergessen. Auf so etwas fiel ich nicht rein.

»Falls du nicht gerade in einen Hundehaufen getreten bist, lass sie einfach an. Ihr bleibt doch sicher nicht lange, oder?«

Ich wusste nicht, wieso mich seine Höflichkeit so ärgerte. Dennoch wollte ich klarstellen, was ich von der ganzen Aktion hielt. Außerdem wäre es besser, wenn er meine direkte Art gleich beim ersten Treffen kennenlernte.

»Das mit dem Hundehaufen kann ich nicht garantieren, aber die angebrannte Milch wird den Geruch sicher überdecken«, erwiderte er mit einem triumphierenden Grinsen, das mich richtig wütend machte.

Erst einen Moment später begriff ich, was er da gesagt hatte.

»Paps!« Ich rannte in die Küche, rutschte auf meinen flauschigen Socken beinahe aus und prallte gegen Susies Hinterteil, die noch immer ihre Arme um den Hals meines Vaters geschlungen hatte.

»Sorry«, murmelte ich und zog den Topf, aus dem Qualm aufstieg, wieder von der viel zu heißen Herdplatte.

Durch das Rumknutschen musste mein Vater das Ding wohl vergessen haben.

Susie rieb sich über den Rock, während Paps sich bei ihr entschuldigte und mehrmals zerknirscht zu mir hinübersah.

In dem Versuch, einen Teil der Milch zu retten, goss ich sie in eine Schüssel und begann, die angebrannte, braune Masse herauszukratzen. Genervt gab ich auf, stellte den Topf auf eine kalte Herdplatte und hob den Kopf.

Fabian lehnte im Türrahmen und rührte nicht den kleinsten Finger, um zu helfen.

Die Schuhe hatte er tatsächlich ausgezogen und sich meine pinken Plüschsocken mit dem Zuckerstangenmotiv geliehen. Plötzlich schämte ich mich für die Dinger, die an ihm total albern wirkten. Auch den Wintermantel hatte er abgelegt, sodass ich nun einen Blick auf den dünnen Stoff seines olivgrünen Langarmshirts erhaschte, das sich über einen trainierten Bauch spannte.

Idiot! Machte Witze über verbrannte Milch und sah sich dann die Katastrophe an wie ein Unbeteiligter.

Susie hatte sich wohl von unserem *furchtbaren* Zusammenstoß erholt und nahm sich endlich des Topfes an, den ich in Gedanken bereits in die Tonne geworfen hatte.

»Ach, dann gibt es halt keine warme Milch, sondern einen leckeren Tee«, sagte sie betont heiter. »Emily, ich habe etwas gebacken. Schau mal in meiner Tasche nach.«

Auch wenn Paps' Reaktion gerade noch in meinen Augen übertrieben gewesen war, gehörte warme Milch für mich zum Wichteln genauso dazu wie die Zimtsterne meiner Oma. Nun ja, da wir die gestern zu zweit bereits aufgefuttert hatten, mussten wir ohnehin umplanen. Gut, dass ich mir mit meiner besten Freundin Jana ein Workout für Januar zurechtgelegt hatte. Wir brauchten die vielen Plätzchen bloß anzusehen, da wanderte schon das nächste Gramm auf die Hüften. Dass Susie und Fabian offensichtlich keine Probleme mit dem Schlemmen an Weihnachten haben würden, machte sie nicht unbedingt sympathischer.

Fabian bewegte sich endlich von seiner lässigen Pose am Türrahmen weg und reichte mir den Stoffbeutel, von dem seine Mutter gesprochen hatte.

»Doch ein Hundehaufen?«, fragte ich.

»Nee, deine Socken haben mir so gut gefallen.«

Ich spürte, wie meine Wangen heiß wurden, und riss ihm den Beutel aus der Hand. Darin fand ich eine große Tupperdose, die einen durchaus leckeren Geruch verströmte.

»Meine Mutter hat seit Jahren nicht mehr selbst gebacken. Normalerweise holt sie einen Stollen oder Kekse vom Bäcker«, erklärte er.

Christstollen hatten zwar diese leckere Marzipanschicht, aber ich wollte nicht begreifen, wieso da Rosinen drin sein mussten.

»Was für eine Ehre.«

Ich öffnete die Dose. Darin fand ich Mürbeplätzchen, die mit einer Glasur überzogen waren, in der lauter Erdnusssplitter steckten.

»Paps?« Ich deutete auf die Kekse. »Hast du Susie nichts von meiner Allergie erzählt?«

»Oh nein.« Die Frau ließ den Topf noch mal voll Wasser laufen und kam zu mir. »Es tut mir schrecklich leid. Deine Erdnussallergie habe ich völlig vergessen.«

»Was soll's.« Ich verdrehte die Augen.

Natürlich hatte sie nicht daran gedacht. Wahrscheinlich hatte sie nur meinen Vater im Kopf gehabt, genau wie er, als er mit der Milch beinahe die Küche abgefackelt hatte. Spätestens dann, wenn ich nicht eingegriffen hätte.

Ein Blick in die Schüssel genügte, um zu wissen, dass die Milch nicht mehr zu retten war. Also setzte ich wie am Tag zuvor eine Kanne mit Bratapfeltee auf, stellte Kandis und Honig neben den Adventskranz und öffnete erleichtert die Tür, als meine Oma klingelte.

Endlich eine vernünftige Person, die weder vor Liebe blind war noch sich vor Selbstverliebtheit wie ein Arsch benahm.

»Gut, dass du kommst«, begrüßte ich sie und nahm ihr den dunkelroten Ledermantel ab. »Paps ist die Milch verbrannt, Susie hat Erdnusskekse gebacken, und ich hab ihr beinahe die Hüfte gebrochen.« Sie setzte zu einer Erwiderung an, aber ich fügte schnell hinzu: »Ich hab ihnen ehrlich eine Chance gegeben!«

Meine Oma lachte laut und kam herein. Mit dem Ärmel ihrer Bluse wischte sie über die beschlagenen Brillengläser und begutachtete die anwesenden Personen sowie die aktuelle Lage.

»Hallo, Markus. Hallo, Susanne. Und wer bist du, junger Mann?«

Ihrem Blick sah ich an, dass Fabian ihr gefiel. Eben so, wie ältere Damen junge Männer abschätzten und entschieden, ob sie für ihre Enkelinnen gut genug waren.

»Ich bin Fabian, Frau Werter.« Artig schüttelte er ihre Hand.

Auf diese Höflichkeitsmasche wäre ich beinahe selbst hereingefallen.

Oma schenkte ihm ein Lächeln und kam noch einmal zu mir, um mir etwas ins Ohr zu flüstern. »Ich sagte ja, einer der Jungs wäre vielleicht etwas für dich.«

Oh nein! Nun hatte die einzige vernünftige Person in diesem Raum doch tatsächlich die Seiten gewechselt.

Ich knabberte an den Spekulatiuskeksen herum, während die anderen sich die frisch gebackenen Erdnussplätzchen schmecken ließen. Allein der Geruch nach Karamellglasur ließ mir das Wasser im Mund zusammenlaufen und besserte meine Laune nicht. Diese Dinger sahen ziemlich lecker aus, aber einen fiesen Ausschlag und eine angeschwollene Zunge wollte ich deswegen nicht riskieren.

Oma, Paps und Susie waren in ein Gespräch über die Versicherung vertieft, in der mein Vater bei einer Schulung seine Freundin kennengelernt hatte und zu der sie im Sommer ebenfalls versetzt worden war.

Fabians Blick wanderte die ganze Zeit durch den Raum. Auch ihn schien das Thema nicht zu interessieren. Gerade starrte er auf die beklebten Windlichter, die mir plötzlich peinlich waren.

»Ist dein Bruder wirklich beim Training oder wollte er sich nur hiervor drücken?«, sprach ich ihn an.

Er schien einen kurzen Moment zu brauchen, bevor er meine Frage registrierte. »Wahrscheinlich eine Mischung aus beidem. Ich glaube nicht, dass du ihn bald kennenlernen wirst.« Dabei wirkte er, als beschäftigte ihn etwas, denn seine Stirn legte sich unter ein paar dunkelbraunen Haarfransen in Falten.

Seine Frisur lud geradezu zum Durchwuscheln ein, weil sie einerseits wild und auf der anderen Seite viel zu ordentlich war, als hätte er jede Strähne genau an dieser Stelle haben wollen.

»Dann sind er und ich schon mal zwei. Eigentlich hätte ich an Weihnachten auch lieber meine Ruhe.«

»Du meinst, damit keine Milch anbrennt und du deine schicken Plüschsocken selbst tragen kannst?«

»Haha«, gab ich zurück. Dieser selbstgefällige Humor ging mir total auf die Nerven. »Wenn du kalte Füße magst, zieh sie doch wieder aus.«

»Mir gefallen sie.« Er zwinkerte mir zu.

Er hatte sich ein Stück nach vorn gelehnt und ich betrachtete seine Lippen, die weiterhin lächelten.

Was bildete der Typ sich ein? Wir sahen uns zum ersten Mal und ständig brachte er mich in Verlegenheit. Dabei passierte mir das normalerweise nicht.

»Lasst uns mit dem Losen starten!« Es war wohl besser, weitere Peinlichkeiten zu vermeiden, indem ich das Gespräch mit Fabian beendete. »Sicher wollen einige der hier Anwesenden noch ein wenig Zweisamkeit genießen«, sagte ich laut.

Wenn Paps und Susie sich weiterhin so anhimmelten, würde ich das Weihnachtsfest nicht überstehen.

Ich holte die Box mit den gefalteten Zetteln und reichte sie zuerst meiner Oma.

Mit ihren ordentlich manikürten Fingernägeln zog sie ein Papier heraus und las den Namen hinter vorgehaltener Hand.

Sie nickte und sah in keine bestimmte Richtung, damit sie sich nicht verriet. Danach reichte sie die Box an Paps weiter, der neben ihr saß und er wiederum an Susie, die zweimal ziehen musste, weil sie zuerst ihren eigenen Namen erwischte.

Fabian war als Vorletzter dran.

»Zieh erst einen für deinen Bruder, danach den für dich selbst«, wies ich ihn an.

Wenigstens verkniff er sich jetzt einen Kommentar und tat, was ich ihm gesagt hatte. Auch seinem Gesichtsausdruck konnte ich nicht anmerken, wen er gezogen hatte.

Den letzten Zettel nahm ich selbst an mich und entfaltete ihn mit zittrigen Fingern. Hoffentlich Oma oder Paps. Doch ich wurde enttäuscht. *Fabian* stand auf dem Papier, das ich vorhin selbst beschrieben hatte.

Na Klasse. Ausgerechnet ihn würde ich also näher kennenlernen müssen, um das perfekte Geschenk besorgen zu können.

Vielleicht würden ihm Kuschelsocken gefallen. Am besten welche mit Rentier drauf und einer roten Nase, die man per Knopfdruck zum Leuchten bringen konnte.

Frohe Weihnachten!

3. Dezember

Emily

»Dein Sonntag kann nur besser gewesen sein als meiner.« Mit diesen Worten ließ ich mich neben meine beste Freundin auf einen Mensastuhl fallen und kickte meinen Rucksack unter den Tisch.

»Da hast du vollkommen recht, Em!« Jana rückte das Besteck auf ihrem Tablett so ordentlich zurecht, dass es mich nicht gewundert hätte, sie ihr Handy zücken und ein Foto des Mensaessens für Instagram schießen zu sehen.

»Bevor mein Bruder mich bei Katie absetzen konnte, war ich doch mit beim Eishockeytraining. Zum Glück wohnt sie in der Nähe der Eishalle«, begann sie zu erzählen und sah mich erwartungsvoll an, als ahnte sie bereits, was danach passiert war.

Ihre hellblauen Augen strahlten noch mehr als sonst und ich konnte mir beim besten Willen nicht vorstellen, worum es ging.

Schließlich war sie vorgestern am Telefon völlig genervt davon gewesen. Nun sollte es Glück sein, dass ihre Referatspartnerin in der Nähe der Eishalle wohnte?

»Ich dachte, du kannst Eishockey nicht ausstehen.« Mühsam pikste ich ein paar der viel zu weich gekochten Nudeln auf meine Gabel.

»Das hab ich so nie gesagt.« Jana wickelte sich ihren langen, blonden Zopf um den Zeigefinger und langsam beschlich mich das Gefühl, dass beim Training ihres Bruders tatsächlich etwas Weltbewegendes passiert war.

Zumindest in der Welt meiner Freundin, die eigentlich jede Art von Sport hasste und nur ausnahmsweise im Januar mit mir joggte, um die paar Weihnachtskilos loszuwerden, die auf ihren schmalen Hüften ohnehin niemandem auffielen.

»Was ist denn nun beim Training passiert?«, hakte ich nach.

»Sie haben einen Neuen in der Mannschaft, Em! Die Nummer 16, Müller steht auf seinem Trikot.«

Obwohl ihre Stimme klang, als hätte sie mir gerade davon erzählt, den Millionenjackpot geknackt zu haben, begriff ich nicht, was an einem neuen Spieler so toll sein sollte. Kürzlich hatte meine Freundin steif und fest behauptet, Eishockey zu hassen.

»Müller? Bitte nicht noch einer von der Sorte! Bei mir zu Hause laufen auf einmal gleich drei mit diesem Nachnamen herum«, griff ich die für mich einzig interessante Information aus ihrer Erzählung auf.

»Ja, das stimmt.« Jana seufzte. »Dieser Allerweltsname wird ihm absolut nicht gerecht. Niemals in meinem Leben hab ich so einen süßen Typen gesehen. Schon in Trikot und Helm ist er mir aufgefallen, aber nach dem Umziehen kam er vor meinem Bruder aus der Kabine. Und da war es um mich geschehen.«

Es war also *um sie geschehen*. Meine Freundin sollte zum Theater gehen, so viel Dramatik, wie sie manchmal in ihre Worte legte.

Zumindest erklärte es ihren verträumten Blick. Jana hatte sich in einen neuen Spieler aus Leons Eishockeyteam verknallt. Natürlich war diese Sportart für sie nun plötzlich von unheimlichem Interesse.

»Und wie heißt er? Wir können ihn doch nicht die ganze Zeit 16 oder Müller nennen.«

»Ich hab nicht mit ihm gesprochen. Und Leon kann ich auch nicht fragen, der würde sofort Verdacht schöpfen. Ich hab keine Lust, dass er mich damit aufzieht. Eine kleine Schwester hat es echt nicht leicht.« Sie seufzte erneut.

»Womöglich bin ich auch bald in deinem Club.« Ich rollte mit den Augen.

Durch Janas ausgiebige Schwärmerei war mein Teller schon leer, während sie ihren Salat noch nicht einmal angerührt hatte.

»Bist du etwa auch verliebt?« Aus ihrem Mund klang es, als wäre es vollkommen abwegig, dass ich mich je verlieben könnte.

»Nee, das mit der kleinen Schwester. Wahrscheinlich darf ich mich demnächst auch so nennen.« Langsam ging es mir ein bisschen auf die Nerven, dass sie mir nur mit halbem Ohr zuhörte. Zwar wusste ich, wie gerne Jana plapperte, aber normalerweise konnte ich in ihren Sprechpausen auch mal etwas loswerden.

»Dein Vater will doch nicht etwa einen Kerl adoptieren? Geht das denn noch in dem Alter?«

»Quatsch. Er lädt seine neue Freundin und ihre beiden Söhne an Weihnachten zu uns ein. Einen hab ich gestern kennengelernt. Er scheint sich echt für was Besseres zu halten. Hat mich ausgelacht, weil ich mit einem Topf voll angebrannter Milch zu kämpfen hatte.«

Jana richtete ihre Augen auf mich. Zum ersten Mal seit wir in der Mensa saßen, schien ich ihre volle Aufmerksamkeit zu haben.

»Was? Ausgerechnet zu Weihnachten?«

»Das hab ich mich auch gefragt.«

Es war zwar nicht so, als hätte ich meiner Freundin die Horrornachricht nicht bereits per WhatsApp mitgeteilt, aber da hatte sie vermutlich auf Wolke sieben geschwebt und ihr Handy auf dem Boden der Tatsachen liegen gelassen.

»Du musst mich auf jeden Fall zu einem seiner Spiele begleiten!«, entschied sie.

Damit wären wir also wieder beim Thema Eishockey. Vorbei war die Zeit, in der sie mir zuhörte.

Nun ja, wenn das erste Verknalltsein erst einmal überstanden wäre, würde sie sicher wieder normal werden.

Wie lange hatte dieser Zustand noch mal bei Paps angehalten?

»Bist du dabei? Beim Eishockey meine ich. Am siebzehnten Dezember haben sie ein Heimspiel.« Die vorfreudige Erwartung in ihren Augen war nicht zu übersehen.

»An einem Dienstag?« Ja, es war schon etwas schräg, dass ich alle Daten dieses Monats so genau im Kopf hatte. Aber wer Weihnachten so plante wie ich, kam um dieses Wissen nicht herum.

»Abends um sieben«, erklärte sie.

Dieses Mal seufzte ich, weil sie sicher keine Ruhe geben würde, bis ich zusagte. »Klar, warum nicht.«

Es war nicht unbedingt mein Lieblingssport, aber was tat man nicht alles für seine beste Freundin.

Die Klingel zum Pausenende ertönte und wir brachten unsere Tabletts zurück. Nach wie vor hatte Jana nicht einen Bissen von ihrem Essen angerührt. Ich befürchtete langsam, das Sportprogramm im neuen Jahr allein durchziehen zu müssen, wenn ihr Verliebtsein weiterhin mit Appetitlosigkeit einherging.

»Im Gegenzug musst du mir bei einem Geschenk für Fabian helfen. Das ist mein Stiefbruder in spe. Ich hab ihn fürs Wichteln gezogen.«

»Beim Shoppen bin ich sofort dabei, das weißt du doch.« Sie stieß mich im Gehen mit ihrem Ellbogen an. »Sieht er denn wenigstens gut aus? Dann hast du Weihnachten immerhin einen netten Ausblick von deinem Platz am Esstisch.«

Wir waren am Kursraum angekommen und ich blieb stehen, damit unsere Mitschüler nicht das halbe Gespräch mit anhören konnten.

»Er sieht nicht schlecht aus. Das ändert allerdings nichts daran, dass er ein Arsch ist und ich ihn Weihnachten nicht dabeihaben will.«

Jana grinste. »Ein sexy Kerl unter meinem Weihnachtsbaum wäre mir das wert, auch wenn Fabian sicher nicht mit meiner Nummer 16 mithalten kann.«

»Emily, weißt du, wo die Keksdose von Susie abgeblieben ist?«, rief mein Vater aus dem Flur.

Ich war gerade auf der Suche nach den passenden Rezepten fürs Plätzchenbacken morgen Nachmittag und hatte es mir dazu auf dem Sofa bequem gemacht.

»Hab sie zu den anderen in den Schrank geräumt«, rief ich zurück.

Sollte er seine Freundin doch reinbitten und selbst nach der Vorratsdose suchen. Mein Platz auf der Couch war viel zu gemütlich und außerdem lagen die Rezeptbücher aufgeschlagen auf meinen Beinen. Ich musste mir die Zutaten aufschreiben, die ich nach der Schule besorgen wollte.

Wo waren bloß diese kleinen Klebezettel?

»Komm ruhig kurz rein«, hörte ich Paps sagen.

Darauf folgten Schritte, die sich nicht nach den Pumps anhörten, die Susie gewöhnlich trug.

»Hey.« Die dunkle Stimme ließ mich vom Vanillekipferlrezept aufsehen.

»Ach, Fabian.« Mein Blick fiel auf seine Schuhe, die er heute nicht ausgezogen hatte. »Was machst du denn hier?« Ich hatte mich noch nicht damit angefreundet, ihn häufiger bei uns zu sehen.

»Meine Mutter hat mich geschickt, um die Dose abzuholen. Echt bescheuert, wo Frauen eh diese Tuppersammlungen haben. Aber nein, sie braucht genau diese.« Er rollte demonstrativ mit den Augen.

»Der zweite Schrank von links, unterste Schublade.« Ich widmete mich wieder den Backzutaten.

»Emily, hilf Fabian doch bitte!« Mein Vater stand neben ihm im Wohnzimmer und zupfte sein Jackett zurecht. »Ich muss los zum Geschäftsessen. Auf dem Rückweg bringe ich dir Pizza mit.«

»Schon wieder?« Natürlich liebte ich die Margarita von unserem Italiener des Vertrauens, aber nach der fünften Bestellung innerhalb einer Woche konnte auch ich sie nicht mehr sehen.

»Tut mir leid. Sonst frag mal bei Oma, ob sie noch was im Tiefkühler hat.« Seine Augen bekamen einen gequälten Ausdruck.

»Alles gut, Paps«, sagte ich, damit er mich nicht weiter mit diesem Schlechtes-Gewissen-Blick ansah. Schließlich könnte ich mir auch einfach selbst etwas kochen.

»Alles klar. Dann tschüss, Fabian.« Er reichte ihm die Hand. »Hab dich lieb, Emily.« Mit diesen Worten verschwand mein Vater aus der Tür.

»Hab dich lieb?« Fabian lachte. »Echt süß. Wie nennt er dich, wenn ihr unter euch seid? Zuckermäuschen?«

Hitze stieg in meine Wangen. »Deine höfliche Art war ja ganz niedlich, aber auf dämliche Sprüche hab ich nun wirklich keine Lust.«

Meine Worte schienen ihn nicht zu beeindrucken, denn er zuckte nur mit den Schultern. »Hab dich nicht so, Emily. Iss ein Snickers!«

»Damit mein Gesicht anschwillt wie das von einem Kugelfisch?«

Kurz wirkte er, als hätte ich ihn aus dem Konzept gebracht.

War das sein Ernst? Hatte er die Sache mit der Allergie etwa vergessen? Oder wollte er mich bloß aufziehen?

Wahrscheinlich war die freundliche Masche von gestern nicht mehr als ein Schauspiel gewesen. Auf meine Intuition hatte ich mich nämlich immer schon verlassen können.

Im nächsten Moment schien er sich wieder gesammelt zu haben. »Lustig wär's bestimmt. Wenn du die Erdnüsse nicht verträgst, klappt es vielleicht auch mit einem Twix.«

»Verschon mich einfach mit deinen Scherzen.« Vermutlich hatte er nur so nett getan, weil Paps, Susie und Oma dabei gewesen waren. »Schnapp dir die Dose und verschwinde!«

Das selbstgefällige Grinsen verschwand von seinen Lippen und er trat ans Sofa, zögerte allerdings, sich zu setzen. »Sorry. Ich wollte witzig sein. Vielleicht fangen wir noch mal von vorn an?«

Ich sah ihm direkt in die hellbraunen Augen, um herauszufinden, ob er es ehrlich meinte.

Ohne es zu wollen, wanderte mein Blick kurz zu den weichen Lippen und dann zu seinen trainierten Armen. Gestern war mir gar nicht aufgefallen, wie muskulös er war, aber dieses Mal verdeckten auch keine langen Ärmel die Sicht auf seinen Bizeps.

»Na gut«, sagte ich und riss mich von dem Anblick los, damit er nicht bemerkte, wie ich ihn anstarrte. Jana hatte recht gehabt, zumindest die Aussicht an Weihnachten wäre eine gute. »Morgen hab ich einiges vor. Vier Bleche Plätzchen. Zwei weitere Hände könnten nicht schaden.«

Was auch immer mich zu dieser spontanen Einladung gebracht hatte, seine blöden Sprüche waren es jedenfalls nicht gewesen. Zwar hatte ich ihn gestern schon für einen Arsch gehalten, doch das hatte er bei seinem ersten Besuch noch mit einer Portion Charme wettgemacht. Gerade hatte es eher gewirkt, als ließe er irgendeine Laune an mir aus und hätte dann plötzlich bemerkt, dass es nicht die beste Idee gewesen war.

»Ich soll Kekse backen?« Fabian fuhr sich mit einer Hand durch sein dunkles Haar, das heute viel unordentlicher als gestern lag und setzte sich auf die Kante des Sofas. »Dafür bin ich der Falsche. Kochen zählt nicht unbedingt zu meinen Stärken.«

»Wie gut, dass wir nicht kochen, sondern backen werden«, stellte ich klar und fragte mich im selben Moment, was ich mir da einbrockte. Schließlich konnte in der Küche einiges schiefgehen, das hatte Paps gestern eindrücklich bewiesen.

Warum nur kannst du einem Rätsel nicht widerstehen, Emily?

»Siehst du. Absolute Niete.« Fabian deutete ein Lächeln an und zuckte mit den Schultern.

»Beherrschst du das Lesen?« Ich wartete seine Antwort nicht ab. »Dann kannst du auch backen.« Das meinte meine Oma immer.

Fabian überlegte einen Moment und nickte schließlich. »Gut, ich bin dabei. Um wie viel Uhr geht's los?«

»Um vier.« Ich schob die Bücher so von meinem Schoß, dass sie aufgeschlagen blieben.

Entschlossen stand ich von der Couch auf, lief zur Küche und kramte die Keksdose hervor, wegen der er eigentlich gekommen war.

»Danke.« Fabian nahm sie entgegen und erhob sich ebenfalls.

»Wir sehen uns morgen«, verabschiedete ich mich und begleitete ihn in den Flur.

»Ja, bis morgen.«

Ich schloss die Tür hinter ihm und hielt kurz inne.

Was war vorgefallen, dass sich Fabian im Gegensatz zu gestern so anders verhielt?

Neugier war schon immer eine meiner Schwächen gewesen und daher schob ich meine dämliche Einladung einfach darauf. Ich wollte wissen, wer mein künftiger Stiefbruder wirklich war. Allein, weil ich sein Wichtelgeschenk aussuchen musste.

Nur deswegen natürlich.

4. Dezember

Emily

Da Paps heute später als normalerweise ins Büro gefahren war, hatte ich zum Plätzchenbacken das Haus für mich allein. Die Tüte mit den Einkäufen wartete auf dem Küchentresen, und das Rezeptbuch befand sich aufgeschlagen auf dem Holzständer. Von den Butterplätzchen sollte es zwei Bleche geben, außerdem ein Blech Engelsaugen mit Himbeermarmelade, und als Letztes hatte ich mich für Kokosmakronen entschieden.

Die Uhr zeigte halb vier und ich überlegte gerade, ob ich schon einen Teig vorbereiten sollte, als es klingelte. Die Post war heute schon hier gewesen, also konnte es eigentlich nur Fabian sein.

Eine halbe Stunde grenzte fast an Unhöflichkeit, was überhaupt nicht zu unserer ersten Begegnung passte. Schließlich hätte ich ebensogut unter der Dusche stehen können.

Ob er es vielleicht sogar darauf angelegt hatte? Was auch immer er mit der frühen Ankunft bezweckte, zur Strafe müsste er sich gleich anhören, wie ich laut *In der Weihnachtsbäckerei* mitsang.

Ich öffnete die Tür und die kalte Luft nahm mir für einen kurzen Moment den Atem. Oder waren es die großen braunen Augen und das Grinsen, welches mir entgegenstrahlte?

»Du bist zu früh«, stellte ich fest.

»Oh, bist du noch nicht so weit?« Er wirkte beinahe verlegen.

»Doch, schon okay. Komm rein.« Ich machte einen Schritt zur Seite, damit er den Flur betreten konnte.

Seine Wangen waren von der Kälte gerötet und das Haar wieder so geordnet wie bei unserer ersten Begegnung. Ohne zu zögern, verschwanden die Schuhe von seinen Füßen und er sah mich voller Erwartung an.

»Wo sind die Socken?«, fragte er, als ich nicht reagierte.

»Äh, ach so. Einen Moment.« Daran hatte ich gar nicht gedacht. Ich ging nach oben und durchwühlte meine Schublade nach dem unauffälligsten Paar, das ich finden konnte. Schlussendlich entschied ich mich für Dunkelblaue mit goldenem Sternmuster.

»Bitte schön«, sagte ich, als ich Fabian die Socken in den Flur brachte.

»Hast du etwa eine Kuschelsockensammlung?« Er zog sich den flauschigen Stoff über die Füße.

Ich musste unbedingt bei seinem nächsten Besuch darauf achten, dasselbe Paar noch mal anzuziehen. Ganz genau wusste ich nämlich selbst nicht, wie viele ich von den Dingern besaß. Wer liebte nicht das Gefühl von warmen Füßen?

»Besser als Schuhe oder Vorratsdosen«, antwortete ich, ohne auf die eigentliche Frage einzugehen.

»Auch wahr.« Fabian lachte und schlenderte zur Küche hinüber. »Was ist unser Plan für heute?«

»Butterplätzchen, Engelsaugen und Kokosmakronen.«

»Was sind denn Engelsaugen?« Mit schnellen Fingern durchsuchte er die Tüte auf dem Tresen.

»Vielleicht kennt ihr sie in Bayern unter einem anderen Namen? Es sind diese Kekse mit dem Loch und der Marmeladenfüllung.« Manchmal vergaß ich, dass sie aus München hierher nach Köln gezogen waren. Fabian und seine Mutter sprachen die meiste Zeit ganz ohne Dialekt, was mich fast an ihrer Herkunft zweifeln ließ. Wer wird schon dieses Bayerisch jemals ganz los?

»Ach. Husarenkrapfen«, erwiderte Fabian da und in diesem Wort hörte ich seine Wurzeln dann doch. Dafür, dass er nicht gern backte, kannte er die Namen der Kekse ziemlich gut.

Ich legte mir die Schürzenschlaufe um den Hals und fummelte am Band hinter meinem Rücken herum.

»Kann ich dir helfen?«, fragte er und kam schon näher, um das Band mit einem Knoten zu schließen.

Fürs Backen hatte ich mir einen dünneren Pulli angezogen und spürte daher die Berührung seiner Hände an meinem Rücken, die dort eine Gänsehaut hinterließ. Als er fertig war, flüchtete ich ans andere Ende der Küche.

»Danke«, murmelte ich und versteckte meine Nase in einem der unteren Vorratsschränke, um Mehl, Zucker und Salz herauszuholen.

»Mist!«, rief ich und fuhr aus der Hocke hoch.

»Was ist los?«

»Das Mehl. Eigentlich waren es genügend Pakete. Mein Vater muss eins an die Nachbarin verliehen haben. Gebraucht hat er es bestimmt nicht.« Oder er hatte es dieser blöden Susie mitgegeben.

Plötzlich spürte ich eine riesige Portion Wut in meinem Bauch. Er hätte mir wenigstens Bescheid geben können. Schließlich war ich vorhin im Supermarkt gewesen.

Fabian berührte mich am Arm und ich fuhr zurück.

»Wir überlegen uns einfach was anderes.« Er legte eine Hand in seinen Nacken und sah kurz an die Decke. »Hast du genug Mandeln? Also, sofern du gegen die nicht allergisch bist.«

»Nein, nur gegen Erdnüsse. Wir sollten noch Mandeln haben.«

Gestern hatte ich zwei Tüten im Vorratsschrank entdeckt. Sicherheitshalber prüfte ich den Bestand erneut. »Und was sollen wir mit denen anstellen?«

»Reicht das Mehl für die Engelsaugen? Ich hab eine Idee. Für die werden wir nur halb so viel Mehl brauchen wie für die Butterplätzchen.«

»Ja, ich denke schon«, sagte ich langsam. Sein Engagement überraschte mich.

»Die grüne Lebensmittelfarbe hat mich drauf gebracht. Wir brauchen nur genug Schokolade.« Um seine Pupillen entdeckte ich einen grünen Kranz, der gerade so hell leuchtete, dass das Braun darin kaum mehr zu sehen war.

Wie nannte man diese Farbe noch mal, die zwischen Grün und Braun schwankt?

»Hast du genug Schokolade?« Fabian tippte mich an, als ich ihm nicht antwortete.

Nur mit Mühe riss ich mich von dem Anblick seiner Augen los. »Klar. Wobei, ehrlich gesagt …« Ich überlegte einen Moment. »Eine Tafel Zartbitter von meinem Vater müssten wir noch dahaben.«

Dass ich meine Pralinen mit Nougatfüllung gestern Abend aufgefuttert hatte, erwähnte ich besser nicht.

»Die ist schon mal gut. Wie sieht es mit Vollmilch aus?« Seine Stirn legte sich in Falten und dieser nachdenkliche Gesichtsausdruck stand ihm unheimlich gut.

»Schlecht, sorry. Wir könnten zwar mit dem Bus zum Supermarkt, aber …«

»Was ist mit deinem Adventskalender?«, fiel Fabian mir ins Wort.

Ich schluckte. *Nein, bitte nicht mein geliebter Kalender!* »Was soll mit dem sein?«

Vielleicht konnte es ihn retten, wenn ich ahnungslos tat.

»Na, du hast doch bestimmt einen Türchenkalender mit Schokolade.« Fabian zweifelte offensichtlich nicht an seiner Vermutung.

Woher wusste er das so genau? Es gab tausend verschiedene Arten von Adventskalendern. »Jaa«, erwiderte ich leise, aber gedehnt.

»Na super, die können wir nehmen.«

Mein Herz war kurz davor, in zwei Hälften zu zerspringen.

Vielleicht übertrieb ich, es war ja nur Schokolade, aber ich hing an dem bunten Bild und den vielen kleinen Türchen, hinter denen weihnachtliche Figuren steckten.

»Gibt es keine anderen Plätzchen …«, startete ich einen letzten Rettungsversuch, doch Fabian unterbrach mich sofort.

»Glaub mir, das wird der Hammer. Das Rezept wollte ich eigentlich längst ausprobiert haben. Adventskalender sind ja sowieso mehr was für Kinder.« Er schien von meiner Krise nichts zu bemerken und machte sich bereits daran, Schüsseln und Handrührgerät aus den Schränken zu kramen.

Für einen Kerl, der nicht gern kochte, war er ganz schön organisiert. Und spontan dazu.

Hatte er etwa das ganze Rezept im Kopf?

Fabian sah auf und schien sich zu wundern, dass ich in der Küche herumstand. »Na, was ist? Hol deinen Kalender, damit wir ihn plündern können. So was wollte ich schon immer mal machen.«

Schön für ihn.

Ich war wohl eine der wenigen, die es liebten, sich die Schokolade über den ganzen Dezember einzuteilen.

Aber ich wollte keine Spielverderberin sein oder den Eindruck erwecken, kindisch zu sein.

»Klar, wer nicht?« Mit diesen Worten lief ich nach oben, um meinen Kalender zu holen, und fühlte mich dabei, als führte ich meine Lieblingskuh zum Schlachter.

»Sechs Eier schaumig schlagen und langsam den Zucker zum Eischnee geben«, las Fabian.

Ich beobachtete, wie sich seine Lippen bewegten, und schlug das Ei daher viel zu fest gegen die Kante der Arbeitsplatte.

»Mist.« Hektisch suchte ich nach der Küchenrolle und wischte mit dem Papier die klebrige Masse auf, die an der Küchenfront hinunter und zwischen die Ritzen lief.

»Etwas mehr Feingefühl.« Das Lachen in Fabians Stimme erinnerte mich daran, dass der Typ sich die meiste Zeit wie ein Idiot verhielt.

Wie hatte ich überhaupt darauf hereinfallen können, dass er meine Plätzchenbackaktion mit einem selbst erdachten Rezept rettete? Eines, für das ich meinen Kalender opfern musste. *Dieser gemeine Schokodieb!*

»Willst du in die Politik gehen?« Der genervte Unterton in meiner Stimme war sicher kaum zu überhören. *Gut so.* »Bei Katastrophen unbeteiligt daneben stehen kannst du auf jeden Fall schon mal ziemlich gut.«

Seine Mundwinkel sackten eine Etage tiefer, er griff nach dem Lappen, der am Spülbecken lag und half mir, den letzten Rest Ei aufzuwischen.

Es entstand ein Schweigen zwischen uns, bis Fabian leise sagte: »Nein, ich will nicht in die Politik.«

Ich sah ihn an und entdeckte etwas Mehl an seiner Nasenspitze. »Was willst du dann machen?«

Bevor er mir antwortete, bemerkte ich sein Zögern. Er schien nicht sicher, ob er es mir sagen sollte.

»Schon gut«, winkte ich ab, als er zum Reden ansetzte. »Erzähl's mir einfach ein anderes Mal.«

Er klappte den Mund wieder zu und sein Blick wurde intensiv. Er betrachtete mich genau und ich hätte zu gern gewusst, was in seinem Kopf vorging.

»Warum kreuzt dein Bruder eigentlich nie hier auf?«, fragte ich, um das Thema zu wechseln und seinen Augen auszuweichen.

»Er war nicht besonders begeistert von dem Umzug«, erwiderte er und verzog seine Miene wie nach dem Biss in einen sauren Apfel.

»Verstehe.« Keine Ahnung, was ich sonst erwidern sollte. Ich konnte Frederiks Situation nachempfinden und obwohl ich ihn bisher nicht getroffen hatte, war er mir sympathisch. So wie er hätte auch ich mich gern aus allem rausgehalten.

»Dann werden wir jetzt mal den Kalender plündern. Willst du das machen und ich übernehme den Eischnee?« Fabians Stimme war nun betont leicht.

»Lieber andersrum«, erwiderte ich und griff mir das nächste Ei aus dem Karton.

Dieses Mal würde ich mich besser konzentrieren. Allein schon, um mich von dem Überfall auf meinen Kalender abzulenken.

Doch als ich wenige Minuten später mit dem Eischnee fertig war, konnte ich nicht verhindern, die kleinen Schokoladenfiguren anzuschmachten, die im Topf dahinschmolzen.

Plötzlich entdeckte ich eine Hand in meinem Sichtfeld, die hin und her wedelte. »Träumst du?«

»Nein. Äh, ja. Von Schokolade.«

»Keine Angst, die Brownies werden es wert sein.«

Ich zog eine Augenbraue hoch. »Eigentlich dachte ich, dass du nicht backen kannst.«

Seine Stirn legte sich in Falten und er fuhr sich mit einer Hand durch das Haar in seinem Nacken.

Dabei legte er den Kopf ein wenig schief und ich dachte bei diesem Bild erneut an einen Hund, dem man keine Bitte abschlagen konnte. »In uns allen schlummern unentdeckte Talente. Unterschätz mich nicht, Emily.«

Vorbei war der Hundewelpen-Moment. Fabian war ein Stück an mich herangetreten, näher, als man sich normalerweise kam. Beinahe wirkte er verletzt, obwohl ich bloß seine eigenen Worte wiederholt hatte.

Vielleicht wollte er sich gestern nur rausreden, weil er keine Lust auf die Aktion hatte. Oder er litt an chronischer Selbstunterschätzung.

In diesem Moment glaubte ich nicht an Letzteres, denn seine Augen glitzerten selbstsicher und ein gewinnendes Lächeln thronte auf seinen Lippen, während mir seine Nähe das Sprechen unmöglich machte.

Im nächsten Moment widmete er sich wieder dem Topf auf dem Herd und ich atmete einmal tief durch.

Der Klang meines Namens aus seinem Mund hatte mir einen Schauer über den Rücken gejagt, und ich fragte mich, was ich von dem Jungen mit dem wild-ordentlichen Haar, der nicht und dann doch backen konnte, halten sollte.

»Die Brownies teilen wir jetzt in Dreiecke und dann werden sie verziert.« Fabian zog gerade das dritte fertige Blech heraus und ich schob das letzte mit den Husarenkrapfen hinein.

Der Duft von geschmolzener Schokolade, frisch gekochter Himbeermarmelade, Plätzchenteig und Zimt hing im gesamten Raum und schien uns in eine eigene Welt zu hüllen.

Wie viel Zeit mittlerweile vergangen war, wusste ich nicht, aber Backen hatte mir schon lange nicht mehr so viel Spaß gemacht.

»Hast du Spritztüten?« Fabians Augen waren panisch geweitet und das Messer in seiner Hand verlieh dem Anblick etwas Komisches.

Beschwichtigend hob ich beide Hände und lachte. »Ja, ich hab welche. Nur bitte tu mir nichts!«

Er sah von mir zu dem Buttermesser und fiel in mein Lachen mit ein.

Während ich die Spritztüten raussuchte, rührte Fabian einen grünen Zuckerguss an. Mit geübten Bewegungen füllte er die Tüten und zog Schlangenlinien über die Browniedreiecke.

»Kleine Tannenbäume!«, rief ich. »Absolut genial. Woher kannst du das?«

»Ach, ich hab ein Foto im Netz gesehen und wollte das unbedingt mal testen.« Konzentriert auf das Verzieren sah er nicht auf.

Ich suchte nach dem bunten Zuckerkonfetti und verteilte es auf die Brownie-Bäumchen. »So, jetzt sind sie sogar geschmückt.« Dabei stand ich direkt hinter ihm und beugte mich ebenfalls über das Blech, bis ich seinen Rücken mit meinem Arm streifte und innehielt.

»Oh nee«, sagte Fabian plötzlich und ich fuhr einen Schritt zurück. Auf den letzten Tannenbaum war zu viel Zuckerguss gelaufen, sodass man das Muster nicht mehr erkannte.

Bevor er versuchen konnte, den Brownie zu retten, griff ich danach und teilte ihn in zwei Hälften.

»Kein Problem.« Ich grinste. »Der ist für die Bäcker.«

Dass ich etwa ein Viertel des Plätzchenteigs genascht hatte, während ich die Engelsaugen und er den Brownieteig gemacht hatte, musste er ja nicht erfahren.

Ich reichte ihm eine Hälfte. »Wollen wir uns auf die Couch setzen, bis das letzte Blech fertig ist?«

Er biss in den Brownie, dann sah er zur Uhr neben dem Kühlschrank. »Schon so spät.«

Wie ich vermutet hatte, war die Zeit schnell vergangen. Es war bereits sieben und Paps käme bald von der Arbeit.

»Wäre es schlimm, wenn ich dir den Rest der Aufräumarbeit überlasse?« Fabians Lippen verzogen sich zu einem entschuldigenden Lächeln.

Wieso wollte er so plötzlich gehen? Hatte ich irgendwas falsch gemacht? Zwar hätte ich es vorher nicht für möglich gehalten, aber ich hatte seine Gesellschaft genossen und dass er nun auf einmal die Flucht ergriff, versetzte mir einen unerwarteten Stich.

»Kein Problem«, sagte ich. »Es war super, dass du überhaupt geholfen hast. Vielen Dank.«

»Na klar«, antwortete er, steckte sich das letzte Stück Brownie in den Mund und zog sich die Kuschelsocken wieder von den Füßen. »Meine Mutter meinte, du wärst sicher auf ein wenig Hilfe angewiesen.«

Wie bitte? Susie glaubte, ich bräuchte Hilfe? Hatte er sich deswegen von mir zum Backen überreden lassen? Aus Mitleid? Weil er glaubte, dass ich es allein nicht hinbekam?

Ich folgte ihm in den Flur und beobachtete, wie er Schuhe und Mantel anzog. »Die letzten Jahre hab ich das auch ganz gut ohne dich geschafft.«

»Klar, ich meinte ja nur, es ist sicher nicht leicht ohne eine Mutter, die ...«

»Und ohne einen Vater?«, fiel ich ihm ins Wort. »Soll ich dich deswegen etwa auch zum Fußball begleiten?«

»So hab ich das doch nicht gemeint.« In voller Wintermontur stand Fabian vor mir im Flur.

»Schon gut, ich versteh schon.« Ich griff an ihm vorbei nach der Klinke und öffnete die Tür. »Schönen Abend noch.«

»Das wünsche ich dir auch, Emily.« Kurz betrachtete er mich, zögerte und verließ dann das Haus.

Ich schloss die Tür hinter ihm und schluckte schwer. Es war der schwache Geruch nach Keksen, die man zu lang im Ofen gelassen hatte, der mich davon abhielt, dort stehen zu bleiben und weiter über Fabian nachzudenken.

5. Dezember

Fabian

»Hast du mein Handy gesehen?« Ich steckte den Kopf in das Zimmer meines Bruders, doch Freddy sah nicht einmal auf. Über seine Ohren hatte er Kopfhörer gezogen und auf dem Flachbildschirm lief ein Heimspiel des Eishockeyclubs Red Bull München gegen die Eisbären Berlin.

»Freddy?«, rief ich dieses Mal lauter.

Endlich wandte er seinen Kopf zu mir und sofort wieder zurück zum Fernseher, sobald er meinem Blick begegnete.

Idiot.

Nach all den Monaten war er immer noch wütend auf mich. Früher hatte er mich andauernd genötigt, die Spiele mit ihm gemeinsam anzusehen. Wenn ich zugestimmt hatte, waren die Nachmittage begleitet von meinen Schimpftiraden über diesen langweiligen Sport gewesen, dennoch hatte ein Lächeln auf meinen Lippen gelegen. Ihm hatte es die Welt bedeutet, das wusste ich.

Ich seufzte und entschied, mich selbst im Zimmer nach dem Handy umzusehen. Was in diesem Chaos eine echte Herausforderung darstellte. Nicht, dass ich mein eigenes Zimmer ständig aufräumte, aber man konnte noch Teile des Schreibtisches erkennen und gefahrlos den Raum durchqueren.

Mutig kämpfte ich mich durch die teils getragene Sportkleidung und mir kam der Gedanke, dass mein Bruder sein Fenster unbedingt häufiger öffnen sollte. Schließlich fand ich, wonach ich gesucht hatte. Ich stellte mich zwischen Frederik und den Bildschirm und hielt ihm mein Handy direkt vor die Nase.

Er zog sich die Kopfhörer von den Ohren und brüllte: »Was soll das, Mann!«

»Dasselbe könnte ich dich fragen. Wieso liegt mein Handy bei dir rum?«

»Hab's mir bloß geliehen.« Er zuckte unbeteiligt mit den Schultern. »Mach kein Drama draus.«

Ich schluckte den Kommentar hinunter, der mir auf der Zunge lag. Was auch immer er an meinem Handy gewollt hatte, er würde es mir sowieso nicht verraten.

»Ich muss gleich zu einem Vorsprechen.« Ein Themenwechsel erschien mir besser als eine weitere Konfrontation. Ich vermisste die alltäglichen Gespräche zwischen uns.

»Keine Sorge, ich verpetz dich schon nicht.« Mit einer Geste schob er mich aus seinem Blickfeld. »Obwohl du es echt verdient hättest.«

Ich ging einen Schritt zur Seite, damit er das Geschehen auf dem Eis weiterverfolgen konnte. »Wie lange willst du eigentlich noch sauer auf mich sein?«

»Du meinst, weil du Ma überredet hast, in dieses bescheuerte Köln zu ziehen?« Seine Augen wurden schmal.

»So ein Quatsch. Sie hätte es auch gemacht, wenn ich dagegen gewesen wäre.«

»Aber das warst du nicht. Und du wusstest ganz genau, dass dieser Umzug das Aus für meine Karriere bedeuten würde. Doch statt auf meiner Seite zu sein, warst du plötzlich auf ihrer und hast ihr auch noch gut zugeredet. Wegen euch musste ich meine Mannschaft verlassen.« Die Wut in Freddys Stimme ließ kaum den Schmerz erkennen, den ich hinter seinen Worten vermutete. Denn ich wusste genau, was ihm das alles bedeutete.

»Wie gesagt. Ich hätte sie niemals von der Versetzung abbringen können.« Das sagte ich mir zumindest selbst andauernd, um das schlechte Gewissen zu vertreiben. Denn er hatte recht, ich hatte die Seiten gewechselt. Weil der Umzug für meinen eigenen Traum den entscheidenden Vorteil ausmachte.

Ich schluckte hart. »Wenn du etwas gespart hast, startest du einfach einen neuen Versuch und dann …«

»Stellst du dir das wirklich so einfach vor? Ich jobbe ein wenig, ziehe zurück nach München und frage meine alte Mannschaft, ob sie mich wieder aufnimmt?« Er lachte trocken. »Hast du überhaupt eine Ahnung, wie scheiße mein neues Team ist? Die haben null Ambitionen aufzusteigen, und die Anbindung zur DEL ist auch echt beschissen.«

Zugegebenermaßen hatte ich das nicht. Ich wusste sehr wenig von seinem Leben in Köln, was hauptsächlich daran lag, dass er kaum noch mit mir sprach, seit er den Versuch aufgegeben hatte, allein in München klarzukommen.

»Es tut mir echt leid, dass es so mies für dich läuft. Ich hatte immer gehofft, dass wir irgendwann beide unsere Träume leben könnten.« Ich meinte es ehrlich. Wir beide waren ein Team gewesen, seit ich denken konnte. Gemeinsam gegen unsere Mutter, die ihren Söhnen dauernd im Weg stand.

»Davon kann ich mir aber nichts kaufen. Du hast dich entschieden, dass dein Traum mehr wert ist als meiner. Und jetzt lass mich das Spiel weitergucken.«

Unser Gespräch war beendet, das wusste ich. Nach all den unzähligen Versuchen, die Sache mit Freddy zu klären, war mir dieser verhärtete Ausdruck in seinem Gesicht allzu vertraut.

Wahrscheinlich hätte ich ihn mit derselben Verachtung gestraft, wenn er mir die Möglichkeit genommen hätte, Schauspielkurse zu besuchen.

Er müsste nur Ma davon erzählen und es wäre damit vorbei. Es wunderte mich, dass er das nicht längst getan hatte. Das war auch der Grund dafür, dass ich ihm solche Dinge wie die mit meinem Handy durchgehen ließ. Ein anderer war, dass ich das Gefühl hatte, schuld an seiner Situation zu sein. Doch dafür, dass sein Auto den Geist aufgegeben hatte und er die Reparatur nicht zahlen konnte, war ich schließlich nicht verantwortlich. Kein anderer hätte meinem Bruder das mit München so sehr gegönnt wie ich.

Ich zog seine Zimmertür hinter mir zu, prüfte kurz meine Frisur im Spiegel, bevor ich nach unten lief, um mich auf den Weg zum Vorsprechen zu machen.

»Fabian?« Die Stimme meiner Mutter erklang so unerwartet, dass ich zusammenzuckte. Außerdem hatte sie diesen schneidenden Unterton, der mir jedes Mal unter die Haut fuhr.

»Ja?« Ich fühlte mich ertappt, dabei wusste sie nicht einmal, wohin ich unterwegs war.

»Kannst du mir einen Gefallen tun? Morgen Nachmittag ist bei Markus und Emily eine kleine Nikolausfeier.« Sie sah mich erwartungsvoll an, obwohl sie noch gar nicht damit herausgerückt war, was sie von mir wollte.

»Ich begleite dich gern.« Vielleicht könnte ich damit bei Emily wiedergutmachen, dass ich so plötzlich nach dem Backen abgehauen war.

»Darüber freue ich mich natürlich, aber darum geht es nicht. Ich muss ein Geschenk für Markus besorgen, schaffe es allerdings vor der Feier nicht mehr«, erklärte sie.

Ich verdrehte die Augen. Woher sollte ich denn wissen, was ihrem Lover gefiel? Außerdem, wieso dachte sie nicht früher daran und erledigte das selbst?

»Im Februar gibt es ein kleines Konzert in Köln von der Band, bei dessen Lied wir uns das erste Mal geküsst haben ...« Sie stockte, als sie meinen Gesichtsausdruck bemerkte. Wenigstens die Details könnte sie mir ersparen.

»Wieso bestellst du die Karten nicht online?«

»Weil die bis Nikolaus nicht ankommen. Außerdem beginnt der Vorverkauf heute exklusiv in der Bar, wo sie spielen werden. Sicher ist ganz schnell alles ausverkauft.« Ihre blauen Augen, die sich so sehr von meinen und denen meines Bruders unterschieden, bekamen einen flehenden Ausdruck.

Vor Fremden mimte sie die knallharte Geschäftsfrau, und ich fragte mich wie so oft, ob ich meine schauspielerischen Fähigkeiten nicht doch von *ihr* geerbt hatte.

»Na schön. Morgen hast du die Karten, versprochen.«

Sie lächelte und drückte mir das Geld in die Hand. »Dann bis später. Ich muss jetzt los ins Büro. Ich habe dir die Adresse aufs Handy geschickt.«

Kurz vor der Haustür hielt ich sie auf. »Ma?«

»Ja?«

»Ich mache mir Sorgen um Freddy. Er ist todunglücklich, seit er bei uns in Köln ist. Gibt es keine Möglichkeit, dass er zurück nach München ...«

Mitten im Satz unterbrach sie mich. »Nein! Es ist seine Verantwortung. Er hat sich dazu entschieden, auf eine Ausbildung zu verzichten und stattdessen diesem albernen Traum zu folgen. Hier kann er genauso gut Eishockey spielen wie dort.«

Die aufrechte Haltung ihrer Schultern ließ sie zusammen mit dem engen Kostüm und dem strengen Zopf wieder zu der eiskalten Geschäftsfrau werden.

Dass mein Bruder nach dem Abi nicht wie ich ein Studium begonnen hatte, musste ihr noch immer ein Dorn im Auge sein. Aber wie hätte er dann nebenbei genügend Zeit für die Nebenjobs und sein Training gefunden?

»Er ist wirklich gut in dem, was er tut, Ma. Wenn du ihn unterstützt, könnte er es weit bringen.« Zwar sprach ich von Freddy, doch ich hatte meinen eigenen Traum im Kopf, von dem meine Mutter nicht einmal etwas ahnte.

»Niemand kann sagen, ob er das schafft. Daher sollte er sich um eine Ausbildung bemühen und sich an dir ein Beispiel nehmen.«

Ein bodenständiger Job war wohl alles, was in ihren Augen zählte. Träume waren nicht Teil ihres Wortschatzes. Schließlich hatte sie damals allein für zwei Söhne sorgen müssen und hielt uns dauernd vor, wie fatal es war, abhängig von jemand anderem zu sein.

»Schon gut«, sagte ich, obwohl es alles andere als das war. Allerdings war meine Mutter genauso stur wie der Rest der Familie. »Wir sehen uns später.«

Aus dem geraden Strich ihrer Lippen wurde wieder ein entspanntes Lächeln und sie verschwand aus der Tür.

Wahrscheinlich käme ich erst morgen dazu, die Karten zu besorgen, denn zuerst musste ich einen wichtigen Termin hinter mich bringen. Ein Blick auf mein Handy trieb mir den Schweiß auf die Stirn. Wie war es in der kurzen Zeit so spät geworden?

Ich starrte auf das Blatt Papier in meinen Händen, auf dem die Buchstaben verschwammen und wild durcheinander tanzten. Das Gewackel der Straßenbahn und die lauten Stimmen im Hintergrund halfen mir ebenfalls nicht, mich besser zu konzentrieren. Am schlimmsten aber war die Weihnachtsmusik, die blechern aus den Lautsprechern dröhnte.

Mit zitternden Fingern zog ich die Over-Ear-Kopfhörer aus meinem Rucksack und setzte sie auf, ohne sie mit dem Handy zu verbinden. Wenigstens konnten sie einen Teil der Lautstärke dämpfen, die mich beinahe wahnsinnig machte.

»Ich werde auf ewig dir gehören«, las ich halblaut vom Blatt ab.

Wer denkt sich denn so was aus?

Immerhin sprach ich nicht für ein Theaterstück vor, das im 16. Jahrhundert spielte, sondern für eine Rolle in einer neuen Soap.

Ein unterdrücktes Kichern brachte mich dazu, den Blick zu heben, und ihn durch die Sitzreihen der Bahn schweifen zu lassen. Ich entdeckte zwei Mädchen, die in meine Richtung sahen und dabei ihre Hände gegen den Mund pressten. Wahrscheinlich hatten sie meine Worte gehört und ich konnte nicht anders, als ihnen zuzuzwinkern. Daraufhin weiteten sich ihre Augen und sie steckten die Köpfe zusammen. Dieser kleine Flirt war eine mehr als willkommene Ablenkung von meiner Aufregung.

Bis spät in die Nacht hatte ich noch den Text gelernt, als ich gestern Abend nach Hause gekommen war. Mittlerweile kannte ich die Zeilen so gut, dass ich sie auch im Halbschlaf hätte aufsagen können. Doch kurz vor einem Vorsprechen hatte ich immer das Gefühl von einem großen, schwarzen Loch, das jeden einzelnen Buchstaben aus meinem Hirn saugte.

Ich seufzte leise, faltete den Zettel zusammen und steckte ihn in den Rucksack. Entweder konnte ich den Text oder ich konnte ihn nicht.

Die Haltestelle, an der ich raus musste, wurde von der elektronischen Stimme ausgerufen und ich stieg aus der Bahn. Jemand tippte mir an die Schulter und als ich mich umdrehte, erkannte ich eines der Mädchen, das vorhin gekichert hatte. Seine Wangen waren gerötet, als es mir meinen Schal entgegenstreckte.

Als ich ihn mit einem Lächeln annahm und um meinen Hals wickelte, bemerkte ich, wie kratzig er an einer Stelle war. Mit einer Hand fasste ich an meinen Nacken und zog das Stück Papier heraus, das ich ertastete.

Darauf war eine Nummer gekritzelt, die von dem Mädchen sein musste.

»Vielen Dank«, wandte ich mich an sie. »Leider gehöre ich bereits einer anderen. Aber das hast du sicher mitbekommen.«

Sofort nahmen ihre Wangen einen noch dunkleren Ton an und sie drehte sich ohne eine Erwiderung um. Es wirkte wie eine Flucht, als sie wieder in die Bahn einstieg. Dabei war es gar nicht meine Absicht gewesen, sie derart zu verschrecken. Emily hätte meine Worte sicher mit einem flotten Spruch gekontert.

Ich zuckte mit den Schultern und ließ die Nummer des Mädchens im nächsten Papierkorb verschwinden. Dann lief ich über die große Hauptstraße in Richtung der MMC Studios.

Meine Hände waren eiskalt und ich schob sie in die großen Taschen meines Mantels. Immerhin hatte es aufgehört zu regnen. In der Unterführung hallten meine Schritte von den Wänden wider und ich lief schneller, um es pünktlich zum Casting zu schaffen.

Als das riesige, moderne Gebäude mit der Einhornstatue in Sicht kam, klopfte mir das Herz heftig gegen die Brust. Die Fensterfronten waren teilweise verspiegelt und mit jedem Schritt über die glänzend grauen Steine wuchs meine Nervosität. Vielleicht war das hier doch eine Nummer zu groß für mich.

Da entdeckte ich den in eine Lederjacke gekleideten Mann ganz in der Nähe des festlich geschmückten Tannenbaums, der zentral aufgestellt war.

»Hey, Sohn!« Er kam direkt auf mich zu und schloss mich in eine Umarmung, in der sich meine Muskeln verkrampften.

»Hallo, Daniel.« Ich bemühte mich um ein Lächeln.

Meinem Vater hatte ich zu verdanken, dass ich an diesem Vorsprechen teilnehmen durfte. Genau genommen war er sogar der Grund dafür, dass Köln eine gute Sache für mich war.

»Warum so unpersönlich?« Seine Worte klangen, als interessiere es ihn in Wahrheit überhaupt nicht.

Er schob sich die Sonnenbrille auf den Kopf und strich seine langen Haare nach hinten. Dann legte er einen Arm um meine Schulter und lief mit mir in Richtung des Gebäudes. Bei jedem Schritt spannten sich meine Muskeln weiter an.

»Und, bist du aufgeregt?«

»Nur ein wenig«, sagte ich.

Mein Vater lachte viel zu laut. »Bei meinem ersten großen Casting hab ich mir fast in die Hosen geschissen. Ist auch nichts draus geworden.«

Ich kniff meine Augen zusammen. »Du warst nervös?«

Zwar kannte ich meinen Vater kaum, das hätte ich dennoch nicht von ihm erwartet. Eher wirkte es, als stünde er permanent unter dem Einfluss von Gras. Dass es damals häufiger so gewesen war, wusste ich von meiner Mutter. Und es war ein Grund mehr, ihn beim Vornamen zu nennen und nur den nötigsten Kontakt zu ihm zu halten.

»Natürlich, was denkst du denn? Hab kaum einen graden Satz rausgebracht.«

Ob mich das nun beruhigen oder meine Nervosität weiter steigern sollte, wusste ich nicht. *Er* hatte es irgendwann zu einer größeren Rolle geschafft. Mein Bruder und ich waren noch klein gewesen, als ihm der Durchbruch gelungen war. Das war auch der Zeitpunkt gewesen, ab dem er allein durch seine Abwesenheit geglänzt hatte.

»Und wie bist du die Aufregung losgeworden?«, fragte ich trotzdem, weil es hier für mich um meine Zukunft ging.

»Manchmal hat's geholfen, vorher einen durchzuziehen. Aber heute sind die nicht mehr so locker wie früher.« Er zuckte mit den Schultern und sah danach aus, als würde er diesen Umstand bedauern.

Ich unterdrückte den Drang, mich sofort aus seinem Griff zu lösen, so zuwider war mir alles an diesem Mann.

Doch egal, was ich von diesem Kerl hielt, der Ma und unsere ganze Familie im Stich gelassen hatte, jetzt brauchte ich ihn. Und es wäre wohl das Beste, wenn meine Mutter niemals davon erfuhr. Denn diese kurzen fünf Minuten machten mir mehr als deutlich, wieso sie dem Kontakt zwischen ihm und seinen Söhnen immer im Weg gestanden hatte.

Im Wartebereich gab es einige Ledercouches, Polstersessel und einen kleinen Tisch, auf dem Gläser und Getränke standen. Die Jungs und Mädchen in meinem Alter, die bereits warteten, musterten mich und meinen Vater genau und ich spürte ihre Blicke auf meiner Haut, als ich mir ein Glas Wasser eingoss.
   Die Stille im Raum war unerträglich, doch Daniels heitere Worte machten die Situation nicht weniger unangenehm. »So mein Junge, viel Erfolg. Hab gleich noch einen Termin. Meld dich mal, wie es gelaufen ist.«
   Er streckte eine Faust in die Luft und ich schlug widerwillig mit meiner dagegen. »Danke.«
   Natürlich war ich ihm dankbar. So eine Chance hätte ich ohne ihn niemals bekommen. Es ging um die Hauptrolle in einer kleineren TV-Serienproduktion und die letzten Monate in Köln hatte ich mich bei jeder Gelegenheit darauf vorbereitet.
   Trotzdem war ich froh, als mein Vater endlich verschwand. Abwesend zu sein war das, was ich von ihm kannte.
   »Sprichst du für Matze vor?« Ein Mädchen mit langen blonden Haaren stand mit schief gelegtem Kopf vor mir.
   »Ja. Und du für die Rolle von Sophie?« Ich knetete meine Finger und ging im Kopf immer wieder die Sätze durch, die ich gleich vorspielen musste.
   »Genau. Ich bin gestern angereist und werde eine Woche in Köln bleiben. Länger, wenn sie mich zur zweiten Runde einladen. Kommst du von hier?«, fragte sie mich.

Ich sah mir das Mädchen nun genauer an und rief mir ins Gedächtnis, dass es vielleicht meine künftige Spielpartnerin sein würde. Es wäre nicht verkehrt, sich zuvor schon ein wenig kennenzulernen.

»Fabian.« Ich streckte ihr die Hand entgegen. »Ursprünglich komme ich aus München. Wir wohnen erst seit diesem Sommer in Köln.«

»Oh, das ist ja toll! Dann können wir gemeinsam die Stadt erkunden.« Sie lehnte sich näher in meine Richtung und spielte an ihrem Haar herum, das ihr fast bis zur Taille reichte.

»Das klingt echt cool. Ich hab nur schon einiges vor in den nächsten Tagen.«

»Was ist mit der Nikolaus-Party morgen im Bootshaus? Ich hab gehört, dass die der Hammer sein soll.« Das Mädchen zupfte an seinem Shirt herum, sodass der Ausschnitt eine Etage tiefer rutschte, und ich zog eine Augenbraue hoch.

Sollte das etwa eine plumpe Form der Anmache sein? Sie hatte mir noch nicht einmal ihren Namen verraten.

»Ich überleg's mir.«

Klar wollte sie sich auf der Party im beliebtesten Club der ganzen Stadt blicken lassen, aber dazu brauchte sie nicht *mich*. Bevor ich in Bekanntschaften mit Spielpartnern investierte, sollte ich erst einmal das Vorsprechen hinter mich bringen.

»Fabian Müller und Chiara Landau, bitte.« Eine junge Frau mit Nerdbrille hatte ihren Kopf in den Raum gesteckt und rief uns zum Casting rein.

»Wenn wir fehlerfrei spielen, begleitest du mich zur Party«, flüsterte Chiara mir ins Ohr.

Ich sah zu ihr und dann zu der Frau, die bereits auf uns wartete.

»Abgemacht«, sagte ich, weil ich mir sicher war, dass es dazu niemals käme.

6. Dezember

Emily

»Hast du die Muffins vom Bäcker abgeholt?«, fragte ich Paps, der gerade zur Tür reinkam und seinen regenfeuchten Mantel an den Haken hängte. In den letzten Tagen hatten sich Schnee, Regen und Schneeregen einen erbitterten Kampf geliefert.

»Sorry, Emily. Das habe ich völlig vergessen.« Er stellte seine Aktentasche neben die Couch und kramte seinen Laptop heraus. »Warum backst du sie dieses Jahr nicht selbst?«

»Nach der Plätzchenaktion hatte ich irgendwie keine Lust mehr«, antwortete ich auf seine Frage. Im nächsten Moment fiel mir auf, dass er vom Thema ablenkte. »Du hast versprochen, dass du sie mitbringst!«

»Leider kann ich es jetzt nicht mehr ändern. Bis zur Feier ist ja zum Glück noch genug Zeit.«

Ich verdrehte die Augen. Klar war genügend Zeit. Gleichzeitig war aber auch eine Menge zu tun. »Dann kümmer du dich wenigstens darum, dass die Pizzaschnecken rechtzeitig in den Ofen kommen.« Sie warteten bereits fertig auf ihrem Blech.

»Klar, mach ich. Ich muss bloß ein paar Mails beantworten.«

Der Laptop war mittlerweile hochgefahren und Paps starrte auf den Bildschirm, bis sich seine Stirn unvermittelt in Falten legte und er sich über den kahlen Kopf fuhr. »Kannst du mir vielleicht einen Gefallen tun, Emily?«

Ich stöhnte. »So wie du mir den Gefallen getan und die Muffins abgeholt hast?«

»Wie oft soll ich denn noch sagen, dass es mir leidtut. Susie und Fabian kommen schon in zwei Stunden und ich habe kein Geschenk.« Paps' Blick glitt über Zeilen auf dem Bildschirm, die mir verborgen blieben.

»Und du erwartest jetzt von mir, dass ich mal was aus dem Ärmel schüttle? Hättest du nicht früher dran denken können?«

Nach der traditionellen Familienfeier zu Nikolaus wollte ich mit Jana zu der Party im Bootshaus und hatte bisher kein Outfit dafür rausgesucht.

»Ich wusste nicht einmal, dass wir uns überhaupt was schenken. Aber gestern am Telefon hat sie was angedeutet und gerade eben ...«, er drehte den Laptop um, sodass ich auf den Bildschirm sehen konnte, »kam mir die perfekte Idee. Gestern hat der Kartenvorverkauf für die Band begonnen, die Susie so mag. Ich glaube, sie hält sie für *unsere* Band oder so was.«

Und nun sollte ich den Beziehungsretter für meinen Vater spielen? Bis zum Heimathirsch – der Bar, dessen Webseite ich auf dem Laptop erkennen konnte – waren es nur ein paar Haltestellen mit der Bahn. Trotzdem gab es einige andere Dinge, mit denen ich mir lieber den Nachmittag vertrieben hätte.

»Du kannst die Karten doch selbst holen und auf dem Rückweg gleich die Muffins mitbringen«, schlug ich vor.

»Ich muss noch einiges für die Arbeit fertigmachen und das möchte ich ungern tun, wenn die Gäste hier sind.« Paps schenkte mir seinen unschuldigsten Blick. Er wusste ganz genau, welche Knöpfe er drücken musste.

»Ich mach's.« Die Worte kamen nicht ohne einen vorwurfsvollen Ton aus meinem Mund. »Aber um das Weihnachtsgeschenk für Susie musst du dich selbst kümmern.« Schließlich war es seine Freundin, die er an Heiligabend unbedingt dabeihaben wollte.

Als ich aus der Straßenbahn stieg und die lange Schlange vor dem Heimathirsch entdeckte, bereute ich meine Entscheidung. Unter meinem dünnen Mantel begann ich zu zittern. Die Temperaturen waren so weit gefallen, dass die feuchten Wege glatt geworden waren und ich bei jedem Schritt befürchtete, auf die Nase zu fallen.

Viele andere waren anscheinend ebenfalls in letzter Minute auf die Idee gekommen, den Liebsten auf ein Konzert *ihrer* Band zu schleifen. Ich hatte gar nicht gewusst, dass es heute überhaupt noch Karten gab, die man nicht online bestellen konnte. Und erst recht nicht, dass es Leute gab, die sich in eine Schlange stellten, um diese Karten käuflich zu erwerben.

Die Reihe bestand hauptsächlich aus gestresst wirkenden Männern in Anzügen, die wohl in einer ähnlichen Lage wie Paps steckten. Zumindest bemühten sie sich selbst zu dieser blöden Bar, anstatt ihre armen Töchter zu schicken.

Nur ein Kerl, der ein paar Plätze vor mir stand, stach aus der Menge hervor und sein Anblick ließ mein Herz einen Hüpfer tun.

»Fabian?« Ich rief seinen Namen und alle, die vor mir an der Reihe waren, drehten sich zu mir um und murmelten Flüche vor sich hin. Wahrscheinlich dachten sie, ich nutzte die Gelegenheit, um mich vorzudrängeln.

Endlich drehte sich auch der Junge mit dem schokoladenbraunen Haar um und ich erkannte sein strahlendes Lächeln sofort. Was machte er denn hier?

»Oh, Emily!« Fabian winkte mich zu sich heran und die Blicke der Leute wurden noch finsterer.

Ja, sie hatten recht. Ich nutzte die Gelegenheit.

Ohne auf die ausgefahrenen Ellbogen zu achten, drängte ich mich an den Menschen vorbei, bis ich neben Fabian stand.

»Hörst du diese Musik?« Ich tat einen Wink in Richtung Bar und dachte daran, wie weit wir beide den Altersdurchschnitt der Leute in der Schlange nach unten drückten.

»Du etwa nicht?« Fabian sah mich ernst an und als ich eine Augenbraue anhob, lachte er. »Meine Mutter hat mich geschickt.«

»Etwa, weil du zwei Karten für meinen Vater besorgen sollst?« Langsam begriff ich, was los war.

»Und du bist hier, weil dein Vater dich geschickt hat, um Karten für meine Mutter zu kaufen?«

Wir sahen einander an und lachten gleichzeitig los. Erst als wir die große Lücke zu unserem Vordermann bemerkten, beruhigten wir uns wieder und schlossen auf.

»Und was machen wir jetzt?« stellte Fabian die entscheidende Frage.

Eigentlich würde es reichen, wenn nur einer von uns beiden die Karten kaufte. Doch ich hatte eine bessere Idee. »Ich würde zu gern das Gesicht von Paps sehen, wenn sie sich heute Abend die gleichen Karten schenken.«

Fabian grinste mich an und zwinkerte mir verschwörerisch zu. »Guter Plan. Das stelle ich mir lustig vor.«

Es schien, als wären wir derselben Meinung.

»Auf jeden Fall haben sich zwei gefunden.« Ich erwiderte sein Lächeln. »Beide zu blöd, sich rechtzeitig um ein Geschenk zu kümmern.«

»Und dann besorgen sie es nicht einmal selbst, sondern schicken stattdessen uns«, ergänzte Fabian.

Ich nickte zustimmend und stellte fest, dass nur noch wenige Leute vor uns an der Reihe waren.

»Soll ich dich gleich mitnehmen?«, fragte Fabian, der meinem Blick gefolgt war. »Oder hast du noch was zu erledigen, bevor ich zu euch komme – vielleicht deine Kuschelsockensammlung sortieren?«

Der Spruch löste ein ärgerliches Blubbern in meinem Bauch aus, gleichzeitig stahl sich ein leichtes Lächeln auf meine Lippen. Ich wunderte mich so sehr darüber, dass ich den Moment verpasste, etwas Schlagfertiges zu kontern.

Wenn ich an die überfüllte Straßenbahn dachte, schien mir sein Auto die angenehmere Alternative zu sein. Zumindest bis mir wieder einfiel, dass er auch beim Plätzchenbacken zu früh dran gewesen und danach so plötzlich abgehauen war.

»Schon gut, ich fahr mit der Bahn«, sagte ich daher. »Du nimmst sicher deine Mutter mit.«

Die lockere Atmosphäre zwischen uns war auf einmal verschwunden und ich verschränkte die Arme vor der Brust, um die Kälte zu vertreiben.

»Sie fährt direkt vom Büro zu euch, ich muss sie also nicht mitnehmen.« Fabian musterte mich eingehend und legte mir ohne ein Wort seinen Schal um den Hals. »Was ist los mit dir?«

Obwohl die Luft so kalt war, nahm ich den Geruch nach Orangenschale wahr, der von der warmen Wolle ausging.

»Wieso musstest du Mittwoch auf einmal weg?« Normalerweise fiel es mir leicht, mit der Sprache herauszurücken, aber diese Frage hatte sich an einem Kloß vorbeigekämpft, der meinen Hals verschloss. Dadurch bekam meine Stimme einen gepressten Klang.

»Ich hatte gestern einen Termin, auf den ich mich vorbereitet habe.« Fabian beobachtete den Mann, der gerade am Ticketschalter stand und ich wusste, dass er damit meinem Blick auswich. Er sagte mir nur die halbe Wahrheit.

»Und der ist dir ganz zufällig wieder eingefallen?« Ich zögerte, hakte dann aber doch weiter nach. »Was war das denn für ein Termin?«

Der Mann zahlte seine Tickets und eilte in Richtung des nahe gelegenen Parkhauses. Fabian blieb stehen, fixierte mich und verengte seine Augen ein wenig, als würde er über etwas nachgrübeln.

»Wird's bald? Ihr seid dran!« Die Stimme der Frau hinter uns riss mich aus der Starre, in der Fabians Blick mich gefangen hielt.

Ich tat einen Schritt auf den Ticketschalter zu, als Fabian nach meinem Mantel griff.

»Das Backen mit dir hat mir super viel Spaß gemacht.« Nach einer kurzen Pause ließ er mich wieder los.

Mir auch, dachte ich, sprach es aber nicht aus.

»Vielleicht sollten wir Nummern tauschen, um solche Überraschungen in Zukunft zu vermeiden.« Ich setzte mich auf den Beifahrersitz des schwarzen Kleinwagens.

»Wenn ich ehrlich bin, hat mir diese Überraschung eigentlich ganz gut gefallen.« Fabian startete den Motor und setzte das Auto rückwärts aus der engen Parklücke der Tiefgarage.

Ich hielt die Umschläge mit je zwei Konzertkarten in den Händen und hatte mir den Rucksack zwischen die Beine geklemmt.

Wieso lag mir ein weiteres *Mir auch* auf den Lippen?

Aussprechen tat ich dagegen etwas anderes. »Dann also kein Nummerntausch?«

Während Fabian sich auf die Straße konzentrierte, gab mir das die Gelegenheit, ihn von der Seite zu betrachten. Die gerade Linie seines Unterkiefers bildete einen Kontrast zu dem weichen dunkelbraunen Haar, das er hinters Ohr gestrichen hatte.

»Nein ... also doch. Gern.«

Er sagte die einzelnen Ziffern auf, ohne dabei ins Stocken zu geraten. Wer lernte heute noch seine Handynummer auswendig?

»Danke, dass du mich mitnimmst.«

Statt Fabians Namen tippte ich *Schokodieb* als Kontakt ein.

»Ich danke dir für deine Begleitung.« Obwohl er den Blick nicht von der Straße abwandte, erschien das mir bereits so vertraute Lächeln auf seinen Lippen.

Ich runzelte die Stirn. Wann war das denn passiert? Diese Vertrautheit zwischen uns fühlte sich so viel angenehmer an, als ich erwartet hätte. Nach unserem Gespräch hatte ich mich dazu entschlossen, ihm zu glauben. Daher hatte ich schließlich auch zugestimmt, dass er mich mitnahm.

»O Mist!« Plötzlich fiel mir etwas ein, das ich vergessen hatte. »Wir müssen noch mal einen kleinen Umweg nehmen. Geht das?«

Was ist los mit dir, Emily? Du bist sonst nicht so vergesslich.

»Klar. Wohin soll's gehen?« Er steuerte den Wagen auf eine Einfahrt zu und ich beschrieb ihm den Weg zum Bäcker.

»Sind etwa die ganzen Plätzchen schon aufgefuttert?«, fragte er auf der Fahrt dorthin.

Meine Wangen begannen zu glühen. Den ein oder anderen Keks oder Brownie hatte ich in den letzten beiden Tagen bestimmt gegessen. »Ich hab ein paar mit in die Schule genommen und mein Vater brauchte sie für eine Adventsfeier im Büro.«

»Ach ja. Meine Mutter hat davon erzählt«, sagte Fabian. »Aber nach den tollen Brownies bin ich echt enttäuscht, dass du mich nicht fürs Muffinbacken eingeladen hast.« Er parkte den Wagen gleich neben dem Laden und zwinkerte mir zu.

»Du hattest doch einen wichtigen Termin«, erwiderte ich und biss mir auf die Unterlippe. Ständig auf diesem Thema herumzureiten, ließ mich viel zu sehr nach einer nachtragenden Nervensäge klingen.

»Emily, es tut mir leid. Ehrlich.« Sein Blick wurde intensiver und kurz vergaß ich, zu atmen.

Erst das Hupen eines Wagens direkt hinter uns weckte mich aus der Starre und ich sprang auf die Straße, um die bestellten Muffins abzuholen.

Die kühle Luft ordnete die Gedanken in meinem Kopf und der Geruch nach frischem Gebäck holte mich endgültig zurück in die Realität. Eine Realität, in der ich zwar eine gemeinsame Mission mit meinem künftigen Stiefbruder hatte, er deswegen aber nicht gleich meinen Atem aus dem Takt brachte.

Mitsamt der Tüte stieg ich wieder ins Auto, das Fabian inzwischen gewendet hatte, und den Rest der Fahrt verbrachten wir schweigend. Die kurzen Seitenblicke auf seine markanten Züge offenbarten mir nichts darüber, was er über diese Situation und unsere Gespräche dachte.

»Da sind wir.« Das Motorengeräusch erstarb und Fabian öffnete die Beifahrertür, um mir die Muffins abzunehmen. »Den zweiten Umschlag packe ich besser ein. Wir wollen uns doch nicht verraten.«

»Stimmt.« Ich grinste. »Wir sagen einfach, dass wir zufällig gemeinsam hier angekommen sind.«

Doch diese Ausrede hätten wir ohnehin nicht gebraucht, weil Paps noch immer in seine Arbeit vertieft war. Nach einer kurzen Begrüßung beachtete er uns nicht weiter. Zumindest hatte er den Ofen angeschmissen, sodass der Geruch nach geschmolzenem Käse die Küche durchströmte.

»Wo sind die Kuschelsocken?«, fragte Fabian.

»Sorry, lass deine Schuhe heute ausnahmsweise an. Ich hab Nüsse und Mandarinen reingesteckt. Nikolaus, du weißt schon.«

»Kommen die nicht normalerweise in die Stiefel?«

Ich zuckte mit den Schultern. »Bei uns nicht.«

Meine Mutter hatte die amerikanische Tradition mit den Strümpfen am Kamin schon immer geliebt und trotz fehlendem Kamin waren die gefüllten Socken auch bei uns eingezogen.

Fabian und ich deckten den Tisch ein und hängten die befüllten Kuschelsocken zusammen mit kleinen Namensschildchen an die Rückenlehnen der Holzstühle.

»Wollen wir die Umschläge schon mal reintun?« Ohne meinen Vater aus den Augen zu lassen, zog er die Karten heraus.

»Gute Idee.« Ich steckte meinen Umschlag in Susies Strumpf.

Da vibrierte mein Handy in der hinteren Hosentasche meiner Jeans und ich nahm nach einem kurzen Blick aufs Display Janas Anruf entgegen.

»Hey, Jana, was gibt's?«, grüßte ich.

»Hey, Em. Stress mit meinen Eltern.« Die Stimme meiner besten Freundin klang wütend und nach ziemlich schlechten Neuigkeiten.

»Was ist passiert?«

»Sie haben von der Fünf in Mathe erfahren und jetzt kann ich nachher nicht mit auf die Party.«

Während ich vor der Arbeitsplatte der Küche auf und ab lief, hatte Fabian die Ellbogen auf dem Tresen und das Kinn auf seinen Händen abgestützt.

Er beobachtete mich und ich spürte es viel zu deutlich auf meiner Haut.

»Darauf freuen wir uns doch seit Monaten!« Obwohl Jana nichts für die Überreaktion ihrer Eltern konnte, ließ sich meine Enttäuschung nicht vor ihr verbergen.

»Das weiß ich selbst. Außerdem hatte ich gehofft, dass ich meine Nummer 16 dort treffe. Viele aus dem Eishockeyteam werden auf der Party sein.«

Ich verdrehte die Augen und war froh, dass meine Freundin es nicht sehen konnte. »Dann werde ich wohl auch nicht dahin gehen.«

»Es tut mir echt leid, Maus.« Jana klang ehrlich betroffen. »Kann ich morgen vorbeikommen und wir lernen ein bisschen? Das wird meinen Eltern sicher gefallen. Vielleicht regen sie sich dann wieder ab und ich kann beim nächsten Mal mit zur Party.«

Es wurde Zeit, dass sie endlich volljährig wurde, so wie ich.

»Klar. Komm einfach nach dem Frühstück vorbei.« Im Dezember dachte ich zwar ungern ans Lernen, aber da im Frühjahr die Abiprüfungen anstanden, konnte ich mir das dieses Jahr wohl nicht erlauben. Außerdem wollte ich meine Freundin nicht im Stich lassen.

»Alles klar. Wir sehen uns morgen«, verabschiedete sich Jana.

»Ja, bis morgen.« Ich legte auf und blickte in Fabians neugierige Miene.

»Wohin wirst du nicht gehen?«, fragte er.

Eigentlich passte mir nicht, dass er das Gespräch so unverblümt mit angehört hatte, doch ein Teil von mir freute sich über sein Interesse.

Seit wann ist es mir wichtig, ob er sich für mich interessiert?

»Ach, nur eine Party. Nichts Besonderes.«

Fabian kniff die Augen zusammen und schlenderte zu mir hinüber. »Es klang schon nach etwas Besonderem.«

»Die Eltern meiner Freundin sind wegen einer Note ausgeflippt und jetzt darf sie nicht mit. Allein werd ich nicht hingehen.«

»Du meinst nicht zufällig die Party im Bootshaus, oder?«

»Doch, genau um die geht's. Wieso?«

Einen kurzen Moment schien er zu überlegen, bevor er sagte: »Vielleicht sehen wir uns ja dort. Dann bist du nicht allein.«

Hatte er mich gerade gefragt, ob wir gemeinsam in einen Club gingen? So wie bei einem Date oder eher als zukünftige Geschwister?

Genau in dem Moment hörte ich, wie die Haustür aufgeschlossen wurde, und es waren Susie und meine Oma, die mich vor einer Antwort retteten.

Was sollte ich auch sagen? Vor wenigen Tagen hatte ich Fabian nicht ausstehen können, doch mittlerweile war ich mir nicht mehr sicher, ob es an Paps Planänderungen oder an ihm selbst gelegen hatte. Wir hatten uns gerade erst kennengelernt und dennoch in den wenigen Tagen viel mehr Zeit miteinander verbracht, als ich es für möglich gehalten hätte.

»Du packst zuerst mein Geschenk aus!« Das waren die ersten Worte, die ich von Susie hörte, als sie unsere Wohnung betrat.

Hatte sie etwa schon einen Schlüssel? Mir wurde plötzlich schlecht.

Wie aufs Stichwort klappte Paps seinen Laptop zu und begrüßte seine Freundin mit einem Lächeln. »Und gleich danach packst du meins aus.«

Fabian und ich sahen uns an. Na, wenn die wüssten.

Warme, schwere Luft empfing mich, als ich den Eingangsbereich des Clubs betrat und ich bereute meine Entscheidung, den Pulli und die Jeans anstelle des Kleides angezogen zu haben.

Mit den Augen suchte ich all die Menschen ab, die sich definitiv passender gekleidet hatten. Die kurzen Miniröcke und abgeschnittenen Hotpants zogen die glasigen Blicke der Jungs auf sich, die selbst einfache Shirts und Jeans trugen.

Vielleicht war der Pulli doch nicht ganz verkehrt. So lenkte ich zumindest weniger Aufmerksamkeit auf mich.

Ich holte tief Luft und ging zur Bar hinüber, um mir eine Piña Colada zu bestellen. Während der Barkeeper mein Getränk mixte, lehnte ich am Tresen und sah mich im Loungebereich um. Pärchen hockten auf Sofas eng zusammen und befummelten einander, als säßen sie auf der heimischen Couch.

Ich wandte meinen Blick ab und entdeckte im Durchgang zum Mainfloor einen Typen in grauem Muskelshirt, der sich mit einer hübschen Blondine unterhielt.

»Fabian«, sagte ich zu mir selbst und bemerkte dann die lauten Rufe des Barkeepers, der mir genervt mein Glas hinhielt.

Ich nahm es entgegen und schlürfte den süßen Cocktail durch den Strohhalm.

Hatte Fabian sich mit diesem Topmodel verabredet oder sie eben erst aufgerissen? Ihre Haltung war eindeutig und es sah aus, als könnte sie ihre Finger nicht mehr lange bei sich behalten.

Erst als meine Kiefer schmerzten, bemerkte ich, wie fest ich die Zähne aufeinandergepresst hatte.

Gerade als ich den Entschluss gefasst hatte, mein Getränk stehen zu lassen und von dieser Party zu verschwinden, sah Fabian in meine Richtung und winkte mir zu.

Mist! Wahrscheinlich wäre es für alle besser gewesen, er hätte mich nicht entdeckt. Denn nun kam er mit der blonden Barbie doch tatsächlich zu mir hinüber. Das enge dunkelrote Kleid, welches sie trug, zeigte für meinen Geschmack deutlich zu viel Haut.

»Emily, was machst du denn hier?« Fabian legte mir zur Begrüßung einen Arm um die Taille, Barbie blieb auf Abstand und verzog ihre vollen Lippen.

Vorhin hatte er selbst angeboten, mich zu begleiten. Zwar hatte ich abgelehnt, seine gespielte Überraschung machte mich dennoch wütend.

»Ich hab's mir anders überlegt und bin doch gekommen.« Ich deutete auf die Blondine. »Aber wie ich sehe, bist du in bester Gesellschaft.«

»Nur ein Spaß, Emily.« Mit seinem Zeigefinger stupste er mich gegen die Schulter. »Das hier ist Chiara.« Er zog das Mädchen an seine Seite.

Aus der Nähe sah ich ihr stark geschminktes Gesicht und die künstlichen Fingernägel, mit denen sie sich durch ihr langes Haar fuhr. »Ich bin seine Spielpartnerin.«

Ich zog die Augenbrauen zusammen. »Spielpartnerin?«

»Wir haben gestern für eine Rolle vorgesprochen. Wenn wir sie kriegen, spiele ich seine Freundin in einer neuen Serie.« Chiara legte einen Arm über Fabians Schulter. Ihn schien es nicht zu stören, denn das Lächeln auf seinen Lippen blieb.

»Oh ... na dann viel Erfolg.« Die Worte presste ich durch zusammengebissene Zähne. Der Anblick der beiden, ihre Nähe, dieses Gespräch, irgendwie wurde mir alles zu viel.

»Sorry, ich muss mal aufs Klo.«

Ohne eine Antwort abzuwarten, flüchtete ich auf die Toilette.

Wie hatte ich nur glauben können, Fabians Angebot sei mehr gewesen als eine höfliche Geste für seine zukünftige kleine Schwester?

Ich versteckte mich in einer Kabine und setzte mich auf den geschlossenen Klodeckel. Meinen Kopf ließ ich herabhängen und sah auf die Sneaker, die ich trug.

Das war also der Termin gewesen, von dem Fabian erzählt hatte. Wieso klärte er mich nicht auf? Ich konnte mir kaum vorstellen, dass er einfach nicht damit angeben wollte.

Meine Augen wurden feucht und ich wischte mir über die Wangen. Ich verstand mich selbst nicht oder wollte mich vielmehr nicht verstehen.

Von Anfang an war Fabian der perfekte Schauspieler gewesen. Obwohl ich es bereits geahnt hatte, wollte ich dem netten Kerl glauben, der meine Kuschelsocken trug und mit mir Plätzchen backte.

Ich verließ die Kabine, wusch mir mit kaltem Wasser das Gesicht und machte mich auf den Weg zum Ausgang. Der Abend war gelaufen, und ich wusste nicht mehr, was mich überhaupt dazu getrieben hatte, hierher zu kommen.

Mit gesenktem Kopf prallte ich gegen einen warmen Körper und sofort schoss Hitze in meine Wangen, als ich ein leises *Entschuldigung* nuschelte.

»Emily?« Der Klang von Fabians Stimme ließ mich schlucken. Ich sah auf. »Wo ist dein Blondinchen?«

Seine Augen weiteten sich, er wirkte verlegen und vielleicht sogar ein bisschen panisch.

Was war sein Problem? Es hatte ihm schließlich auch nichts ausgemacht, sie mir vorzustellen, während sie sich an ihn geschmiegt hatte.

Er zog den Reißverschluss seiner Sweatjacke hoch, die er gerade übergezogen haben musste. »Ich glaube, ich muss dir einiges erklären. Wollen wir vielleicht woanders hingehen? In der Nähe gibt's eine ruhige Bar direkt am Hafen.«

Noch immer kämpfte ich gegen einen Kloß im Hals und weitere Tränen drohten, sich ihren Weg zu bahnen. Doch als ich in seine warmen braunen Augen blickte, in denen das Grün im schwachen Licht kaum zu erkennen war, gab ich nach. Eine Erklärung war genau das, was ich jetzt brauchte.

Wir saßen uns in der Bar gegenüber und Fabian bestellte zwei Tassen heiße Schokolade, als eine Kellnerin an unseren Tisch kam. Die gepolsterten Lehnstühle waren bequem und der Laden im maritimen Stil strahlte durch die warmen Erdtöne der Einrichtung und die vielen Kerzen eine Behaglichkeit aus, bei der ich mich auf der Stelle wohlfühlte.

»Das blonde Mädchen heißt Chiara«, begann Fabian. »Ich hab sie bei einem Vorsprechen für eine Rolle in einer Soap kennengelernt und als wir gemeinsam reingerufen wurden, hat sie mich auf diese Party festgenagelt.«

Er kratzte an dem Rand einer Kerze herum und blickte in die Flamme. »Eigentlich wollte ich nicht mit, aber als du meintest, dass du vielleicht auch kommst, hab ich ihr zugesagt. Falls wir beide genommen werden, sollten wir uns verstehen, daher wollte ich nicht unhöflich sein.«

»Du bist Schauspieler?« Nach seiner Erzählung schwirrten mehrere Fragen auf einmal durch meinen Kopf, wobei mir diese die unverfänglichste von ihnen zu sein schien.

Chiara und er hatten auf mich einen vollkommen anderen Eindruck gemacht.

Oder war diese Flirterei tatsächlich das, was er unter *Höflichkeit* verstand?

Fabian lachte und sah mich an. »Schön wär's. Meine Mutter hat was dagegen. Sie zahlt mir Geld, um mich bei meinem Studium zu unterstützen. Das nutze ich für die Schauspielkurse und Castings, ohne dass sie was davon weiß.«

Unsere Tassen kamen und ich wärmte mir zunächst die Hände daran, bevor ich die Sahne in die heiße Schokolade rührte. »Deswegen erzählst du nichts darüber.«

Er nickte.

»Wieso hat sie denn was dagegen?«

»Für sie sind solche Träume nichts wert.« Sein Tonfall war bitter. »In ihren Augen ist eine solide Ausbildung alles, was zählt.«

»Das tut mir leid«, sagte ich, obwohl ich seine Situation kaum nachempfinden konnte.

Meine Eltern hatten dazu immer eine ganz andere Einstellung gehabt. Doch im Gegensatz zu Fabian hatte ich selbst bisher keine Idee davon, was ich beruflich machen wollte.

»Wir haben unseren Weg gefunden, damit umzugehen.« Seine Worte klangen leicht, dabei zeigte sein Gesichtsausdruck eine Art von Frustration, die ich nicht recht deuten konnte.

»Wir?«, hakte ich nach.

»Na ich und ...«, er schluckte. »Mein Bruder.«

Was ist denn sein Traum? Die Frage lag mir auf der Zunge, doch ich drängte sie beiseite. Es war mehr als offensichtlich, dass er nicht über ihn sprechen wollte.

Stattdessen rührte ich in meiner heißen Schokolade herum und betrachtete die braunen Schlieren, auf der Suche nach einer Möglichkeit, das Thema zu wechseln. »Das mit den doppelten Karten war echt die beste Idee, die wir hätten haben können.«

Ich blickte auf und war froh, wieder ein echtes Lächeln auf Fabians Lippen zu entdecken. Es war ansteckend.

»Mein Vater hat sich den ganzen Abend darüber aufgeregt. *Natürlich hat sie die Karten selbst besorgt*«, äffte ich Paps Stimme nach.

Fabian stieg darauf ein und ließ seine Stimme eine Oktave höher klingen. »*Er hat mir die ganze Überraschung verdorben.*«

Sein Tonfall war so affektiert und erinnerte mich tatsächlich an Susie, dass ich laut lachen musste.

»Aber ich glaube, sie hat sich insgeheim darüber gefreut, dass er auf dieselbe Idee gekommen ist«, sagte Fabian, als mein Lachanfall vorüber war.

»Das kann ich mir vorstellen. Meine Mama hat früher immer darüber geschimpft, wie wenig kreativ mein Vater in Sachen Geschenke ist.« Ohne es verhindern zu können, sog ich scharf die Luft ein, als mir bewusst wurde, dass ich gerade über meine Mutter gesprochen hatte.

So präsent sie auch in meinen Gedanken war, so wenig sprach ich über sie. Erst recht nicht mit jemandem, den ich gerade erst seit einer Woche kannte.

Doch Fabian gelang es, meinen umherspringenden Blick einzufangen, und löste damit sofort eine so ungewohnte innere Ruhe in mir aus, dass ich sogar lächelte.

»Wie war sie?«, fragte er nach einer kurzen Weile, in der er mich nur betrachtet hatte.

Die Musterung aus seinen braunen Augen, deren grüner Kranz mich nahezu anstrahlte, machte mich nervös und ich griff nach meiner Tasse wie nach einem Rettungsanker.

Nur bemerkte ich nicht, dass Fabian in dieser Sekunde ebenfalls seine Hand ausgestreckt hatte. Dafür war mir die plötzliche Berührung unserer Finger allzu bewusst, die Wärme seiner Haut spürte ich überdeutlich.

Statt meine Hand jedoch wieder zurückzuziehen, streckten sich meine Finger fast automatisch ein wenig nach seinen aus und vertieften die Berührung für einen Augenblick.

Dann schüttelte sich etwas in meinem Inneren, ich ergriff die Tasse und trank einen Schluck meiner mittlerweile nicht mehr ganz so heißen Schokolade.

Was war das denn bitte?

»Du musst mir nicht von ihr erzählen, wenn du nicht willst«, sagte Fabian, als hätte es den Moment zwischen uns nicht gegeben.

»Ich möchte aber.« Es war die Wahrheit. Meine Worte kamen mir schnell und leicht über die Lippen.

Hier in dieser Bar fühlte ich mich wie in einer abgeschlossenen kleinen Welt, die nichts mit dem Draußen zu tun hatte. Einer Welt, in der ich keine Rolle spielte, keine Pläne machte, sondern einfach ich sein durfte.

»Sie hat Weihnachten mehr als alles andere geliebt. Sobald unsere Stamm-Confiserie im Einkaufszentrum die Adventskalender verkaufte, hat sie uns zwei geholt. Manchmal hatte ich das Gefühl, sie hat Weihnachten sogar mehr geliebt als meinen Vater und mich.« Ich lächelte. »Na ja, eigentlich hat sie an diesem Fest vor allem geliebt, dass wir es zusammen erleben.«

Meine Stimme brach und ich schluckte einen Kloß hinunter, bevor ich weitersprach. »Es gab nichts, das ihr je peinlich war. Alles hat sie aus voller Leidenschaft getan. Sie war der lebensfroheste Mensch, den ich kannte. Keiner hat mehr gelebt als sie ...«

Nun gelang es mir doch nicht, ein paar der Tränen zurückzuhalten, die meine Wangen herunterkullerten.

Aber es war mir egal. Plötzlich zählte nur noch dieser eine Moment und ich spürte, wie sehr ich das in den letzten Jahren gebraucht hatte. Zu *leben*, in diesem Augenblick, ganz ohne an morgen zu denken.

»Ich glaube, so war mein Vater auch mal. Früher.«

Wieder verflochten sich unsere Blicke ineinander und erzeugten ein warmes Gefühl in meinem Bauch.

»Warum *war*?«, hakte ich nach.

»Seine Karriere ist ihm irgendwann zu Kopf gestiegen. Das ist es auch, wovor meine Mutter solche Angst hat. Dass mir dasselbe passiert.«

»Und du glaubst das nicht?«

Fabian sah mich an und zuckte die Schultern. »Ehrlich? Ich habe keine Ahnung. Es ist zumindest nicht mein Ziel. Alles, was ich will, ist Schauspielern.«

Seine Ehrlichkeit beeindruckte mich und mir wurde bewusst, wie direkt und offen er von unserer ersten Begegnung an mir gegenüber gewesen war. Aber anstatt diese Art an ihm zu schätzen, hatte sie mich rasend gemacht, weil ich nicht hatte zugeben wollen, dass ich ihn mochte.

Ich biss mir auf die Lippe und bemerkte, wie Fabians Blick zu meinem Mund wanderte und dort hängen blieb.

»Solche spontanen Aktionen wie das hier sehen mir eigentlich gar nicht ähnlich. Erst recht nicht kurz vor Weihnachten.« Es sollte ein Versuch sein, ihm genauso viel Offenheit entgegenzubringen, wie er es mir gegenüber getan hatte.

Er hob einen Mundwinkel und auf einmal war da wieder dieses Leuchten in dem Grün seiner Augen, das meinen Herzschlag zu Saltos anspornte. »Ach ja? Und was hat sich geändert?«

Du, wollte ich sagen. Dieses Gefühl von etwas Unerwartetem, die Unplanbarkeit des nächsten Moments – das war neu und aufregend.

»Dieser Kerl hat meinen geliebten Adventskalender eingeschmolzen. Und rausgekommen sind die genialsten Brownies, die ich je gegessen hab. Wenn das mal kein Argument ist, meine Gewohnheiten zu hinterfragen?«

Er grinste. »Muss ein cooler Typ sein.«

Unser Gespräch wechselte eine Weile zwischen ernsten Themen und lockeren Neckereien hin und her, wir bestellten eine zweite Runde Getränke und eine dritte.

Es war schon ziemlich spät, doch ich war hellwach. Fühlte mich so wohl an diesem Ort, dass ich bis in die Nacht mit Fabian über alles Mögliche redete. So lange, bis mir beinahe die Augen zufielen und er mich unter leisem Protest nach Hause brachte.

7. Dezember

Emily

Ich öffnete blinzelnd die Augen, als ich spürte, wie mein Körper durchgerüttelt wurde. Heftiger Schmerz schoss mir in die Schläfen und ich zog mir die Decke über den Kopf, damit das helle Licht verschwand.

»Mensch, Emily! Wach auf!« Die warme Decke wurde mir entrissen und ich begann sofort zu frieren.

Wer war so grausam, mich mitten in der Nacht und dann auch noch auf diese Weise zu wecken?

»Jana?«, nuschelte ich und schlug tapfer die Augen auf.

»Ja, wir waren verabredet. Es ist zwölf Uhr!« Meine Freundin stand mit meiner Bettdecke im Arm vor mir und trotz ihrer tadelnden Worte erkannte ich den amüsierten Ausdruck auf ihrem Gesicht.

»Das kann gar nicht sein.« Ich setzte mich auf und tastete nach meinem Haar. Einige Strähnen hatten sich aus dem Zopf gelöst und ich zog das Haargummi heraus. Es tat gut, wie sich meine Kopfhaut gleich entspannte.

»Die Uhr lügt nicht. Hast du dich gar nicht umgezogen? Wo bist du gewesen?« Jana setzte sich an den Rand des Bettes und ich verschränkte meine Beine zu einem Schneidersitz.

Die Bilder des gestrigen Abends schossen mir durch den Kopf und ich musste lächeln. Es war lange her, dass ich etwas getan und dabei nicht einen Moment über den nächsten Tag nachgedacht hatte. Ansonsten wäre ich sicher nicht erst um zwei Uhr im Bett gewesen.

»Du warst doch nicht etwa allein auf dieser Party?« Meine Freundin riss ihre hellblauen Augen auf und rutschte näher zu mir heran. »Hast du dort jemanden kennengelernt? Geht er auf unsere Schule? Habt ihr zusammen getanzt?«

Ihre Stimme klang eher so, als hätte sie mich danach gefragt, ob ich gestern Aliens begegnet war und nicht bloß Zeit mit einem Typen verbracht hatte. War das wirklich so abwegig?

»Ja, äh nein, na ja, irgendwie schon.« Es waren zu viele Fragen und ich kannte auf keine die richtige Antwort.

»Was denn nun?«, fragte sie ungeduldig. »Ach Mensch, ich wäre zu gern dabei gewesen! Stattdessen saß ich zu Hause rum, während du dort warst und ich alles verpasst hab.« Sie schob ihre Unterlippe zu einem Schmollmund vor.

»Ich war auf der Party, aber nicht länger als eine halbe Stunde«, begann ich zu erklären. »Wir sind …«

»Und wieso bist du dann so müde?«, unterbrach Jana mich.

»Nun lass mich erst mal erzählen!« Anscheinend kamen die Informationen für meine neugierige Freundin einfach zu langsam, was mir ein Schmunzeln entlockte.

Zum Zeichen, dass sie ab sofort schwieg, verschloss sie ihre Lippen mit Daumen und Zeigefinger wie bei einem Reißverschluss.

»Ich hab Fabian im Club getroffen. Er ist einer der beiden Söhne von Paps' neuer Freundin. Ich hatte dir von ihm erzählt. Er ist nicht so übel, wie ich anfangs dachte. Wir sind von der Party abgehauen, haben uns mit einer heißen Schokolade in eine Bar gesetzt und geredet.«

»*Geredet* also?« An der hochgezogenen Augenbraue und ihrem schiefen Lächeln erkannte ich, dass sie mehr hinter unserem Treffen vermutete. Vielleicht hatten sie auch meine glühenden Wangen auf die Idee gebracht.

»Ja, wir haben wirklich nur geredet. Und ich weiß auch gar nicht, ob er das nur getan hat, um nett zu sein.«

»Wieso sollte er?«

»Er ist immer höflich. Ich weiß nie, woran ich bei ihm bin. Außerdem wird er vielleicht bald mein großer Bruder.« Bei diesem Gedanken drehte sich mir der Magen um.

Was würde sich alles ändern, wenn wir plötzlich unter einem Dach lebten? Zwar hatten Susie und Paps bisher nicht vom Zusammenziehen gesprochen, aber das war nur eine Frage der Zeit.

»Ihr seid ja nicht verwandt oder so was. Es spricht nichts dagegen, wenn ihr zusammen seid.« Jana stand auf und ging zu ihrem Rucksack, um ihre Schulsachen auf meinem Eckschreibtisch auszubreiten.

»Wir sind nicht zusammen«, sagte ich schnell. »Es war einfach ein netter Abend. Wie unter guten Freunden.«

»Ein guter Freund, der noch dazu sexy ist und sich einen Abend im Club entgehen lässt, um allein mit dir zu sein?« Ihre Worte blieben in der Luft hängen und brachten mich zum Nachdenken.

Wenn sie es so formulierte, klang es wirklich, als wäre mehr zwischen uns.

Doch ich wollte nichts darin sehen, was nicht existierte. Wahrscheinlich wollte er mich bloß besser kennenlernen, wenn wir künftig gemeinsam in einem Haus wohnen würden.

Daher ließ ich ihre Aussage vorerst unkommentiert und entschuldigte mich für einen Moment ins Badezimmer, damit ich mich umziehen und kurz frisch machen konnte. Meine beste Freundin hatte mich zwar schon in allen möglichen Situationen gesehen, aber unmittelbar nach dem Aufwachen brauchte ich immer ein wenig Zeit für mich.

Als ich zurück in mein Zimmer kam, hatte Jana ihren Kopf bereits ins Biobuch gesteckt. »Ich check einfach nicht, wie aus diesen vier Buchstaben plötzlich unsere verschiedenen Eigenschaften werden sollen.«

»Du meinst die Basen?« Ich beugte mich mit ihr über das aufgeschlagene Buch.

»Ja genau. Diese ganze Transkription, Translation … Genetik ist echt nicht mein Ding. Da sind mir diese Kurven von Luchs und Hase echt lieber.«

»Vier Basen reichen aus, um alle zwanzig Aminosäuren zu verschlüsseln«, erklärte ich. »Wenn du immer drei von ihnen verschieden anordnest, ergibt das mehr als genug Möglichkeiten. Und die zwanzig Aminosäuren wiederum kannst du dir wie die Buchstaben unseres Alphabets vorstellen.«

Jana nickte langsam. »Und die bestimmen dann zusammen, ob wir blaue, braune oder grüne Augen haben?«

»Ja. Und jeden hellen Fleck oder Ring in der Iris.« Mir kamen Fabians besondere Augen in den Sinn und mein Bauch begann zu kribbeln. »Kennst du eigentlich diese Farbe, die je nach Licht mal grün und mal braun wirkt?«

»Ich hab schon davon gehört, aber keine Ahnung, wie man das nennt.«

Ich griff unter mein Kopfkissen, um mein Handy herauszuziehen und danach zu googeln. Es dauert nicht lange, bis ich fündig wurde.

»Hazel. Das war es. Bei Fabian muss es genauso sein.«

»Aha und das konntest du in der dunklen Bar so gut erkennen?« Jana zwinkerte mir zu.

»Haha.« Bevor ich mein Handy weglegen konnte, entdeckte ich eine neue Nachricht auf dem Display. Sie war von Fabian.

»*Guten Morgen, Emily! Ich hoffe, du hast gut geschlafen. Morgen Nachmittag tritt auf dem Weihnachtsmarkt in der Altstadt eine coole Band auf und ich wollte fragen, ob wir zusammen dorthin wollen*«, las ich halblaut vor und hatte dadurch sofort die Aufmerksamkeit meiner besten Freundin.

»Hat *er* dir etwa geschrieben?« Jana stand mit ausgestreckter Hand vor mir und wollte die Nachricht ebenfalls lesen.

Weil ich wusste, dass sie ohnehin keine Ruhe gäbe, las ich ihr den Text vor und fragte, was ich antworten sollte.

»Natürlich gehst du hin! Wenn meine Nummer 16 mir so eine Nachricht geschrieben hätte, gäbe es keine andere Option für mich.«

Da hatte sie eigentlich recht. Denn bei dem Gedanken daran, ihn schon morgen wiederzusehen, machte sich ein angenehm flatterndes Gefühl in meinem Magen breit.

Ich antwortete auf die Nachricht mit: *Sehr gern. Wir treffen uns um vier an der Bühne*, fügte einen lächelnden Smiley hinzu und wandte mich an Jana.

»Ich erklär dir jetzt den genetischen Code und wenn wir damit durch sind, hilfst du mir mit meinem Outfit für morgen.«

»Du bist der Wahnsinn, Jana! Ich hätte nicht gedacht, dass mein Schrank so etwas hergibt.« Während ich mich vor dem Spiegel in alle Richtungen drehte, bewunderte ich die Kombination aus einem dunkelgrünen Pullover, der mir bis zu den Oberschenkeln reichte, der weihnachtlich gemusterten Strumpfhose und hohen schwarzen Stiefeln.

Mein braun-rotes Haar, das ich normalerweise zu einem Zopf flocht, fiel mir in großen Locken auf die Schultern und meine Freundin hatte mir gezeigt, wie ich zwei der vorderen Strähnen eindrehen und nach hinten stecken konnte.

»Ach, überhaupt kein Problem.« Auf Janas Lippen lag ein zufriedenes Lächeln. »Hauptsache, du bekommst das morgen auch ohne meine Hilfe hin.«

Die Frisur stellte kein Problem für mich dar, nur das dezente Make-up, das sie mir verpasst hatte, würde sicher nicht so hübsch werden.

»Na klar«, antwortete ich trotzdem. »Geh du mal zum Training, damit du deine Nummer 16 wiedersehen kannst.«

Am Vormittag hatte sie sich richtig zusammengerissen, aber spätestens seit sie mit meinen Haaren angefangen hatte, gab es keine anderen Themen mehr als das Eishockeytraining und ihren Schwarm. Vielleicht war es das Friseur-Syndrom. Die Damen dort neigten nämlich auch dazu, einen mit den immer gleichen Themen vollzuquatschen.

Dem Strahlen ihrer Augen nach zu urteilen, war sie jedenfalls längst in der Eishalle. Gedankenverloren packte sie ihre Schultasche zusammen und ich begleitete sie nach unten in den Flur.

»Habt ihr schön gelernt?« Paps sah von seiner Zeitung auf. »Magst du noch zum Abendessen bleiben, Jana?«

»Hast du etwa gekocht?«, fragte ich.

»Oma hat gerade Eintopf vorbeigebracht.«

Innerlich rollte ich mit den Augen. Das hätte ich mir denken können.

»Nein, vielen Dank. Leider wollen meine Eltern, dass ich bis sechs zu Hause bin.« Jana tippte sich an die Stirn, sodass nur ich es sehen konnte.

»Dann beim nächsten Mal.« Mein Vater lächelte und zog dann die Strin kraus. »Kommst du denn gut heim?«

»Der Bus fährt in zehn Minuten und hält quasi vor ihrer Haustür, Paps.« Meist schien er sich kaum Sorgen zu machen, doch an manchen Tagen war es, als mutierte er zum Helikoptervater.

»Okay, komm gut nach Haus!« Er hob eine Hand und verschwand wieder hinter seiner Zeitung.

»Dein Papa ist echt süß.« Meine Freundin grinste und machte in Parka und Boots einen Schritt aus der Tür.

»Bitte sag so was nicht, wenn ich dabei bin. Er ist mein Vater.« Ich verzog das Gesicht.

Obwohl es eiskalt draußen war, folgte ich meiner Freundin und lehnte die Haustür hinter mir an. Ich schloss Jana in eine kurze Umarmung »Was willst du nun wegen deiner Nummer 16 unternehmen? Du kannst ihn schließlich nicht ewig aus der Ferne anschmachten.«

Verlegen wich sie meinem Blick aus, was ihr eigentlich gar nicht ähnlich sah. »Erst mal beobachte ich ihn noch ein wenig. Wenn wir beide zu dem Spiel gehen, werde ich mich sicher überwinden können, ihn anzusprechen.«

Meine Freundin hatte zwar keinen Rückhalt wie mich nötig, denn sie hatte mit ihrer selbstbewussten Art schon dem ein oder anderen Typen den Kopf verdreht, aber sobald Gefühle im Spiel waren, wurde aus ihr jedes Mal ein schüchternes Mäuschen.

»Okay, darauf werde ich dich festnageln«, sagte ich und rieb mir über die Arme.

»Jetzt geh schon rein, sonst erfrierst du noch.« Jana stieß die Tür unseres Hauses auf und bedeutete mir, in die Wohnung zurückzugehen.

Ich hob die Hand zum Abschied und schloss die Tür.

»Wieso hat Oma nicht Hallo gesagt?«, fragte ich meinen Vater und begutachtete den großen Topf, der auf dem Herd stand.

»Sie wollte dich und deine Freundin nicht beim Lernen stören.« Paps legte die Zeitung beiseite und kam zu mir, um sich wie ich einen Teller mit Eintopf zu füllen.

Erst da sah er mich richtig an und seine Stirn legte sich in tiefe Falten. »Was hast du überhaupt an? Das sieht nicht nach passender Kleidung fürs Lernen aus.«

Was sollte ich ihm sagen? Von Fabian und unserer Verabredung wollte ich ihm nichts erzählen. »Mädchenkram, Paps. Wir können doch nicht fünf Stunden am Stück lernen. Ab und zu muss man auch mal eine Pause machen.«

Immerhin beließ er es dabei und stellte unsere Teller in die Mikrowelle, nachdem er mit einem Löffel probiert hatte.

In dem Moment klingelte es. »Erwartest du noch Besuch?«, fragte ich.

Paps schüttelte den Kopf.

»Vielleicht hat Jana etwas vergessen. Ich geh schon.« Die Absätze meiner Stiefel klackerten auf den Fliesen im Flur, bis ich die Tür öffnete und Fabian entgegensah.

Zuerst sagten wir beide nichts. Die braunen Haare standen ihm in alle Richtungen ab und seine Wangen waren von der Kälte gerötet.

»Hey, Emily. Es geht um unser Treffen morgen.« Obwohl er eigentlich ein Talent dafür besaß, mich offen und direkt anzusehen, huschte sein Blick nun ruhelos hin und her. So lange, bis ich ihn einfing und er mein Outfit zu mustern begann.

Ob es ihm gefällt?

»Was ist denn mit dem Treffen?« Ich zupfte an meinen Ärmeln, bis meine Hände zur Hälfte darin verschwanden.

Noch immer standen wir uns bei geöffneter Tür gegenüber und es sah nicht danach aus, als wollte er reinkommen. Kurz herrschte Schweigen, dann sprudelten die Worte aus Fabian heraus, als wäre dies seine letzte Möglichkeit, mir etwas mitzuteilen.

»Ich hab doch etwas anderes vor. Es ist echt mega kurzfristig was dazwischengekommen. Tut mir total leid, aber aus unserem Treffen wird leider nichts.«

Ungläubig sah ich ihn an, suchte in seinem Gesicht nach einem Anzeichen dafür, dass er scherzte. Denn das Schlimmste war: Ich entdeckte keinerlei ehrliches Bedauern darin.

Klar, es konnte immer mal etwas Ungeplantes passieren. Aber wieso tauchte er deswegen extra hier auf und verhielt sich dabei so merkwürdig?

»Wieso hast du mir nicht einfach eine Nachricht geschrieben?« Ich räusperte mich, weil meine Stimme zu brechen drohte.

Erst jetzt, da er vor mir stand, merkte ich, wie sehr ich mich auf diese Verabredung gefreut hatte. Wie sehr ich mich darauf gefreut hatte, *ihn* wiederzusehen.

»Emily? Mit wem sprichst du?«, rief Paps aus der Küche.

Ich schluckte.

»Es ist Fabian«, rief ich zurück. »Er ist bloß auf dem Sprung. Ich klär das schon.«

Mit einem Kloß im Hals, der einfach nicht verschwinden wollte, wandte ich mich wieder an den Jungen mit den großen braunen Augen und wartete auf seine Antwort.

»Ich wollte es dir einfach persönlich sagen«, erwiderte Fabian und zuckte mit den Schultern, als hätte diese Situation gar nichts mit ihm zu tun. »Ich hab nachgedacht. Ein Date zwischen uns wird einfach schwierig. Du weißt schon, unsere Eltern ... und dann ist da noch Chiara ...«

»Klar«, fiel ich ihm ins Wort. »Danke, dass du vorbeigekommen bist.«

Mit diesen Worten schloss ich die Tür vor seiner Nase, damit er die Tränen nicht sehen konnte, die mir jeden Moment die Wange herunterkullern würden.

Wie hatte ich so blöd sein und ihm all das glauben können, was er in der Bar gesagt hatte? Andererseits fragte ich mich, wieso er überhaupt so viel Zeit mit mir verbracht hatte, um jetzt zum zweiten Mal einen Rückzieher zu machen.

All das wollte sich zu keinem stimmigen Bild zusammenfügen, und mein Magen verkrampfte sich immer weiter zu einem harten Klumpen. Der Appetit war mir jedenfalls vergangen.

8. Dezember

(2. Advent)

Emily

Während ich mich durch die Fotos des Jahres klickte, um die besten für die diesjährigen Weihnachtskarten auszuwählen, fiel mein Blick auf den leergefegten Adventskalender. Noch immer hatte ich es nicht übers Herz gebracht, ihn zu entsorgen. Jedes Mal, wenn ich die Rabattaktionen der Supermärkte sah, war ich kurz davor gewesen, einen neuen mitzunehmen.

Fabian, dieser Idiot, war schuld, dass ich ohne ein Türchen und mit entsprechend wenig Motivation jeden Morgen in den Tag startete. Er war außerdem der Grund dafür, dass ich mit meiner Weihnachtsplanung zurücklag.

An Omas Kranz brannte bereits die zweite Kerze.

Die Fotos sollten eigentlich längst gedruckt sein. Da Heiligabend dieses Jahr auf einen Dienstag fiel, musste ich spätestens Samstag die Karten zur Post bringen, damit sie rechtzeitig bei allen Verwandten und Freunden ankamen.

Gerade hatte ich ein schönes Bild in den Ordner gepackt, auf dem ich mit dem kleinen Sohn meiner Cousine auf den Schultern durch ein Waldstück trabte, da begann plötzlich das Handy auf dem Schreibtisch zu vibrieren.

Ich sah auf den Bildschirm und als ich ›*Schokodieb ruft an*‹ las, überlegte ich kurz, den Anruf abzulehnen.

Eigentlich hatte ich keine Lust, mit ihm zu sprechen. Es war das wütende Blubbern in meinem Bauch, das mich dazu trieb, doch abzuheben. Außerdem brachte mich der Spitzname ungewollt zum Schmunzeln.

»Hallo?«, meldete ich mich so neutral wie möglich.

»Hey, Emily. Na, was treibst du Schönes?«

Vielleicht war es bloß Einbildung, dass seine Stimmlage etwas Sarkastisches an sich hatte. Beinahe, als wäre er wütend. Dabei war *ich* diejenige, die ein Recht darauf hatte, wütend zu sein.

Was bildete er sich nach der Abfuhr von gestern ein, mich anzurufen, und dazu noch so blöd nach meinem Tag zu fragen?

»Glaubst du, nur weil du unser Treffen abgesagt hast, hab ich jetzt nichts Besseres zu tun?«, fragte ich. »Wieso rufst du überhaupt an, Fabian?«

»Was …« Mehr als dieses eine Wort sagte er nicht, dann war für einen Moment Stille in der Leitung.

Ich wartete auf seine Antwort, erhielt jedoch keine. Kurz bevor ich die Nerven verlor und das Gespräch ohne ein weiteres Wort beenden wollte, hörte ich endlich wieder seine Stimme.

»Es tut mir wirklich leid, Emily. Ich weiß, dass es absolut verrückt klingt, aber ich werde versuchen, dir alles zu erklären.«

»Spar es dir einfach! Dasselbe hast du mir auf der Party schon mal gesagt. Gestern vor meiner Haustür fingst du plötzlich von dieser Chiara an.«

Ich hörte, wie Fabian hustete, als hätte er sich an etwas verschluckt. »Ganz egal, was ich gesagt hab. Zwischen mir und Chiara läuft absolut gar nichts.«

Ganz egal, was er gesagt hat? Noch nie hatte ich einen dämlicheren Spruch gehört. Er selbst wusste schließlich am besten, welche Worte er gewählt hatte.

Was für eine Art von Spiel war das?

Eines, bei dem ich keine Chance auf Gewinn hatte. Denn das Schlimmste daran war, dass mein Herz ihm glaubte und gerade dabei war, auch meinen Kopf davon zu überzeugen.

»Und wieso hast du ihren Namen erwähnt, als du bei mir aufgetaucht bist, um unser Treffen abzusagen?«

Es folgte für kurze Zeit Stille. Im Hintergrund hörte ich das Glockenläuten des Kölner Doms. War er etwa doch in die Altstadt gefahren? Mit einer anderen vielleicht?

»Gib mir etwas Zeit. Ich muss noch was regeln, bevor ich dir alles erklären kann«, sagte Fabian. »Ich meld mich so schnell wie möglich bei dir. Du hast mein Wort.«

Ich seufzte laut, damit er es hören konnte. Warum ich ihm überhaupt so lange zugehört hatte, wusste ich selbst nicht. Allerdings wäre dies die letzte Chance, die er von mir bekäme, versprach ich mir selbst.

»Na, da bin ich aber gespannt.« Obwohl ich das tatsächlich war, ließ ich es ironisch klingen.

Besser war, er wusste nicht, wie schnell ich dazu bereit war, ihm zu verzeihen. Vorausgesetzt er hatte eine *wirklich* gute Erklärung. Zwar konnte ich mir das in diesem Moment noch nicht vorstellen, doch ich wünschte es mir mehr als alles andere.

»Okay, bis später.« Dann legte er auf.

Ich nahm das Handy vom Ohr und starrte es an.

Was war nur los mit mir? Wenn Jana mir von so einem Typen erzählen würde, hätte ich ihr dazu geraten, den Kerl sofort in den Wind zu schießen.

Nur ging das schlecht, wenn es sich dabei um den Sohn meiner zukünftigen Stiefmutter handelte. Ich legte das Handy beiseite und vergrub mein Gesicht in beiden Händen. Das war wohl der Grund, warum man niemanden so nah an sich heranlassen sollte, bei dem es unmöglich war, ihn, sollte es nötig sein, niemals wiederzusehen.

Wenn man erst mal in so einer Sache drinsteckte, verschlang sie einen wie Treibsand.

Bei dem Gedanken an Fabians braune Augen mit dem hellgrünen Kranz und sein gewinnendes Lächeln war mir auf jeden Fall eines klar: Für mich gäbe es kein Entkommen.

Das Telefonat war eine gute Stunde her und ich hatte mich mittlerweile so weit gefangen, dass ich mich auf die Weihnachtskarten konzentrieren konnte, als mein Vater von unten meinen Namen rief.

Im Hintergrund lief laut *Coming Home for Christmas*, daher war ich mir sicher, dass er schon einige Male nach mir gerufen haben musste. Die Musik sollte mich von Fabian ablenken, aber egal wie laut ich mitsang, sie tat das Gegenteil.

Ich befahl Alexa, das Lied abzuschalten, und lief nach unten genau auf Paps zu, der mir die Sicht auf jemanden versperrte, der im Eingang lehnte.

»Besuch für dich.« Mein Vater trat einen Schritt zur Seite.

»Eine nette Gesangseinlage war das«, meinte Fabian und grinste, als wäre es unsere erste Begegnung und als hätte es die letzten Tage überhaupt nicht gegeben.

Mein Mund klappte zunächst auf, dann wieder zu.

»Was machst du hier?« Ich bemühte mich darum, nicht abweisend zu klingen, weil Paps noch neben uns stand.

»Ich wollte dich bloß zu einem kleinen Winterspaziergang abholen.« Er wandte sich an meinen Vater. »Du hast doch nichts dagegen?«

Natürlich schüttelte Paps sofort mit dem Kopf. »Nein, gar nicht. Viel Spaß euch beiden.« Er hob grüßend die Hand und verschwand im Wohnzimmer.

So standen Fabian und ich uns eine Weile allein im Flur gegenüber. Nun bemerkte ich doch, dass er nicht ganz so entspannt war, wie er tat. Sein Lächeln wackelte, die Finger seiner einen Hand kneteten die der anderen.

»Ich dachte, bei einem Spaziergang könnten wir am besten reden«, sagte er. »Zieh dich aber warm an, es ist ziemlich kalt geworden.«

Er musterte meinen bunten Pulli, auf dem überall kleine Rentiere mit Wackelaugen zu sehen waren, und ich spürte Hitze, die mir in die Wangen schoss.

»Und wieso sollte ich mich auf dieses Gespräch einlassen? Damit du mir weitere Lügen und Ausreden auftischst?« Umständlich verschränkte ich die Arme vor meiner Mitte.

»Ehrlich? Keine Ahnung, warum du mir zuhören solltest.« Fabian stieß hörbar Luft aus, die er angehalten haben musste. »Ich würde mir selbst wohl die Tür vor der Nase zuschlagen, wenn ich du wäre.«

Er hob die Schultern, neigte den Kopf und verzog den Mund zu einem schiefen Lächeln, was mich endgültig schwach werden ließ. Die Geste hatte etwas so Verletzliches, dass ich ihm ganz einfach die Chance geben *musste*, sich zu erklären.

»Schön, ich gehe mich umziehen.« Ich ergriff die Flucht in mein Zimmer, damit ich über die Zopfstrickleggins eine Jeans ziehen und mir Mütze, Schal und Handschuhe aus dem Schrank suchen konnte.

Kälteempfindlich war ich zwar nur an den Füßen, aber mittlerweile waren die Temperaturen unter null gefallen und warme Kleidung bewahrte mich zudem davor, im Dezember krank zu werden.

Außerdem hatte Fabian bei seinen Worten beinahe ausgesehen, als nähme er mich ohne Handschuhe nicht mit. Auf das Outfit oder eine raffinierte Frisur verzichtete ich, denn es war nicht das Date, für das ich mich mit Jana vorbereitet hatte.

Ich zog mir den knielangen Mantel und die gefütterten Stiefel über und stand in dieser Kleidung kurze Zeit später wieder neben Fabian.

»Dann können wir.« Höflich, wie er war, hielt er mir die Tür auf und bot mir sogar seinen Arm an, in den ich mich nur widerwillig einhakte.

Einerseits kribbelte mein Magen angenehm in seiner Nähe, andererseits war ich immer noch wütend und hatte bisher keine Erklärung bekommen, die daran etwas änderte.

Schweigend gingen wir die Straße unseres Wohngebiets entlang, auf der uns am frühen Abend kaum Menschen entgegenkamen.

Obwohl die Sonne bereits untergegangen war, hatten wir keine Probleme, dem Weg zu folgen. Helle Lichterketten hingen hinter Fenstern und bunt beleuchtete Rentierschlitten oder Weihnachtsmänner waren in einigen Vorgärten zu bewundern. Sie zauberten ein wunderschönes Lichtspiel in die Kronen der Bäume und die Efeuranken an den Hausfassaden.

»Eigentlich wollte ich dir bei diesem Spaziergang alles erklären, die ganzen Missverständnisse …«, durchbrach Fabian die Stille. »Aber das muss leider bis morgen warten.«

Ein ungläubiges, freudloses Lachen kroch meinen Hals hinauf, doch ich unterdrückte es. War das sein Ernst? Er wollte mich schon wieder mit so einem lahmen Spruch hinhalten?

»Wieso bis morgen?«, fragte ich in neutralem Tonfall, trotz des Durcheinanders meiner Emotionen.

»Ich muss noch was mit jemandem klären.«

Unspezifischer hätte er sich kaum ausdrücken können.

»Aber wieso bist du dann überhaupt hergekommen?« Bei jedem Wort klang meine Stimme ein wenig schriller.

»Weil ich die Situation selbst genauso beschissen finde und dich nicht warten lassen wollte.« Kurz sah er mich von der Seite an. »Und, weil ich dich sehen musste.«

Ich rückte ein Stück von ihm ab. »Wenn du mich sehen wolltest, warum hast du dann unser Treffen abgesagt? Was war es denn diesmal, das dir dazwischengekommen ist?«

»Eigentlich überhaupt nichts.« Er blieb stehen. »Das Ganze ist bloß ein riesengroßes Missverständnis. Mehr kann ich jetzt dazu nicht sagen, du musst mir einfach vertrauen.«

Auch ich war stehen geblieben und blickte ihm prüfend in die Augen. Die Verzweiflung in ihnen schien echt, genauso gut könnte sie allerdings auch gespielt sein. Es war nicht das erste Mal, dass er mich täuschte. Nur was hatte er davon, diese Show mit mir abzuziehen?

»Fabian, das alles hier ist mir echt zu blöd. Ich bin mit dir gekommen, weil ich Antworten wollte. Stattdessen bekomme ich von dir bloß wieder …«

»Du hast recht«, unterbrach er mich und blieb stehen. »Und du hast dir deine Antworten mehr als verdient.«

»Warum bekomme ich dann keine?« Meine Stimme war zu einem Flüstern geworden, weil mich dieser intensive Blick aus seinen Augen vollkommen verunsicherte.

Fabian verringerte die Distanz zwischen uns. »Du bekommst sie. Aber erst morgen. Glaub mir, es fällt mir selbst unglaublich schwer, weil …«

Er sah kurz zu Boden, hielt dem Blickkontakt nicht länger stand. War er etwa nervös?

»Weil?«, hakte ich nach.

»Weil ich dich gut leiden kann. Ziemlich gut sogar.« Er griff nach meiner Hand und durch den dünnen Stoff des Handschuhs spürte ich seine Wärme. »Viel mehr, als ich anfangs erwartet hatte.«

In meinem Bauch breitete sich ein warmes Gefühl aus und erfasste meinen ganzen Körper. Gleichzeitig war ich erstarrt und wusste nicht, was ich antworten sollte. Alles, was zwischen uns stand, rückte plötzlich in den Hintergrund. Der Blick aus Fabians Augen war nun so intensiv, dass ich mich zusammenreißen musste, nicht wegzusehen.

Wahrscheinlich war dies der Moment, in dem sich die Paare in einem Film küssten.

Und als hätte der Himmel meine Gedanken gelesen, fielen plötzlich kleine weiße Flocken hinab und schmolzen auf unseren Händen. Wie, um den Moment perfekt zu machen, und ich spürte auch dieses magische Band, das mich näher zu ihm zog.

Immer wieder sah ich auf seine weichen Lippen und wollte nichts mehr, als sie mit meinen zu berühren. Doch etwas hielt mich davon ab. Auch wenn es mir schwerfiel, widerstand ich dem Drang, die Arme um seinen Hals zu schlingen, denn es gab Dinge, die er mir verschwieg.

»Das kommt mir bekannt vor. Zuerst hab ich gedacht, du wärst ein richtiger Arsch.« Ich löste meine Hand aus seiner. Es war ein Versuch, zu einer unbeschwerteren Stimmung zurückzufinden.

Gleichzeitig wollte ich die Distanz zwischen uns vergrößern, um klar denken zu können. Trotz der kühlen Luft glühte mein Kopf, und die Gedanken schwirrten in ihm herum, nicht in der Lage, sich sinnvoll zu ordnen.

»Das hat man dir gar nicht angemerkt«, antworte Fabian mit einem Augenzwinkern und vergrub die Hände in den Manteltaschen.

Mit gespieltem Ernst stieß ich gegen seinen Arm. »In Wirklichkeit bist du gar nicht so übel.«

Er grinste und wir setzten unseren Weg fort.

»Bald kannst du mir also mehr sagen?« Am liebsten hätte ich mich dafür gekniffen, dass ich auf seine Hinhaltetaktik hereinfiel.

Wann war das passiert? Wann war ich so irrational geworden? Bei einem Blick von der Seite entdeckte ich die Schneeflocken, die sich in seinem dunklen Haar verfingen. Wieso hatte er mir überhaupt warme Kleidung vorgeschrieben, wenn er selbst nicht einmal eine Mütze trug?

»Ich hoffe es. Ich werde dieses Missverständnis so schnell wie möglich aus der Welt schaffen.« Seine Miene war so ernst, wie ich es noch nie an ihm gesehen hatte.

Welches Missverständnis meinte er und um wen ging es dabei überhaupt? Vielleicht diese Blondine Chiara? Wenn ich mich daran zurückerinnerte, wie ich sie im Club an Fabians Seite gesehen hatte, wurde mir übel.

»Das hoffe ich.« Mehr wusste ich nicht zu erwidern. Ich hatte ja nicht einmal eine Ahnung, worum es ging.

In diesem Moment eben im Schnee war mir jedoch klar geworden, dass ich mein Herz verloren hatte. Irgendwo zwischen dem Plätzchenbacken am Herd und einem langen Abend mit Kakao in einer Bar musste es gestohlen worden sein. Und ich sah die Augen des Diebs, der neben Schokolade wohl auch nicht vor Herzen zurückschreckte, jedes Mal, wenn ich meine schloss. Mal warm und braun, mal mit einem intensiven Grün um die Pupille.

Als der Schnee stärker und der Wind immer eisiger wurde, brachte Fabian mich wieder nach Hause. Kurze Zeit später lag ich im Bett und spürte auf meinen Lippen, wie ein Kuss von ihm hätte sein können.

9. Dezember

Fabian

Ich knallte meinen Rucksack aufs Bett und ging schnurstracks zu Frederiks Zimmer.

Sag ihr nichts, lass uns erst sprechen.

Mehr Infos hatte ich von ihm über den Messenger nicht bekommen, egal wie viele Nachrichten ich dieser kryptischen Forderung auch hinterhergeschickt hatte.

In seinem eigenen Interesse hoffte ich, dass er einen verdammt guten Grund für sein Verhalten hatte.

So beschissen wie gestern, als ich Emily mit ein paar bescheuerten Andeutungen hatte hinhalten müssen, war es mir in meinem ganzen Leben noch nicht gegangen.

Bevor ich heute Morgen zur Uni gefahren war, hatte ich meinen Bruder nicht mehr erwischt.

Ab und zu besuchte ich tatsächlich die Vorlesungen, damit meiner Mutter nicht auffiel, wie wenig Ernsthaftigkeit hinter meinem BWL-Studium steckte.

»Was fällt dir eigentlich ein, in meinem Namen eine Verabredung abzusagen?«, platzte es sofort aus mir heraus, als ich Frederik auf dem Bett sitzen und an seinem Handy herumspielen sah.

»Bleib mal locker, kleiner Bruder«, sagte er mit einer Ruhe in der Stimme, die mich nur noch rasender machte. Außerdem nervte mich, dass er mich ständig so nannte, obwohl er bloß ein paar Minuten vor mir geboren war. »Im Bootshaus warst du doch dankbar, dass ich mich für dich ausgegeben hab.«

Ich dachte an die aufdringliche Chiara zurück, die ich ohne seine Hilfe sicher nicht losgeworden wäre. Blöd war nur, dass Emily den beiden ausgerechnet in die Arme gelaufen war, als ich kurz frische Luft geschnappt hatte.

»Das war ja auch abgesprochen! Dabei ging es in keinem Wort um Emily. Woher wusstest du überhaupt von unserem Treffen?«

Frederik tippte auf sein Handy und lächelte. »Hab eure Nachrichten gelesen. Ich hätte nicht gedacht, dass dir so eine gefällt. Als ich zu ihr gefahren bin, um eure kleine Verabredung abzusagen, hatte sie sich allerdings ganz schön rausgeputzt. Sie kann echt hübsch sein, nur verglichen mit deiner neuen Spielpartnerin …«

Mit drohend erhobener Faust ging ich ein paar Schritte auf ihn zu und brachte meinen Bruder damit zum Schweigen. »Wieso kauft sie dir das überhaupt ab?«, fragte ich. »Du warst schließlich vor ein paar Tagen dort, um die Dose von Ma zu holen und hast dich vorgestellt, oder nicht?«

Frederik wich kein Stück vor mir zurück, weil er wusste, ich würde ihn nicht verletzen. Das hatte ich noch nie getan, aber vielleicht war heute der Tag, an dem sich daran etwas änderte.

»Schau in den Spiegel, Bruderherz. Das ein oder andere Gramm Muskeln könntest du drauflegen, aber das gute Aussehen hast du auf jeden Fall von mir.« Er lachte. »Ja, ich war dort, weil Ma mir sonst den neuen Helm nicht bezahlt hätte. Als ihr dämlicher Vater und deine Emily mich dann für dich gehalten haben, hab ich das Spiel mitgespielt. Ist doch lustig und so kann unsere Mutter mal sehen, wen sie sich da angelacht hat. Die können nicht mal ihre Söhne auseinanderhalten.«

Es war absolut lächerlich, ihnen das vorzuwerfen. Wir hatten in unserem Leben schon einige Leute mit der Zwillingsnummer hinters Licht geführt.

Viel fehlte nicht mehr, bis ich ihm meine Faust direkt ins Gesicht rammte. Wie er von Emily sprach, gefiel mir nicht. Bevor ich jedoch handelte, musste ich mehr wissen.

»Okay und wieso hast du in meinem Handy rumgeschnüffelt und die Verabredung abgesagt?«

Frederik zuckte mit den Schultern. »Ich wollte nach der Nummer von dieser heißen Blondine suchen. Wir hatten einen netten Abend, wenn du verstehst, was ich meine.«

Mir wurde übel, als ich mir das Schlimmste ausmalte. Eigentlich sollte er sie bloß ein bisschen ablenken. Wenn tatsächlich etwas zwischen ihnen gelaufen war, bekäme ich am Set ein Problem mit ihr. Doch das war es nicht, was mir die meisten Sorgen bereitete.

»Und dann?«

»In Emilys Chat hab ich von eurem Treffen gelesen und wollte mir bloß einen Spaß draus machen. Schade, dass ich dein Gesicht nicht sehen konnte, als du in der Altstadt umsonst auf sie gewartet hast.«

Mein Blut kochte und die Finger in meiner geballten Faust zitterten. »Wir werden noch heute zu ihr gehen und alles aufklären!«

Ich konnte nicht fassen, wieso ich auf meinen Bruder gehört und das nicht bereits gestern selbst erledigt hatte.

Irgendein Teil von mir hielt wohl an der Vorstellung von einem Zwillingsbruder fest, mit dem ich einmal alles geteilt hatte.

Frederik zeigte keinerlei Regung. »Nein, das werden wir nicht. Außerdem bewahre ich dich vor einem dummen Fehler, mein Bruder. Diese Emily ist nichts für dich. Falls du sie dennoch der Blonden vorziehst, kein Problem. Ich bin sicher, dass ich auch mit ihr eine Menge Spaß haben kann.«

»Ich erzähle es ihr einfach selbst. Auch Chiara sage ich alles. Vielleicht hast du ja Glück und kannst sie als Spielzeug behalten. Solltest du dagegen Emily auch nur anrühren ...«, ich hielt ihm die geballte Faust direkt unter die Nase, »garantiere ich nicht dafür, dass du beim nächsten wichtigen Spiel noch aufs Eis kannst.«

Mein Bruder schlug meine Hand beiseite und das Lächeln auf seinen Lippen blieb, wo es war. »Ich glaube nicht, dass du das tun wirst. Außer du willst, dass ich Ma von deiner Schauspielerei erzähle und du genauso auf dem Trockenen sitzt wie ich. Jetzt bin ich mal dran. Du wirst schon sehen, wie es ist, wenn deine Zukunft von einem anderen abhängig ist. Also, kleiner Bruder, was ist dir wichtiger: dein Traum oder das Mädchen?«

Schlagartig hatte ich das Gefühl, nicht mehr atmen zu können. Wieso stellte er mich vor diese Entscheidung? Nur, um es mir heimzuzahlen? Irgendwann käme die Verwechslung sowieso raus, aber wenn er bis dahin genug Zeit gehabt hatte, die Situation auszunutzen, wäre es für jede Entschuldigung zu spät.

»Und komme nicht auf blöde Ideen, Bruderherz«, fügte Frederik nach einer kurzen Pause hinzu. »Ich sehe es, sobald sie etwas weiß. Mit einem schauspielbegabten Bruder habe ich reichlich Übung darin, Täuschungen zu erkennen. Außerdem kennst du den Zwillingsblick genauso gut wie ich.«

Natürlich kannte ich den. Schon als wir noch Kinder gewesen waren, hatten wir so den Ausdruck in den Gesichtern von Menschen genannt, die uns ansahen.

Teils fasziniert, teils verzweifelt, während sie nach einem Unterschied zwischen uns suchten. Ich konnte Emily die Wahrheit nicht sagen, ohne dass er es herausfand.

Als ich das begriff, lösten sich meine verkrampften Finger, als wäre jede Kraft aus meinem Körper gewichen.

Es blieben nur zwei Möglichkeiten. Entweder ich erzählte Ma alles vom Schauspielen, den Castings und meinem Vater oder ich tischte Emily die nächste Lüge auf. Und es wäre die schlimmste von allen. Um zu verhindern, dass mein Bruder seine indirekte Drohung wahrmachte und eine *nette Zeit* mit ihr verbrachte, musste ich ihr sagen, dass ich mich nicht weiter mit ihr treffen wollte.

Ohne noch einmal meinen Bruder anzusehen, verließ ich sein Zimmer und lief hinüber zu meinem. Minutenlang starrte ich das Display meines Handys an und wählte schließlich den Chat mit Emily aus, sah mir ihr Profilbild an und überlegte, was ich schreiben sollte. In dem Moment kam eine Nachricht von Chiara.

»*Hast du auch Post bekommen? Ich bin eine Runde weiter*«, stand dort und neben einigen Partyhütchen hatte sie einen Kuss-Smiley geschickt.

Bevor ich weiter darüber nachdenken konnte, was Frederik an Nikolaus mit ihr angestellt hatte, trugen meine Beine mich schon aus dem Zimmer und nach draußen zum Briefkasten.

Die irritierten Blicke meiner Mutter ignorierte ich, denn sie durfte diesen Brief auf keinen Fall vor mir in die Finger bekommen. Ich fluchte leise.

Wer schickte heute ein Schreiben, wenn er auch anrufen oder eine Mail versenden konnte?

Neben ein paar Werbezeitungen steckte dort tatsächlich ein Brief von den MMC Studios. Ich verstaute ihn unter meinem Shirt und ging wieder in die Wohnung.

»Irgendwas Wichtiges in der Post?«, fragte meine Mutter, die in ihrem Kostüm in der Küche stand und Gemüse schnippelte.

»Nur Werbung«, antwortete ich und legte die Prospekte auf den Wohnzimmertisch. »Ich muss jetzt noch ein bisschen lernen.«

»Wie lief es denn an der Uni?« Meine Mutter hatte das Messer beiseitegelegt und sich zu mir umgedreht.

Das Papier auf meiner Haut schien laut zu knistern und ich rieb mir mit der Hand über den Arm, damit man den Brief unter dem Shirt nicht sah. »Ach, alles wie immer. Lass uns später quatschen, ja?«

Sie zog eine Augenbraue hoch, beließ es aber dabei und wandte sich nach einem »Okay« wieder den Kartoffeln zu.

Erleichtert atmete ich aus und verschwand in meinem Zimmer, bevor ich den Brief aus seinem Versteck zog und den Umschlag öffnete.

> Sehr geehrter Herr Fabian Müller,
> wir freuen uns, Ihnen mitteilen zu können, dass Sie es neben drei anderen Bewerbern in die letzte Castingrunde für unser neues Serienformat geschafft haben.
> Bitte finden Sie sich am Donnerstag, den 19. Dezember um 18 Uhr bei uns in Studio 43 ein.
> In den nächsten Tagen werden wir ihnen eine E-Mail zusenden, der Sie Ihren Text und die Kontaktdaten Ihrer zugeteilten Spielpartnerin entnehmen können.

Die Kontaktdaten meiner zugeteilten Spielpartnerin. Ich steckte den Brief unters Kopfkissen und griff nach meinem Handy. Die Wahrscheinlichkeit war groß, dass es sich bei ihr um Chiara handelte und Frederik mir ein riesiges Problem eingehandelt hatte.

Obwohl ich auf diese Zusage seit Wochen hingearbeitet hatte, konnte ich mich nicht darüber freuen.

Ich wählte Chiaras Chat, um ihr von dem Brief zu berichten, dachte dabei aber an ein anderes Mädchen, mit dem ich viel lieber meine Freude geteilt hätte. Stattdessen müsste ich mein Versprechen ihr gegenüber brechen, alles aufzuklären, was zwischen uns stand.

»Das müssen wir feiern! Um fünf am Dom? Wir wollten uns doch gemeinsam die Stadt ansehen«, las ich halblaut die Nachricht, die ich gerade bekommen hatte.

Vielleicht könnte ich wenigstens eines von zwei Problemen lösen, die ich meinem unzufriedenen Zwillingsbruder zu verdanken hatte. Heute wäre ich ohnehin noch nicht zu einem Gespräch mit Emily in der Lage.

Also tippte ich ein *Okay, bis gleich* und machte mich auf den Weg zur Innenstadt.

Da es bereits dämmerte, waren die Lichter des Weihnachtsmarktes bis zum Parkplatz zu sehen. In der Mitte des Domplatzes ragte ein Tannenbaum in die Höhe, von dem aus sich die Lichterketten sternförmig zu dem Meer aus roten Budendächern erstreckten.

An diesem Baum im Zentrum des Platzes hatten Chiara und ich uns verabredet. Bis ich dorthin gelangte, musste ich mich jedoch durch die Masse an Leuten in dicken Wintermänteln drängen, die durch die Gassen schlenderten und die Handwerkskunst der Stände bewunderten, während sie kleine Kinder an der Hand hinter sich herzogen.

»Fabian, hier bin ich!« Chiara winkte wie wild mit einem Arm, als ich endlich mein Ziel erreichte. Dieses Gedränge, gepaart mit lauter Musik, war einfach nichts für mich.

Ich schenkte dem blonden Mädchen ein schwaches Lächeln. Ihre langen Haare hatte sie zu einem Zopf geflochten, der unter einer pinken Bommelmütze hervorlugte.

»Hey, Chiara.« Zur Begrüßung legte ich eine Hand auf ihren Rücken und achtete dabei auf genügend Abstand zwischen uns. Dann schlossen wir uns der Menge an und schlenderten nebeneinander an den Marktständen vorbei.

»Es ist so toll, dass wir beide es geschafft haben.« Ungefragt hakte sie sich bei mir unter, als wären wir seit Ewigkeiten miteinander vertraut.

Emily war da anders. Nicht wirklich schüchtern, aber auf eine sympathische Art zurückhaltend.

»Ich hab mich auch total über den Brief gefreut. Weißt du, wer die anderen Kandidaten sind?« Vielleicht könnte ich dieses Treffen für etwas Sinnvolles nutzen.

Chiara warf sich den Zopf über die Schulter und sah mich durchdringend von der Seite an. »Ach, die haben keine Chance gegen uns. Allein sind wir zwar gut, aber zusammen einfach unschlagbar.«

Innerlich rollte ich mit den Augen und lächelte matt. »Da hast du recht.« Mädchen, die so sehr von sich selbst überzeugt waren, ließ man am besten in diesem Glauben.

Rein optisch gaben wir vermutlich wirklich kein schlechtes Paar ab. Einen Kopf größer als sie wäre ich für sie wohl die perfekte Schulter zum Anlehnen.

»Guck mal, wie süß!« Chiara blieb vor einem Stand mit weihnachtlicher Holzdekoration stehen. Sie zeigte auf zwei sich küssende Rentiere und schlang dann beide Arme so fest um meinen, dass ich ganz nah an ihrer Seite stand.

»Ja, niedlich.« Mir gefiel nicht, welche Richtung dieses Treffen nahm. Allerdings hatte ich etwas in dieser Art erwartet und war daher nicht ganz unvorbereitet.

»Chiara, ich wollte mit dir noch über die Nikolaus-Party sprechen.«

Sie ließ meinen Arm los, aber nur, um sich so zu drehen, dass sie mir direkt in die Augen sehen und ihre Hände in meinem Nacken miteinander verschränken konnte. Damit überrumpelte sie mich dann doch ein wenig, und als ihr Gesicht meinem gefährlich nahe kam, wand ich mich aus ihrem Griff.

»Was ist los mit dir? Bei der Party warst du nicht so schüchtern.« Ihre vollen Lippen zeigten ein Grinsen und ich hätte am liebsten aufgestöhnt.

Freddy, was hast du nur mit diesem Mädchen angestellt?

Normalerweise ging es mich nichts an, was mein Bruder mit Frauen trieb, bloß hatte er es dieses Mal in meinem Namen getan.

»Ja, genau darüber wollte ich mit dir reden. Bei der Party ...« Kurz und schmerzlos, so wäre es wohl das Beste.

Der Kerl, mit dem du rumgemacht hast, war nicht ich, sondern mein Zwillingsbruder.

Aber ich zögerte, die Worte auszusprechen. Denn ich wusste nicht, ob Frederiks Warnung auch wegen Chiara galt. Offensichtlich war er scharf auf sie und wenn ich die Sache nun auffliegen ließ, könnte er deswegen sauer werden. Im schlimmsten Fall würde er seine Drohung wahrmachen und das durfte ich nicht riskieren. Wie kam ich dann am besten aus dieser Nummer raus?

»Okay, ich verstehe«, sagte Chiara, die mein Zögern wohl missinterpretierte. »Du brauchst ein bisschen Glühwein, um locker zu werden. Am besten mit Schuss.«

Da ich immer noch vollkommen in meine Überlegungen vertieft war, ließ ich mich ohne Gegenwehr von Chiara zum nächsten Getränkezelt ziehen, das wie alle Buden ein rotes Dach hatte. Meine Begleitung bestellte uns zwei Tassen Glühwein mit Amaretto. Eigentlich war Alkohol das Allerletzte, was ich jetzt wollte.

Da ich mit dem Auto gekommen war, säße ich nach dem Glühwein länger hier fest, als mir lieb war.

Gleichzeitig käme mir vielleicht eine rettende Idee, sobald sich die Knoten in meinem Hirn ein wenig lockerten. Wenn Chiara erst einmal wüsste, woran wir waren, wäre ihre Gesellschaft wahrscheinlich nur noch halb so schlimm.

»Danke«, sagte ich daher, als sie mir die dunkelblaue Tasse mit dem Heißgetränk reichte.

»Gern.« Chiara lächelte und nippte am Glühwein. »Wieso müssen die bloß so heiß sein?« Dabei sah sie mich einen Moment zu lange an.

Hoffentlich hatte ich die Sache nicht unterschätzt. Allein ihr Outfit hätte Hinweis genug dafür sein müssen, worauf sie heute aus war. Für Temperaturen unter null war ihr Strickkleid definitiv zu kurz und die Strumpfhose zu dünn geraten.

»Das hat Glühwein so an sich. Aber zum Glück kühlt er ja schnell ab.«

Hoffentlich nicht zu schnell.

Das hatte ich auch beim Plätzchenbacken gedacht, um die Zeit mit Emily noch länger hinauszuzögern. Dieses Mal wollte ich mich bloß vor einem unangenehmen Gespräch drücken. Die letzten zwei Wochen bis Weihnachten konnten lang sein, wenn man jeden Tag mehrere Lügen mit sich herumschleppte.

»Also, bei dieser Party …« Ich nahm einen großen Schluck Glühwein und bemühte mich, die richtigen Worte zu wählen. »Ich glaube, ich hatte ein bisschen zu viel getrunken und …«

Das war mit Abstand die lahmste Ausrede der Welt, erst recht, weil ich an diesem Abend kein einziges Glas angerührt hatte.

Chiara knallte ihre Tasse auf den kleinen Stehtisch, an dem wir uns gegenüberstanden. Dabei schwappte ein wenig der heißen Flüssigkeit über den Rand. »Das ist jetzt nicht dein Ernst, oder? Nach diesem Abend kommst du mit so einem blöden Spruch?«

»Es tut mir echt leid«, antwortete ich, ohne zu wissen, von was für einer Art von Abend sie genau sprach. Bei ihrer Reaktion konnte ich es mir jedoch in etwa denken. »Aber wir werden vielleicht bald viel Zeit zusammen am Set verbringen und das macht es doch nur unnötig kompliziert.«

Besser, ich erwähnte nicht, wie gut ich mich mit derlei Komplikationen tatsächlich auskannte. Auf einer Rangliste käme die gemeinsame Arbeit am Set wohl weit hinter dem Zusammenleben unter demselben Dach.

»So ein Quatsch, das macht die Sache erst richtig interessant.« Chiara hatte schon wieder ein Lächeln auf den Lippen und ihr Tonfall gefiel mir nicht.

Wie sollte ich deutlich genug werden, ohne sie komplett gegen mich aufzubringen?

»Was hältst du von einer Abmachung?« Innerlich seufzte ich laut auf. »Wir warten die finale Castingrunde ab. Vielleicht hat sich das mit der gemeinsamen Zeit am Set bis dahin ja längst erledigt, weil sie mich rauswerfen.«

Ihrem Ego zu schmeicheln, erschien mir eine gute Idee zu sein. Mit diesem Deal konnte ich mir zumindest ein wenig Zeit verschaffen. Auch, wenn es nur eine gute Woche war.

»Na schön«, antwortete sie, obwohl sie dabei nicht gerade glücklich klang. »Aber nur unter einer Bedingung: Wir werden weiterhin regelmäßig Zeit miteinander verbringen und Köln gemeinsam erkunden.«

Sie spielte an ihrem blonden Zopf und wirkte zum ersten Mal, seit ich sie kannte, ein wenig verunsichert.

»Ich möchte dich kennenlernen«, fügte sie hinzu.

Ergeben nickte ich. Es schien das Beste zu sein, was aus der verfahrenen Situation herauszuholen war. Gleichzeitig hoffte ich, nicht den nächsten großen Fehler begangen zu haben.

10. Dezember

Emily

»Ganze zwei Tage Schule ohne dich und dann auch noch im Dezember. Das ist Freundinnen-Quälerei!«, tippte ich eine Nachricht an Jana.
Auf die Antwort musste ich nicht lange warten.

> Jana:
> Sorry, Maus. Mich hat es echt erwischt. Aber wir können morgen shoppen gehen, wenn ich bis dahin wieder fit bin.

> Emily:
> Das ist das Mindeste.
> Brauche dringend ein
> Wichtelgeschenk für
> meinen Stiefbruder in spe.

Und das, wo ich doch gerade jeden Gedanken an ihn vermied.

> Emily:
> Gute Besserung.

> Jana:
> Ich gebe alles. Eine Kanne
> heiße Zitrone und
> Hühnersuppe stehen
> bereit. Hab jetzt auch
> schon wieder ein Training
> verpasst, dabei …

Den Rest ihrer Nachricht konnte ich nicht mehr lesen, da in diesem Moment meine Deutschlehrerin direkt vor meinem Tisch zu sprechen begann: »Du solltest dich mit der Lektüre unserer Ballade und nicht mit der von Textnachrichten befassen, Emily.« Dabei streckte sie ihre Hand mit den viel zu langen Fingernägeln auffordernd in meine Richtung aus.

»Ich habe Jana nur schnell getextet, an welchem Akt wir arbeiten, damit sie sich zu Hause nicht langweilt«, antwortete ich und lächelte.

Mein Handy steckte ich demonstrativ in die Schultasche. Sicher würde ich nicht zulassen, dass sie es einkassierte, denn ich sah überhaupt nicht ein, dem Rektor deswegen nach der Stunde einen Besuch abzustatten. Immerhin war ich volljährig.

Meine Lehrerin schnaubte leise und richtete dann ihr Wort erneut an die ganze Klasse: »Bis zur nächsten Stunde lest ihr bitte den Akt zu Ende und schreibt eine Inhaltszusammenfassung. Wir werden uns als Nächstes mit der Charakterentwicklung des Antagonisten auseinandersetzen und eure Texte werden wir dafür brauchen.«

Sie zog einen kleinen Stapel Flyer aus ihrer ledernen Umhängetasche, die auf dem Lehrerpult lag, und teilte sie an die Schüler aus. »Die Lessing-Grundschule hat mich gebeten, die hier an euch weiterzugeben. Es werden Helfer für das alljährliche Advents-Theaterstück gesucht. Die Proben mit den Kindern finden im Nachmittagsbereich statt. Dieses Jahr sind sie personell stark unterbesetzt.«

Ein paar Jungs knüllten den Zettel zusammen, bevor sie auch nur einen Blick darauf geworfen hatten, und ich ballte meine Hände zu Fäusten. Es war Papierverschwendung, in der Schule für das Stück zu werben. Zusätzliche Helfer gewannen wir so ohnehin nicht.

Jedes Jahr waren es dieselben und das Stück wurde trotzdem großartig. Damals hatte meine Mutter beim Nähen der Kostüme geholfen und war bei allen Proben dabei gewesen.

Für mich war es daher eine der vielen Traditionen, die zur Vorweihnachtszeit gehörten wie für andere Plätzchen oder Glühwein. Darüber hinaus waren mir die Kinder über die Jahre ans Herz gewachsen und ich besuchte die Betreuung auch für weitere AG-Angebote.

Als der Gong uns endlich aus der Stunde entließ, war ich eine der Ersten auf dem Schulflur.

Ich hatte im Verlauf des Schulvormittags einen Entschluss gefasst. Nachdem Fabian nun schon zweimal ohne Ankündigung vor unserem Haus gestanden hatte, würde ich ihm diesmal zuvorkommen.

Er war mir eine Erklärung schuldig und meine Geduld mit ihm langsam am Ende.

»Ich werde das Missverständnis so schnell wie möglich aus der Welt räumen. Morgen sage ich dir alles«, murmelte ich seine Worte vor mich hin.

Pustekuchen.

Unser Gespräch war zwei Tage her und ich hatte seitdem nichts von ihm gehört. Kein Anruf, keine Nachricht, kein Besuch. Mit einer Abfuhr könnte ich leben, aber nicht mit dieser Ungewissheit.

Paps hatte mir die Adresse von Susie und ihren Söhnen vor ein paar Tagen gegeben. *Falls du sie mal besuchen willst. Mädels unter sich oder so.*

Ich verdrehte die Augen, als ich an diese Worte dachte. Susie war *seine* Freundin und nicht meine. Mama konnte sie nicht ersetzen. Auch wenn Paps das noch so sehr wollte. Für sie gab es keinen Ersatz und ich verstand nach wie vor nicht, wie *er* das anders sehen konnte.

Als der Bus in den Stadtteil bog, in dem Fabian wohnte, hätte ich beinahe gelacht. Ja, dieses Wohngebiet passte zu ihnen. In Reih und Glied standen die Einfamilienhäuser mit weißer Fassade und rotem Spitzdach nebeneinander. Es war ein Wunder, dass sie nicht dieselbe Weihnachtsdekoration in ihren ordentlichen Vorgärten hatten.

Als ich jedoch an der Haltestelle ausstieg, stellte ich fest, dass mich die Adresse nicht zu einem dieser Gebäude führte. Stattdessen gelangte ich durch eine kleine Seitengasse zu einem winzigen Haus, das mich stark an meine kindliche Vorstellung des Hexenhäuschens aus dem Märchen Hänsel und Gretel erinnerte. Nur ohne die Süßigkeiten. Bei dem Gedanken an Lebkuchen lief mir das Wasser im Mund zusammen und ich kam mir plötzlich albern vor.

Was tat ich überhaupt hier? Eigentlich war es nicht meine Art, einem Jungen hinterherzulaufen.

Doch unser langes Gespräch in der Bar und dieser Moment zwischen uns im Schnee ließ mich einfach nicht los.

Obwohl vom Eis kaum mehr als nasse Pfützen zeugten, war das kribbelige Gefühl in meinem Magen geblieben. Viel hatte nicht mehr gefehlt und es wäre zu einem Kuss gekommen.

Dabei ließ ich sonst nur selten jemanden so gefährlich nah an mein Herz heran. Erst recht keinen, der nicht ehrlich zu mir war.

»Ach Emily, schön, dich zu sehen.«

Ich zuckte leicht zusammen und ging dann ein paar Schritte auf Susie zu, die im Türeingang stand und mich zum Glück kein bisschen an die Knusperhexe erinnerte.

»Hallo, ich ähm ...« Was war bloß los mit mir? Normalerweise war ich nicht auf den Mund gefallen und geriet nur äußerst selten ins Stammeln.

»Du wolltest sicher zu den Jungs? Ich hole sie mal.« Mit diesen Worten war sie bereits wieder im Haus verschwunden.

Ich zupfte meine Bommelmütze zurecht und lächelte dankbar. Eigentlich wollte ich nur mit Fabian sprechen, aber ich war auch ziemlich neugierig auf seinen Bruder, der sich bisher rar gemacht hatte. Wahrscheinlich war Frederik ein paar Jahre älter als wir, wenn er eine Zeit lang allein in München gewohnt hatte.

Mir drängte sich das Bild einer erwachseneren Version von Fabian mit den gleichen braun-grünen Augen auf und der Gedanke daran sandte Hitze in meine Wangen.

»Emily, mit dir hab ich gar nicht gerechnet.« Plötzlich stand er vor mir und das Grinsen auf seinen Lippen machte mich wütend und brachte gleichzeitig mein Herz dazu, schneller zu schlagen.

Dieses verräterische Ding!

»Hey, Fabian.« Ich zögerte. Was genau wollte ich ihm eigentlich sagen? »Du hast dich nach unserem letzten Treffen gar nicht mehr gemeldet.«

Es war eine bloße Feststellung, obwohl es nach einem Vorwurf klingen sollte. In Wahrheit war es jedoch ein Eingeständnis: Ich habe auf eine Nachricht von dir gewartet. Wann war ich zu diesem naiven Mädchen geworden, das nach ein paar netten Worten erwartete, dass der Typ ihr wie ein treuer Hund hinterherrannte?

Fabian verdrehte die Augen und warf einen Blick über die Schulter hinter sich. Er tauschte Gesten mit einer Person aus, die ich nicht sehen konnte, weil die Wohnungstür sie verbarg.

»Sollte ich mich denn bei dir melden?«

Ich schluckte einen Kloß hinunter, der sich in meinem Hals bildete.

»Ist dein Bruder zu schüchtern, um sich vorzustellen?« Ich machte eine Handbewegung in Richtung Tür. Auf seine sarkastische Frage einzugehen, brachte ich nicht über mich. Sicher erwartete er auch keine ernsthafte Antwort.

Fabians Grinsen wurde breiter. »Das könnte sein. Wahrscheinlich hat er einfach keine Lust auf neue Bekanntschaften.« Erneut drehte er sich nach hinten und stöhnte auf. »Reg dich ab!«

Meine Hände zitterten und ich fühlte mich komplett vor den Kopf gestoßen. Nach unserer gemeinsamen Zeit hätte ich mit einem derart abweisenden Verhalten nicht gerechnet.

Fabian wandte sich wieder an mich: »Sorry, warte mal 'ne Sekunde.«

Dann verschwand er hinter der Tür und zog sie ganz zu. Während ich auf den Hauseingang starrte, wurde ein Gedanke in mir laut.

Hau ab! Erspar dir diese Demütigung!

Doch ich war wie angewurzelt. Konnte mich nicht mehr bewegen. Eigentlich hätte ich nach dem ganzen Hin und Her damit rechnen müssen, aber ich verstand es einfach nicht.

Wieso war er in der einen Situation offen, charmant und verständnisvoll und verhielt sich in der nächsten wie ein kompletter Idiot?

Keine Ahnung, wie lange ich vor seiner Tür stand und auf ihn wartete, das ungläubige Gefühl verschwand in dieser Zeit jedenfalls nicht.

»Emily, es tut mir leid. Du hast mich in einem schlechten Moment erwischt.«

Fabians Stimme weckte mich aus meiner Starre und als ich meine Augen fokussierte, sah ich in ein warmes Braun, das die Härte von vorhin verloren hatte. Er trat vor die Tür und kam ein paar Schritte auf mich zu. Nun standen wir fast wieder so nah zusammen wie in dem Moment, der mir seit zwei Tagen nicht mehr aus dem Kopf ging.

»Kein Ding. Unberechenbarkeit bin ich von dir schon gewohnt.«

Und immer dieselben Ausreden. Ich hatte einen schlechten Moment erwischt? Wohl einer einen schlechten Monat.

»Ich hätte gestern vorbeikommen sollen.« Fabians Kiefer war sichtbar angespannt und er mied meinen Blick, während er diesen schlechten Versuch einer Entschuldigung hervorbrachte. Er fuhr sich durchs Haar und ein paar Wassertropfen fielen dabei auf sein helles Langarmshirt.

Ich starrte auf die nassen Punkte und fragte mich, ob seine Haare eben noch trocken gewesen waren.

»Leider kann ich dir keine Kuschelsocken anbieten«, sprach er weiter und grinste mich jetzt an. Aber es wirkte nicht echt.

Was quälte ihn so sehr, dass ihn nicht einmal seine eigenen Witze amüsieren konnten?

»Kein Problem, wir können auch spazieren gehen.« Ich zögerte und setzte hinzu: »Falls du dafür Zeit hast.«

Du solltest dir die Zeit nehmen, schließlich hast du es versprochen.
Fabian legte den Kopf ein wenig schief, doch es hatte nichts von dem vertrauten Hundeblick. Höchstens von einem Dackel, der seit Tagen darauf wartete, dass sein Herrchen zurückkehre und deswegen die Wohnung verwüstet hatte.
»Ich schätze, das bin ich dir schuldig«, sagte er schließlich.
Aber du solltest es nicht deswegen tun, dachte ich, sprach den Gedanken jedoch nicht aus.
»Lass mich überlegen.« Ich zählte leise an den Fingern ab, wie oft er mich bisher versetzt oder vertröstet hatte. »Ja, du schuldest mir ziemlich genau dreiundzwanzigeinhalb Minuten.«
Dieses Mal war sein Lachen echt. »Haben die schon angefangen?«
»Nein, sie zählen erst, wenn wir zehn Meter von eurem Haus entfernt sind.«
Wie gerne hätte ich diesen kurzen Moment, diese leichte Stimmung zwischen uns eingefangen. Doch die Anspannung aus Fabians Gesicht wollte nicht gänzlich weichen und auch bei mir stellte sich nicht das erhoffte Gefühl von Erleichterung ein, als er schließlich nickte.
»Okay. Ich bin gleich wieder da.«
Als er dieses Mal im Haus verschwand, war mein Fluchtimpuls verschwunden. Aus der ungläubigen Starre war ein nervöses Flattern in meiner Magengegend geworden, das meine Beine auf und ab wippen ließ.
Bekam ich nun tatsächlich die Antworten, auf die ich seit Tagen hoffte? Und würden sie mir gefallen?
Es war egal, ob sie mir gefielen oder nicht, denn ich brauchte unbedingt Gewissheit. Fabians wechselhaftes Verhalten war schlimmer als Janas Stimmungsschwankungen, wenn sie Liebeskummer hatte und das Eis ausverkauft war. Sie war zwar seit Jahren meine beste Freundin, aber in diesen Momenten mied sogar ich sie.
»Halte deine Stoppuhr bereit.« In voller Wintermontur trat Fabian aus der Tür.

Vor Schreck fiel ich beinahe vorne über meine Zehen, auf denen ich bis gerade noch hin- und hergewippt hatte.

»Zehn, neun, acht ...«, zählte ich die Schritte wie einen Countdown herunter und hoffte, dass ihm mein Schwanken nicht aufgefallen war.

Seinen Arm hatte er mir jedenfalls nicht angeboten und ließ mehr Abstand zwischen uns als bei unserem letzten Spaziergang.

»Dann schieß mal los«, sagte Fabian, sobald ich bei eins angekommen war.

Ich schnaubte. »Du weißt genau, wieso ich hier bin. Als wir uns das letzte Mal gesehen haben, hast du mir Antworten versprochen. Bisher habe ich keine bekommen.« Ich sah ihn an, doch als er meinen Blick erwiderte, wandte ich meinen ab.

Die Unbeschwertheit zwischen uns war nun gänzlich verschwunden. Zerplatzt wie eine Seifenblase. Erst jetzt gestand ich mir ein, dass ich sie von unserer ersten Begegnung an gespürt hatte und es bisher einfach nicht hatte wahrhaben wollen.

Was ich ihm vor einer Woche noch vorgeworfen hatte, war ein humorvolles Necken gewesen, das ich nun vermisste. Aber so war es ja immer. Die Bedeutung von Dingen wurde einem erst dann bewusst, wenn man sie verlor.

»Ich wollte dir Antworten geben, das war mein Plan.« Fabian seufzte und in seiner Stimme klang ehrliches Bedauern mit. »Tut mir echt leid, wie das alles gelaufen ist. Ich hätte dieses Gespräch nicht vor mir herschieben sollen.«

Ich schluckte. Einmal, zweimal. Das enge Gefühl in meinem Hals blieb. »Von was für einer Art von Gespräch redest du?«

Die Schritte seiner Boots auf dem Kiesweg, in den wir gerade eingebogen waren, verklangen.

Er war stehen geblieben und ich tat es auch. Stand mit dem Rücken zu ihm und starrte auf den kleinen Ententeich, der sich in dem Stadtpark befand, zu dem wir gelaufen waren.

»Emily.« Wie konnte so viel Verzweiflung in einem einzigen Wort liegen?

Ich drehte mich zu Fabian um.

»Ja?« Warum meine Stimme fest klang und kein bisschen im Takt mit meinem flatternden Herzen zitterte, wusste ich nicht. Meine Fassade hielt und ich war nicht bereit, sie bröckeln zu lassen.

»Als ich dir gesagt habe, dass ich dich mag.« Er sah mir nur kurz in die Augen, dann fixierte er einen Punkt irgendwo neben mir auf dem Boden. »Es war die Wahrheit.«

Aber. Dieses Wort schwebte durch die Luft, zugleich leise und unheimlich laut.

Der Klang von Fabians Stimme hatte sich verändert. Da war nichts mehr, was mich an seine leichte, neckende Art erinnerte. »Und ich habe mir wirklich gewünscht, dass es funktioniert.«

»Funktionieren?« Meine Stimme brauste auf. »Was genau soll denn funktionieren? Wir kennen uns gerade mal seit zehn Tagen und in der Zeit haben wir was zusammen gemacht? Plätzchen gebacken und Kakao getrunken?«

Meine Worte sollten die Situation ins Lächerliche ziehen, doch mein eigener Blick, der dauernd an seinen Lippen hängen blieb, strafte mich Lügen.

Ich wusste genau, was er mit *funktionieren* gemeint hatte. Natürlich war da nicht wirklich etwas zwischen uns gewesen. Es hätte aber etwas sein, etwas werden können, und in meinem Herzen war längst ein Platz für Fabian reserviert, den ich nun wohl zur Vermietung freigeben sollte.

Fabian öffnete den Mund, hob eine Hand, ließ sie wieder sinken. Er schloss die Augen und atmete einmal tief durch. Er hatte in diesem Moment eine Entscheidung getroffen, eine endgültige, das wusste ich einfach.

»Ich glaube, die Minuten sind gleich rum.« Eigentlich hatte die Sache mit dem Timer ein Spaß sein sollen. Allerdings würden meine

Mauern seiner Nähe nicht mehr lange standhalten und die Zeit der Scherze zwischen uns schien vorbei.

Fabian vergrub seine Hände in den Manteltaschen und sah mir fest in die Augen. »Ich habe nachgedacht und ... es tut mir leid, aber ich habe beschlossen, dass die Sache zwischen uns nicht funktionieren kann. Es war dumm, das zu glauben. Wir wohnen bald zusammen und ...«

Der Rest seiner Worte war nur noch ein einziges Rauschen in meinen Ohren.

Es war dumm, das zu glauben.

Wahrscheinlich hatte er recht. Wahrscheinlich war es das wirklich gewesen.

11. Dezember

Emily

»Du kannst dir nicht vorstellen, wie froh ich bin, endlich mal wieder nach draußen zu gehen!« Jana gestikulierte wild mit den Armen, um ihre Worte zu unterstreichen.

Obwohl mir nicht danach zumute war, grinste ich. »So froh, wie du über ein Date mit deiner Nummer sechzehn wärst?«, riet ich.

Jana blieb mitten in der Fußgängerzone stehen und sah mich aus weit aufgerissenen Augen an. »Du hast mich erwischt. Ganz so froh bin ich nun auch nicht.«

»Wann machen wir dein Date eigentlich klar?« Ich hakte mich bei ihr unter und zog sie weiter. Es waren noch einige hundert Meter bis zu unserem Ziel, den Köln Arcaden.

»Na, beim Eishockeyspiel. Du hattest versprochen, mich dorthin zu begleiten.« Sie schmollte, wahrscheinlich, weil ich nicht sofort daran gedacht hatte.

»Klar, meine Versprechen halte ich, das weißt du doch.« Anders als Fabian, der stattdessen feige seinen Schwanz einzog. Ich presste meine Kiefer aufeinander.

»Zumindest dachte ich, dass ich dich gut kenne.« Ihr prüfender Blick traf mich von der Seite. »Seit ein paar Tagen bist du allerdings irgendwie komisch. Auch heute ... was ist los mit dir, Em?«

War das so offensichtlich? »Fabian hat sich nach dem Nikolausabend total merkwürdig verhalten. Gestern hat er das zwischen uns beendet, obwohl da eigentlich noch gar nichts war. Aber ich hab die Zeit mit ihm echt genossen und verstehe nicht, was sein Problem ist.«

Eigentlich hatte ich das Thema gar nicht anschneiden wollen, aber Jana würde ohnehin keine Ruhe geben. Je früher ich ihr also davon erzählte, desto besser. Das verlangte außerdem unser Freundinnenkodex.

»Mit Männern, die keinen Klartext reden, stimmt was nicht. Außerdem spielt keiner ungestraft Spielchen mit meiner besten Freundin.« Jana schnaubte wie ein Stier beim Anblick eines roten Tuchs. »Also ... wie werden wir ihm das heimzahlen?«

Ich zog eine Augenbraue nach oben. Obwohl ich ziemlich sauer auf Fabian war – nach Racheplänen war mir deswegen nicht zumute. »Es würde mir reichen, ihn für eine Weile zu vergessen und eine Runde mit dir shoppen zu gehen.«

Wie aufs Stichwort kam der riesige Gebäudekomplex des Einkaufszentrums mit dem gläsernen Vordach in Sichtweite. Später am Abend wäre er von Tausenden Lichterketten hell erleuchtet. Die Fußgängerzone bot an einem Dezemberabend eine wunderschöne Ansicht.

»Klar, unser Weihnachtsshopping steht schließlich für Jahre im Voraus in meinem Kalender. Wir können bleiben, bis die Läden schließen und dann trinken wir eine heiße Schokolade bei Toni.«

Der Geschmack von Sahne und Kakao auf meiner Zunge erinnerte mich an einen Abend, den ich lieber vergessen würde. »Genau so machen wir's.«

Wie jedes Jahr. Damals hatte meine Mama uns noch begleitet, bis wir alt genug gewesen waren, diesen Ausflug allein zu unternehmen. Ich war unheimlich stolz gewesen, hatte mich groß und erwachsen gefühlt. Heute wünschte ich mir, diese Tradition länger mit ihr geteilt zu haben.

»Aber wolltest du nicht nach einem Wichtelgeschenk für diesen Fabian schauen? Da wird es vielleicht etwas schwierig, *nicht* an ihn zu denken.«

Jana und ich traten durch den Eingang der Arcaden und sofort hüllte uns diese ganz spezielle Atmosphäre von geschäftigem Treiben eines Shoppingcenters ein. Gestresste Mütter, aufgedrehte Kinder und genervte Väter. Riesige Tannenbäume mit goldenen Kugeln und Lametta. Glitzern und Leuchten, wohin man auch sah. Die Dekoration strahlte mit den Kindern um die Wette, die so unerträglich glücklich wirkten, dass ich in diesem Moment am liebsten umgekehrt wäre.

»Ja, da hast du leider recht. Bis gerade eben hatte ich das erfolgreich verdrängt.« Ich seufzte leise und blickte mich nach allen Seiten um, in der Hoffnung, dass mich die Weihnachtsstimmung aufheitern würde. Sie zog mich jedoch bloß noch mehr runter.

»Das ist die kitschigste Deko, die ich je gesehen hab.« Jana deutete auf ein Schaufenster voller Engelsfiguren mit pausbackigen Gesichtern und jeder Menge Glitzer.

Gleich daneben standen sich küssende Rentiere aus Porzellan.

»Hey, Em! Das bringt mich auf eine Idee.« Meine beste Freundin zog mich am Arm hinter sich her.

»Worum geht's denn?«, frage ich, als ich mich aus ihrem Griff befreit hatte und bemüht war, bei ihrem Tempo mitzuhalten.

»Na, es gibt doch dieses Wichteln, bei dem man sich das scheußlichste Geschenk macht, das man finden kann. Das wäre die perfekte Gelegenheit, um Fabian eins auszuwischen.«

Die Idee war wirklich nicht übel. Sofort dachte ich an die Plüschsocken mit leuchtend roter Rentiernase. Aber irgendwie hatte ich das Gefühl, dass er sich darüber sogar freuen würde.

»Hast du denn schon eine Idee?«, fragte ich daher. Geschenke zu finden war voll ihr Ding, deshalb war sie auch die perfekte Begleitung für diese alljährliche Tradition.

»Wir lassen uns erst ein bisschen inspirieren. Achtet er auf sein Aussehen?«

Ich dachte an sein perfekt verwuscheltes Haar und spürte die dunklen Strähnen zwischen meinen Finger. »Was seine Frisur angeht, denke ich schon. Beim Rest bin ich mir nicht sicher.«

»Mh, damit fällt ein Ugly-Christmas-Pulli wohl weg. Da steht er bestimmt drüber. Wie wäre es mit einem Elchgeweih?«

»Aber nur, wenn wir ihm eine blinkende Nase dazu kaufen.«

Wir lachten beide gleichzeitig los. Der Rudolph-Ansatz war womöglich gar nicht so schlecht.

Ich blieb bei einer Übersichtstafel stehen und studierte zusammen mit Jana die Läden auf der Suche nach einem, bei dem wir solche Verkleidungsartikel finden könnten.

Als ich einen Blick auf meiner Haut prickeln spürte, spähte ich an der Tafel vorbei und entdeckte ein blondes Mädchen, das allein am Geländer lehnte und mich anstarrte.

»Mist, das darf echt nicht wahr sein. Wieso ausgerechnet die?«, murmelte ich vor mich hin und wandte ihr meinen Rücken zu. Vielleicht war Ignorieren die beste Taktik?

»Kennst du diese Barbie?«

Fast musste ich lachen, weil meine Freundin die gleiche Bezeichnung für Chiara gewählt hatte, die ich ebenfalls im Stillen nutzte.

»Wieso?«

»Sie kommt zu uns rüber.«

Ich stöhnte. *Cool bleiben, Emily.*

»Ich hab sie zusammen mit Fabian auf der Nikolausparty gesehen. Er sagt, dass sie nichts miteinander hatten, aber ich glaube ihm nicht«, zischte ich noch schnell, bevor Blondie so nah bei uns stand, dass sie unsere Worte verstehen konnte.

»Emily, was für ein Zufall.« Die zuckersüße Stimme blieb wie Honig in meinen Ohren kleben und schien sie zu verstopfen. Zumindest würde es erklären, wieso sich alles um mich herum plötzlich so dumpf anhörte.

Jana und ich drehten uns gemeinsam zu ihr um.

»Chiara.« Ich spiegelte ihr falsches Lächeln. »Machst du auch Weihnachtseinkäufe?«

»Oder stalkst du Fabian?«, fragte meine Freundin.

Unauffällig stupste ich sie in die Seite. Es war nicht mein Plan gewesen, ihn in diesem Gespräch auch nur zu erwähnen.

Aber ich hätte wissen müssen, dass sie es sich nicht verkneifen konnte.

»Stalken? Ich kann ihn gerade nirgends entdecken. Wenn ich ihn treffen will, rufe ich ihn einfach an und er kommt vorbei. Dieses Glück hast du leider nicht, stimmt's, Emily?«

Ihre Worte versetzten mir einen Stich und ich wusste nicht, was ich erwidern sollte.

Um endlich eine Antwort von ihm zu bekommen, hatte ich bis zu ihm nach Hause fahren müssen. Eigentlich war ich also die Stalkerin von uns beiden.

Jana fand deutlich schneller als ich ihre Sprache wieder. »Und warum bist du dann ganz allein hier und Fabian ist mit uns beiden shoppen?«

»Mit euch? Wer's glaubt. Ich seh ihn jedenfalls nicht.«

»Er ist nur eben auf der Toilette.« Das war echt die älteste Ausrede von allen, doch Chiaras selbstbewusste Miene begann ein wenig zu wackeln.

»Na dann verabschiede ich mich am besten mal von euch beiden. Nicht, dass ich ihm über den Weg laufe und damit meine Überraschung verderbe.« Sie wedelte mit ein paar Tüten herum und kam ein Stück näher an mich heran.

Die penetrante Parfümwolke kitzelte in meinem Hals und ich sah zum Inhalt einer ihrer Tüten, die sie so hielt, dass nur ich hineinsehen konnte.

»Denkst du, ihm gefällt's, Emily? Ich meine, ihr seid doch so was wie Geschwister. Du kennst ihn sicher schon besser als ich.«

Ich starrte eine gefühlte Ewigkeit auf die pinke Spitzenwäsche, bis Chiara die Tüte wieder schloss und an ihren Körper zog. »Sicher wird er genauso sprachlos sein wie du, wenn ich sie ihm präsentiere.« Sie zwinkerte und stolzierte auf ihren schwarzen Overknees Richtung Rolltreppe.

»Will ich wirklich wissen, was in der Tüte war?«, fragte Jana.

Ich schüttelte stumm den Kopf. Dabei war meine beste Freundin eine der neugierigsten Personen, die ich kannte.

»Na ja, wenn Fabian auf eine wie die abfährt, ist er wirklich nichts für dich. Du solltest froh sein, dass du ihn los bist.« Jana zuckte mit den Schultern.

Natürlich hatte sie recht. Und es wären wohl auch genau die Worte gewesen, die ich in einer solchen Situation an sie gerichtet hätte. Allerdings wollte sich mein Herz nicht von ihnen überzeugen lassen. Es sah nur die kleinen Schneeflocken, die sich in schokobraunen Haaren verfingen.

»Ja, das sollte ich«, sagte ich trotzdem. »Und wir besorgen jetzt dieses Elchgeweih, damit ich endlich mit ihm abschließen kann.«

»So gefällst du mir. Wenn meine Emily einen Plan hat, dann kann sie nichts und niemand aufhalten. Kein doofer Typ und erst recht keine Barbie, auf die doofe Typen stehen.«

»Warum muss Shoppen so anstrengend sein?« Jana ließ sich auf die Eckcouch in Tonis Café plumpsen wie eine unserer randvollen Einkaufstüten.

Das Sofa war das mit dem rot-weiß karierten Stoffbezug in der hintersten Ecke des Ladens, gleich neben dem Kamin. Aber ich liebte nicht nur die Wärme in unserem Stammcafé, sondern vor allem den rustikalen Look der rauen Wände, die um die Fenster mit Backsteinen versehen waren. Die vielen kleinen Lampenschirme, von denen gedimmtes, warmes Licht ausging, machten die Atmosphäre perfekt.

»Sieh es als Vorbereitung für unser Sportprogramm nächsten Monat.« Ich setzte mich meiner Freundin gegenüber auf einen gepolsterten Sessel und griff nach der Saisonkarte.

»Hilft alles nichts, wenn wir uns die doppelte Kaloriendosis gleich nach der Tour wieder reinziehen.«

»Spekulatius Latte, Cookie Dough Milchshake, Hot Brownie ...«, zählte ich auf. »Wie wäre es, wenn wir einmal alles bestellen und dann wild durcheinander futtern?« Ich ignorierte ihre Kalorienbedenken und hielt ihr stattdessen die Karte mit den verführerischen Leckereien unter die Nase.

»Na schön, du hast mich überzeugt. Die Vorweihnachtszeit ist nun mal zum Schlemmen da.« Sie zog das rosa Plüschgeweih aus einer der Einkaufstüten unter der Bank hervor und setzte es auf. »Das ist definitiv das genialste Wichtelgeschenk aller Zeiten.«

Ich grinste. Fabian würde das Teil sicher super stehen. Schade nur, dass wir keine leuchtende Rentiernase ergattert hatten.

»Signorinas, was darf ich euch bringen?« Toni persönlich kam zu uns an den Tisch und ich schenkte ihm ein freundliches Lächeln.

»Hey. Wie jedes Jahr einmal alles von der Saisonkarte bitte.« Ich deutete auf den Aufsteller.

»Molto bello, sehr gern. Was ist das für eine Geweih?«

»Eine Warnung für jemanden, der sich besser nicht mehr an meine beste Freundin ranmachen sollte.«

Mit ihren Worten brachte Jana den Italiener zum Lachen, sodass sein runder Bauch auf und ab wippte.

Plötzlich erklangen die ersten Töne von Jingle Bells und mich überkam der Impuls, laut mitzusingen. Im nächsten Moment begriff ich, dass mein Handy klingelte, und meine Wangen wurden heiß. Ich hasste es, unter Leuten zu telefonieren.

»Entschuldigt mich bitte kurz.«

Ich verließ den Laden und hielt mir das Telefon ans Ohr, als ich draußen stand. Da die Temperaturen nahe dem Gefrierpunkt waren, zitterte ich in meiner offenen Jacke und ohne Schal. »Ja?« In der Eile hatte ich nicht aufs Display geschaut und wusste daher nicht, wer dran war.

»Emily, wo steckst du? Ich brauche dich dringend zu Hause.« Es war die hektische Stimme meines Vaters.

»Mit Jana shoppen, das hatte ich dir doch erzählt. Wir sind gerade in Tonis Café.«

»Also seid ihr fertig? Gut, dann nimm bitte die nächste Bahn. Ich muss in einer halben Stunde zu einem Kundentermin und heute kommt hier eine größere Lieferung an. Die nehmen das Paket wieder mit, wenn keiner da ist.«

»Nein, ich kann hier jetzt nicht weg. Wir haben eben erst bestellt. Das mit dem Paket ist doch nicht so tragisch. Du holst es einfach morgen von der Post.« Ich verlagerte mein Gewicht von einem Bein aufs andere, um die Kälte zu vertreiben.

»Das Paket ist superwichtig und ziemlich groß. Es ist ein Geschenk und ich mach mir Sorgen, dass sie es sonstwo hinbringen und ich nachher an Weihnachten ohne dastehe.«

Ich zog eine Augenbraue nach oben. War das wirklich mein Paps am Telefon? Der Mann, der immer auf den letzten Drücker Geschenke besorgte? »Wir haben erst den 11. Dezember. Wieso machst du dich da so verrückt? Es ist genug Zeit, um …«

»Es ist ein Geschenk für Susie!«, fiel er mir ins Wort. »Mittlerweile ist es ausverkauft und wenn sie es heute nicht liefern, bin ich echt aufgeschmissen.«

Für Susie also. Alles klar. Wieso sollte er sich auch für Oma oder mich so viel Mühe bei einem Geschenk geben? Das war sein Ding, dafür würde ich sicher nicht die Verabredung mit Jana unterbrechen. »Tut mir leid, aber ich kann jetzt nicht. Außerdem stehe ich draußen in der Kälte rum und will wieder reingehen. Frag einfach bei den Nachbarn, ob sie das Paket annehmen.«

»Emily, du kannst mich doch nicht einfach hängen lassen.«

Wie ich es hasste, wenn er mich so unter Druck setzte. Ich war es leid, für das Chaos geradezustehen, das er verursachte, und mich um seinen Kram zu kümmern, den er nicht hinbekam. Ich hatte genug eigene Punkte auf meiner To-do-Liste.

»Du kannst dich nicht immer darauf verlassen, dass ich zu Haus bin. Sorry, diesmal nicht, Paps. Es wird schon alles klappen mit dem Geschenk.«

Mit diesen Worten legte ich auf und starrte auf mein Handy. Noch mehr Bitten und Flehen hätte ich nicht ertragen. Wahrscheinlich hätte ich nach ein paar weiteren Minuten sogar nachgegeben.

»Wer hat angerufen?«, fragte Jana, als ich mich wieder neben sie setzte und meine Hände an dem Spekulatius Latte wärmte, den Toni bereits gebracht hatte.

»Mein Vater ...« Ich dehnte die Worte in die Länge und verdrehte dabei die Augen. Mehr brauchte ich überhaupt nicht sagen.

»Ich bin so stolz auf dich.« Meine Freundin hob das Glas mit Glühweinschorle in die Höhe und stieß mit mir auf einen gemütlichen Mädelsabend an.

Der Tag mit Jana hatte mir eindeutig bewiesen, dass ich Fabian nicht brauchte, um eine schöne Zeit zu haben.

Jetzt galt es nur noch, mein Herz ebenfalls von dieser Erkenntnis zu überzeugen.

Fabian

»Kann ich jetzt endlich mein Shirt wiederhaben?«

Ich verdrehte die Augen. Noch nie in unserem ganzen gemeinsamen Leben war ich so genervt gewesen, seine Stimme zu hören. Eigentlich war ich bisher davon ausgegangen, als wären mein Bruder und ich zwei Hälften eines Ganzen. So kitschig es klang, es war einfach so ein Zwillingsding. Und von der eigenen Stimme war man schließlich unter normalen Umständen auch nicht genervt. Nur dass diese Umstände alles andere als normal waren.

Ich blickte an mir herab, als gehörte mein Körper einem anderen. Noch immer trug ich das helle Langarmshirt, das ich gestern nach dem Duschen von Frederik in die Hand gedrückt bekommen hatte. Hätte ich die Eier besessen, Emily oberkörperfrei in Empfang zu nehmen, wäre dieser ganze Schwindel vielleicht endlich Geschichte.

Genau wie deine Schauspielkarriere.

Gott, wie ich mich für meine eigene Charakterschwäche in diesem Moment hasste.

»Alter, hast du dich seit gestern überhaupt umgezogen?« Frederik stand mittlerweile in meinem Zimmer.

War er zuvor jemals in diesem Raum gewesen?

Ich blinzelte. »Nee, sorry.«

»Du bist doch der Eitle von uns beiden«, sprach mein Bruder weiter. »Weißt du überhaupt, wie spät es ist?«

Ich zuckte mit den Schultern und zog mir das Shirt über den Kopf. Wahrscheinlich bildete ich es mir nur ein, aber Freddys Stimme klang besorgt.

»Was ist denn los mit dir? Bist du beim Casting rausgeflogen?«

Seit wann interessierte er sich für mein Leben?

»Nee, bin eine Runde weiter«, sagte ich ohne den Hauch einer Emotion, als würde ich vom Wetter und nicht von meiner Zukunft sprechen. »Hier hast du dein Shirt. Kannst du dann bitte wieder gehen?«

Ich wollte meine Ruhe. Eine Runde schlafen vielleicht. Oder weiter Löcher in die Luft starren und mich für mein eigenes Verhalten verurteilen.

»Es ist doch nicht wegen diesem Mädchen?« Frederiks Worte klangen ehrlich überrascht.

Was hatte er denn erwartet? Dass ich ihm tatsächlich dankbar für seine miese Nummer sein würde? Ich schwieg.

Frederik schnaubte hörbar. Er kam zu mir ans Bett, scannte mein Gesicht, als suchte er nach einer Antwort auf seine Frage. Ob er fündig wurde, wusste ich nicht. Auf jeden Fall weiteten sich seine Augen für den Bruchteil einer Sekunde und als er mir das Shirt aus der Hand schnappte, blickte er vor sich auf den Boden.

»Das hätte ich nicht erwartet«, murmelte er.

Die Art, wie er daraufhin mit entschlossenen Schritten das Zimmer verließ, brachte mein Gehirn dazu, sich die schlimmsten Szenarien auszumalen.

Was plante mein Bruder als Nächstes?

Ich lachte freudlos. Egal, was es war, Emily hasste mich nach unserem Gespräch ohnehin so sehr, dass sie sich niemals auf irgendeine Art von Spielchen einlassen würde, die er in meinem Namen spielte.

12. Dezember

Emily

Kaum hatte ich die Tür zur Turnhalle geöffnet, stürmten mir bereits einige Kinder entgegen und schlangen ihre Arme um meinen Bauch.

»Emily!«, kam es von überall her. Ich hatte mich bisher geweigert, ihnen meinen Nachnamen anzubieten. Immerhin war ich selbst noch gar nicht richtig erwachsen und bloß eine ehrenamtliche Helferin der Theater-AG.

»Ich freue mich auch, euch zu sehen. Maja, warst du beim Friseur?«, fragte ich das kleinste Mädchen in der Runde, dessen blonde Ponyfransen so krumm und schief waren, dass sie wohl selbst die Schere angelegt haben musste.

»Pia und ich haben Friseur gespielt.« Sie strahlte so breit, dass ihre beiden Zahnlücken zu sehen waren. »Mama fand das leider nicht so toll.«

Ich unterdrückte ein Schmunzeln und ließ dann meinen Blick durch den Raum schweifen, der die typische Atmosphäre einer Turnhalle ausstrahlte – das Quietschen von Schuhen auf Gummi, der Geruch von Holz, Leder und körperlicher Anstrengung in dieser ganz speziellen Mischung. Wie jeden Dezember stand eine kleine Bühne an einem Ende der Halle, ansonsten war sie leer. Bevor die Kinder mit Requisiten und Kostümen probten, würden noch einige Tage vergehen.

»Wo ist denn Herr Tauber?«, wandte ich mich an Max, einen etwas älteren Jungen mit runder Brille, der meist über alles Bescheid wusste.

»Der ist dieses Jahr nicht dabei«, erklärte er mir. »Ein Neuer ist eingesprungen, ein echter Schauspieler und viel jünger als Herr Tauber. So alt wie du, glaube ich.«

Ich runzelte die Stirn. Das hatte meine Deutschlehrerin also mit *personell unterbesetzt* gemeint. Klar, Herr Tauber war nicht mehr der Jüngste. Er war bereits der Leiter der Theater-AG gewesen, als ich selbst noch bei dem Weihnachtsstück mitgespielt hatte. Er *war* das Stück. Und nun sollte ihn ein Typ in meinem Alter ersetzen? Was hieß überhaupt ›echter Schauspieler‹?

»Und wo ist der?«, hakte ich nach.

»Ist nur eben was kopieren«, quatschte die rothaarige Kim dazwischen und ich sah die Herzchen in ihren Augen glitzern.

Bereits im letzten Jahr war sie mir ein wenig frühreif vorgekommen und nun, da sie die vierte Klasse besuchte, schien diese Entwicklung weiter vorangeschritten zu sein.

»So, da bin ich wieder. Bildet bitte einen Kreis in der Mitte und …« Die Stimme, die mir seltsam vertraut erschien, brach mitten im Satz ab und ich drehte mich zu ihr um.

»Fabian?«, fragte ich, als ich den Typ hinter dem Stapel Blätter erkannte. Mein verräterisches Herz tat einen viel zu hohen Satz.

»Emily.« Seine Stimme war tonlos und ich wäre am liebsten davongerannt.

Aber was sollten die Kinder dann von mir denken? Ich musste mich jetzt zusammenreißen. Später könnte ich mich mit der Wut darüber auseinandersetzen, dass Fabian mir alles in meinem Leben Stück für Stück nahm. Zuerst mein Haus, als Nächstes meine Familie, meinen Adventskalender, die Theater-AG und schließlich ... mein Herz.

»Kennt ihr euch etwa?«, krähte Maja, und so sehr ich Kinder auch liebte, in diesem Moment wünschte ich das Mädchen auf den Mond.

»Ja, unsere Eltern kennen sich«, sagte Fabian, ohne den Blick von mir abzuwenden. Dabei blieb seine Miene unbewegt und ich hätte ihn am liebsten geschüttelt.

Wieso tobten die Gefühle in mir, während er vollkommen ruhig blieb? Das war einfach nicht fair.

»Kennen wäre zu viel gesagt«, ergänzte ich schließlich in dem Versuch, ihm eine Reaktion zu entlocken.

Diese Gleichgültigkeit und seine starre Maske machten mich wahnsinnig. War es ihm wirklich so egal, mich so kurz nach unserem Gespräch hier wiederzusehen?

»Wo ist denn jetzt der Kreis?«, wandte sich Fabian an die Kinder, die noch immer wild durcheinander standen. Eilig formierten sie sich in der Mitte und sahen meinem zukünftigen Stiefbruder erwartungsvoll entgegen.

»Bevor wir mit dem Stück anfangen, wärmen wir uns zuerst ein bisschen auf. Wer von euch hat schon mal das Wort ›Improvisation‹ gehört?«

Er brachte es tatsächlich fertig, mich praktisch zu ignorieren. Ich presste die Kiefer aufeinander, um nichts laut auszusprechen, das ich hinterher bereuen würde.

Ob das bis Weihnachten so weiterging? Und danach? Würden wir irgendwann Tür an Tür wohnen und uns gegenseitig mit Schweigen strafen?

Alle zehn Kinder hingen an seinen Lippen, was ich bedauerlicherweise gut nachvollziehen konnte. Nur Kim ließ ihren Blick bedenklich langsam und glückselig an seinem Körper auf und ab wandern.

Max war wie erwartet der Einzige, der sich auf die Frage meldete. Ich hatte mich mit etwas Verzögerung zu den anderen in den Kreis gestellt.

Wie hätte ich den Kindern auch erklären sollen, dass ich am Rand der Halle stehen blieb? Allerdings achtete ich dabei auf möglichst viel Abstand zwischen Fabian und mir, wobei es nicht unbedingt förderlich war, ihm im Kreis gegenüberzustehen und damit die beste Aussicht auf ihn zu haben.

»Bei der Improvisation spielt man keine Rolle mit einem vorgegebenen Text, sondern muss sich spontan etwas ausdenken«, erklärte Max, nachdem Fabian ihn drangenommen hatte.

»Ganz genau. Spontan bedeutet, dass ihr das macht, was euch in dem Moment zuerst in den Kopf kommt. Das ist dabei das Allerwichtigste: Versuche nicht, besonders kreativ zu sein, sondern nimm die allererste Idee.«

Ich musste zugeben, dass diese Aufwärmübung um ein Vielfaches spannender klang als das, was Herr Tauber immer mit den Kindern gemacht hatte. Vielleicht war es ganz gut, dass ein wenig frischer Wind in das Weihnachtsstück kam.

Aber wieso musste der ausgerechnet in Form von Fabian durch mein Leben wirbeln und dabei alles durcheinanderbringen?

»In jeder Stunde werden wir zu Beginn eine kleine Übung machen, um das Improvisieren zu lernen. Für einen Schauspieler ist das ganz wichtig. Auch dann, wenn er eigentlich einen festen Text hat.«

Leonie, ein schüchternes Mädchen, meldete sich. »Aber was, wenn ich keine Idee habe?«

Fabian lächelte so warm, dass ich schlucken musste. »Keine Angst. Wir sind unter uns. Als du das Fahrradfahren gelernt hast, konntest du es schließlich auch noch nicht sofort, oder?«

Die Dunkelhaarige hob zaghaft die Mundwinkel und sagte leise: »Nein.«

»Siehst du und auch das Improvisieren kann man lernen. Wir fangen mit dem Spiel ›Geschenke pflücken‹ an, schließlich ist bald Weihnachten. Es geht im Kreis herum. Ich sage zum Beispiel: ›Schau mal, Max, dieses Geschenk ist für dich‹ und dann forme ich mit meinen Händen einen Gegenstand. Hat jemand eine Idee, was das sein könnte?« Fabian deutete mit seinen Händen einen Kreis an und hielt sie danach ausgestreckt in Max' Richtung.

»Ein Ball.« Ganz selbstverständlich nahm der Junge das imaginäre Geschenk entgegen.

In den nächsten Minuten ging es reihum und alle Kinder spielten mit großer Begeisterung ›Geschenke pflücken‹. Ich musste zugeben, dass es echt Spaß machte, wenn man sich darauf einließ. Es wurde viel gelacht, wenn ein Kind etwas völlig anderes entgegennahm, als der Schenkende zu zeigen versucht hatte. Ich war zunehmend verblüfft, auf was für kreative Ideen die Kids kamen. Wer verschenkte schon eine Ananas oder ein Raumschiff? Schließlich waren alle außer mir einmal an der Reihe gewesen und Fabian war im Begriff, den Kreis aufzulösen.

»Emily soll dir noch was schenken.« Maja zog bei ihren unvermittelten Worten am Ärmel meiner tannengrünen Strickjacke.

Ich spürte Hitze in meine Wangen steigen, als ich mich direkt vor Fabian stellte, die Zähne fest aufeinandergepresst.

Was wäre ich auch für ein Vorbild, wenn ich mich weigerte?

»Schau mal, ich habe ein Geschenk für dich.« Fieberhaft überlegte ich, was ich mit den Händen formen sollte.

Aus Fabians Mund hatte es ganz leicht geklungen, spontan zu sein und das zu tun, was mir zuerst in den Sinn kam. Aber nun war da überhaupt nichts mehr, mein Kopf war wie leergefegt. Improvisation und Spontaneität waren nicht unbedingt meine glänzendsten Eigenschaften. Doch dann musste ich plötzlich an das rosa Plüschgeweih denken und ein Lächeln stahl sich auf meine Lippen.

Die Umrisse zu formen, war gar nicht so leicht und als ich meine Hände in Fabians Richtung streckte, begegneten sich unsere Blicke. Erst da wurde mir bewusst, wie lange ich überlegt hatte, während er mir so nah gewesen war.

»Vielen Dank für die neuen Plüschsocken, solche wollte ich schon immer mal haben.« Als er mir das unsichtbare Geschenk abnahm, streiften seine Hände meine.

Socken!?

Ich verdrehte die Augen. Klar war es nicht leicht, die Gegenstände zu erkennen, doch nach Plüschsocken hatte mein Versuch, ein Elchgeweih zu formen, ziemlich sicher nicht ausgesehen.

Wieso nutzte er diesen Insider ausgerechnet hier und jetzt, wo ich ihm nicht meine Meinung dazu sagen konnte? Die, dass es wehtat. Dass es schmerzte, wenn er ein Wir-Gefühl in mir hervorrief, welches es eigentlich nicht mehr gab.

»Gerne«, sagte ich mit übertrieben süßer Stimme, um meine Gefühle zu überspielen, und ging zurück zu meinem Platz neben Maja.

Das Mädchen grinste mich an und ich fragte mich, warum ich ihr vorhin das Kompliment für ihre Frisur gemacht hatte.

Nun erklärte Fabian die Aufwärmübung unter einigen Protestrufen für beendet, doch diese verstummten, als er den Stapel Papier zur Hand nahm.

»Wer von euch möchte wissen, welches Stück wir dieses Jahr aufführen?«

Sofort jubelten alle Kinder in der Runde lauthals los. Eins musste man Fabian lassen, er hatte die Gruppe bereits am ersten Tag für sich gewonnen.

Sobald es wieder still war, fuhr er fort: »Wir werden eine Weihnachtsgeschichte aufführen, die ein berühmter Schriftsteller vor fast zweihundert Jahren geschrieben hat. Charles Dickens kennen noch heute ganz viele Menschen und …«

»Du willst mit ihnen *A Christmas Carol* aufführen? Hältst du das wirklich für kindgerecht?«, fiel ich Fabian während seiner euphorischen Bekanntmachung ins Wort.

Und wieso stiehlst du mir schon wieder eine meiner geliebten Traditionen?

»Wieso denn nicht?«, erwiderte er und es lag ein leicht genervter Tonfall in seiner Stimme. »Das ist ein Klassiker. Und muss es wirklich die zehnte Aufführung von ›Das verschwundene Christkind‹ sein? Ich meine, irgendwann wird es doch aufgetaucht sein, oder etwa nicht?«

Dass er sich über das Lieblingsstück von Herrn Tauber lustig machte, ärgerte mich. Sowohl Eltern als auch Kinder waren alljährlich begeistert von der Aufführung gewesen.

»Es gibt genug andere Klassiker, die geeigneter wären.« Ich pustete mir eine Haarlocke aus dem Gesicht.

»Dann kannst du ja ein Stück auswählen und es mit den Kindern einstudieren?« Die einladende Handbewegung und seine hochgezogenen Augenbrauen brachten meine Wangen zum Glühen und ich wusste nicht mehr, was ich sagen sollte.

Wären wir unter uns gewesen, hätte ich Argumente vorgebracht, aber unter diesen Umständen … Maja, Kim und die anderen sahen teils verunsichert, teils interessiert zwischen uns beiden hin und her. Wieso nur hatte ich mich zu dieser Auseinandersetzung vor den Kindern hinreißen lassen?

Obwohl ich es nicht gern zugab, war es eine Erlösung, als Fabian die Texte verteilte und einen schlaksigen Jungen namens Niklas die erste Seite vorlesen ließ: »Es war der kalte Winterabend vor Heiligabend, an dem Mr. Scrooge, einem mürrischen und geizigen alten

Mann, drei Gestalten erschienen. Es waren die Geister der vergangenen, gegenwärtigen und zukünftigen Weihnacht. Sie zeigten ihm, wie das Fest als Kind für ihn gewesen war und dass sein Geiz ihn in der Gegenwart von seiner eigenen Familie entfernt hatte. Der Geist der zukünftigen Weihnacht aber offenbarte Mr. Scrooge, dass er in einigen Jahren einsam in seinem Haus sterben würde. Das erschreckte den alten Mann so sehr, dass er all sein Geld an die Armen spendete und das Fest zusammen mit seiner Familie verbrachte, die ihn herzlich empfing.«

Im letzten Teil der Geschichte hatte Maja sich fest in meine Strickjacke gekrallt und es ärgerte mich, dass ich mich nicht gegen Fabian durchgesetzt hatte. Dieses Stück war einfach nichts für Kinder.

Doch dann rief Kim in den kurzen Moment der Stille hinein: »Da sieht man es mal wieder. Geld ist nicht alles im Leben.« Ihr Blick glitt abwartend zu Fabian, als erwarte sie ein Lob für diese unfassbar reife Erkenntnis.

»Dieses Stück ist total cool! Wann vergeben wir die Rollen?«, fragte Max.

»Ich will Meister Scruch spielen!« Maja hopste neben mir auf und ab und ich musste grinsen, weil sie den Namen des mürrischen Alten vollkommen falsch aussprach.

Gleichzeitig wunderte es mich, wie angetan alle von dem Stück waren, das in meinen Augen ein trauriges und düsteres Bild von Weihnachten zeichnete, während ich es stets bunt, leuchtend und hoffnungsvoll empfand.

»Kleine Maja. Wir Schauspieler können unsere Rollen nicht immer aussuchen.« Fabian trat nah an das Mädchen und damit auch an mich heran.

Sie schob ihre Unterlippe vor: »Aber ich will so gerne die Hauptrolle.«

Das Lächeln, das Fabians Mund umspielte, war so verständnisvoll, dass ich eine vollkommen irrationale Eifersucht empfand. Eifersucht auf ein kleines Kind.

»Manchmal müssen wir spielen, was gut zu uns passt«, fuhr Fabian fort. »Aber glaub mir. Wenn du fleißig übst, kannst du irgendwann einmal in jede Rolle schlüpfen, die du dir nur vorstellen kannst.«

»Du konntest die Kids echt begeistern. Und dass Maja eine Enttäuschung so schnell wegsteckt, ist bisher auch noch nie vorgekommen«, sagte ich, als die letzten Kinder fröhlich vor sich hin plappernd die Turnhalle verlassen hatten.

Warum auch immer ich ihnen nicht schleunigst folgte. In diesem Moment fühlte ich mich wie ein von der Herde getrenntes Reh und hoffte, dass er es mir nicht ansah.

»Ich habe genug Enttäuschungen eingesteckt und kann mich daher gut in die Situation einfühlen.« Fabian zuckte mit den Schultern und blieb mit etwas Abstand zu mir in der Mitte der leeren Halle stehen.

Noch immer konnte ich die Gefühlsregungen in seinem Gesicht nicht deuten.

Eine unangenehme Stille zwischen uns entstand, bis ich schließlich sagte: »Wenn es dir lieber ist, bin ich bei den nächsten Proben nicht dabei. Ganz bestimmt stemmst du das Stück auch allein.«

»Nein!« Seine Antwort kam viel zu schnell und war etwas zu laut. Er fixierte mich mit den Augen, die nun etwas größer wurden. »Ich meine …« Er fuhr sich durchs Haar und zerstörte ein wenig der Ordnung, die heute wieder darin herrschte. »Auch, wenn ich mich mit dem Schauspielen auskenne, brauche ich trotzdem jemanden, der sich um die Kostüme und Requisiten kümmert. Jemanden, der Pflaster aufklebt und Tränen trocknet.«

Deswegen also die leichte Panik, die ich in seinem Gesicht entdeckt hatte. Es lag nicht an *mir*. Er hatte bloß Angst, dem Umgang mit kleinen Kindern nicht gewachsen zu sein.

»Na ja, in der Schule wurden gestern Flyer verteilt. Vielleicht meldet sich ja eine andere, die dann Tränen trocknen und Kostüme nähen kann.« Mein Tonfall war viel patziger als beabsichtigt.

Mir war klar, dass er es nicht so gemeint hatte, aber in diesem Moment kam ich mir wie eine Frau zweiter Klasse vor, die dafür sorgen sollte, dass die Kinder ihm nicht auf der Nase herumtanzten.

»Emily, warte«, hörte ich Fabians Stimme sagen, als ich mich umdrehte und einen Schritt Richtung Hallenausgang tat. »Ich freue mich, dass du dabei bist. Ich hatte nur nicht damit gerechnet und bin ein wenig überfordert mit der Situation.«

Seine Worte klangen aufrichtig, doch sie lösten eher das Gegenteil als Trost in mir aus.

Ich wandte mich um und suchte seinen Blick.

Er war überfordert? Wieso sagte er mir zwei Tage, nachdem er mich eiskalt abserviert hatte, dass er sich darüber *freute*, mich nun jeden Tag zu sehen, obwohl unsere Eltern bisher noch nicht einmal zusammengezogen waren. Bis zur Aufführung am vierten Advent würde die Theater-AG jeden Schulnachmittag proben und am Samstag eine längere Generalprobe haben. So sehr ich diese Veranstaltung liebte, wusste ich dennoch nicht, ob ich länger daran teilnehmen wollte, wenn Fabian sie leitete.

»Ich habe auch nicht mit dir gerechnet«, erwiderte ich nur und meinte damit viel mehr als sein Auftauchen bei der heutigen Probe.

»Fabian?« Eine glockenhelle Stimme hinter mir ließ mich herumfahren.

Beim Anblick des schlanken, blonden Mädchens entgleisten mir die Gesichtszüge. Es war Chiara, Fabians Spielpartnerin. Beim Gedanken an die Tüte mit gewissem Inhalt, die sie mir im Einkaufszentrum unter die Nase gehalten hatte, wurde mir schlecht.

Was machte die denn hier?

»Hey, Chiara.« Fabian ging auf sie zu und legte ihr zur Begrüßung kurz den Arm um die Schulter, während er ihr einen flüchtigen Kuss auf die Wange gab.

»Ach Süßer, nicht so schüchtern«, gurrte Chiara, die mich wie Luft behandelte. »So begrüßt man doch nicht seine Freundin. In der Soap werden wir Tausende von Zuschauern haben.«

Mit diesen Worten nahm sie sein Gesicht zwischen ihre perfekt manikürten Hände und küsste ihn. Da sie mit dem Rücken zu mir stand, versperrte sie meine Sicht auf Fabian. Wahrscheinlich war das gut so, denn obwohl sich meine Übelkeit verstärkte, konnte ich nicht wegsehen.

Wieso war ich hiergeblieben? Wieso hatte ich nicht zusammen mit den Kindern die Halle verlassen?

Erst als es zu spät war und ich seine Hände an ihren schmalen Hüften entdeckte, wandte ich meinen tränenverschleierten Blick ab.

Meine Kehle war zugeschnürt bis obenhin und es blieb mir nichts anderes übrig, als die Turnhalle auf schnellstem Wege zu verlassen.

»Emily, warte!« Fabians Stimme und die Schritte hinter mir trieben mich nur weiter an.

Ich musste weg hier. Diese Person war also der Grund für seine Abfuhr gewesen. Und er hatte nicht einmal den Mumm besessen, mir die Wahrheit zu sagen. Stattdessen hatte er vor einer Woche noch behauptet, bloß nicht unhöflich sein zu wollen, um es sich mit seiner Spielpartnerin nicht zu verscherzen.

Na, wenn für ihn Höflichkeit darin bestand, sich gegenseitig die Zunge in den Hals zu schieben, konnte er ab sofort nur noch absolute Unverschämtheit von mir erwarten.

13. Dezember

Emily

Dass Freitag, der 13. in diesem Jahr ausgerechnet in meinen liebsten Monat fiel, hätte bereits Vorwarnung genug sein müssen. Ein Anzeichen dafür, dass in der Vorweihnachtszeit alles schiefgehen würde, was nur schiefgehen konnte. Das letzte Weihnachten gemeinsam mit meiner Mutter war ebenfalls von diesem Datum begleitet gewesen. Nicht, dass ich besonders abergläubisch wäre, aber die Umstände sprachen für sich.

Während der Schultag noch halbwegs passabel verlaufen war, zumindest so weit, wie man es von einem Schultag erwarten konnte, empfing mich das Unheil zu Hause in Form eines riesigen Pakets, das mir den Weg zur Haustür versperrte. Diese Besonderheit allein wäre kein Problem gewesen, doch sie war bloß die Vorbotin für eine weitaus schlimmere Neuigkeit.

Ich quetschte mich an dem Karton vorbei und drückte auf den Klingelknopf, da ich nicht an das Schlüsselloch herankam.

»Gut, dass du da bist.« Paps öffnete mir und deutete auf das Riesending, das zwischen uns stand. »Pack mal bitte mit an. Du weißt, mein Rücken macht mir Probleme.«

Bei dem Bürojob und den vielen Stunden zu Hause vorm Computer wunderten mich seine Wehwehchen nicht. Durch das Yoga und die Zumbastunden war sogar Oma trotz ihres Alters deutlich fitter als mein Vater.

»Ist das etwa das Paket, weswegen du angerufen hast?« Ich stemmte mich gegen die obere Kante des Kartons, während mein Vater es von unten in meine Richtung kippte.

Wir fassten je an einer Seite an und trugen es in den großzügigen Abstellraum gleich neben dem Flur.

»Die Spedition konnte die Lieferung nicht zurückrufen und musste deswegen ein zweites Mal rauskommen. Daher haben sie es bloß vor die Tür gestellt.« Paps setzte das Ding ab und holte einmal tief Luft.

»Was ist denn da überhaupt drin? So groß hatte ich es mir gar nicht vorgestellt.« Eigentlich hatte ich gar nicht fragen wollen, aber nun war ich doch neugierig geworden, was mein Vater für seine Freundin besorgt hatte.

»Auch du sollst es eigentlich erst an Weihnachten erfahren.« Paps rieb sich über den blanken Hinterkopf, wie immer, wenn er nervös war. Dass er dabei meinen Blick mied, ließ mich das Schlimmste annehmen.

»Bist du sicher, dass das so eine gute Idee ist? Besser ich rege mich jetzt darüber auf als an Heiligabend unterm Baum. Sofern das Teil überhaupt ins Wohnzimmer passt.«

Wir traten beide aus der Kammer und Paps schloss die Tür. Weiterhin meinem Blick ausweichend, tat er ein paar Schritte in Richtung Küche und blieb dann auf halber Strecke stehen. »Vielleicht hast du recht. Wir setzen uns am besten.«

Ich seufzte und sah hinüber zur Wanduhr, die gleich über der Tür zur Kammer hing. Die Theaterprobe an der Schule begann in einer Stunde und ich hatte noch immer nicht entschieden, ob ich hingehen sollte oder nicht.

»Klar«, sagte ich abwesend und ließ mich auf den Barhocker fallen.

»Du hast sicher gemerkt, wie ernst es zwischen Susie und mir inzwischen geworden ist«, begann mein Vater und ignorierte mein leises Schnauben. »Ich binde sie mehr in die Familie ein, weil sie ein wichtiger Teil meines Lebens geworden ist.«

»Natürlich habe ich das bemerkt. Allerdings hab ich manchmal das Gefühl, dass du dabei vergisst, dass ich ebenso wie du Teil dieser Familie bin.« Die Gedanken an Fabian und die Theaterprobe ließ ich für den Moment ziehen, fokussierte mich stattdessen auf meinen Vater, der mich jetzt mit den gleichen grau-grünen Augen ansah wie ich ihn.

»Du warst lange Zeit, abgesehen von Oma, meine einzige Familie, Emily. Selbstverständlich habe ich dich nicht vergessen. Für mich kommst du stets an erster Stelle und das wird sich auch niemals ändern.« Paps spielte mit den Fingern auf dem Tresen eine lautlose Melodie und der Anblick erinnerte mich daran, wie er früher mit mir auf ähnliche Weise über eine geheime Morsesprache kommuniziert hatte. In einem anderen Leben.

»Wenn ich an erster Stelle stehe, wieso respektierst du dann nicht meinen Wunsch, dass wir Weihnachten unter uns bleiben?«

Am besten für immer unter uns bleiben, fügte ich in Gedanken hinzu, hatte jedoch keine Kraft, es auszusprechen. Ich war es leid, mich über alles Mögliche zu beschweren. War so unglaublich müde. Alles, was mir an der Vorweihnachtszeit so viel bedeutete, war in diesem Jahr plötzlich anders und ich verlor langsam, aber sicher die Freude daran.

»Weil sie ganz einfach zu meinem Leben gehört. Und an Weihnachten sollte man mit den Menschen zusammen sein, die man liebt.«

Seine Worte versetzten mir einen unerwarteten Stich. Bisher hatte ich kaum etwas anderes als Wut empfunden, doch auf einmal war ich auch traurig. Und enttäuscht.

»Kann man denn zwei Frauen lieben?«, fragte ich matt und fügte nach einer kurzen Pause hinzu: »Oder liebst du sie etwa nicht mehr?«

Wahrscheinlich war diese Frage unfair, doch ich musste es einfach wissen.

»Emily ...« Mein Vater hörte auf, mit den Fingern zu trommeln, und streckte die Hand nach mir aus. »Wie kommst du darauf, dass ich deine Mutter nicht mehr liebe? Ich werde niemals damit aufhören, sie zu lieben.«

Seine Augen hatten einen ungewohnten Glanz bekommen. Ich erinnerte mich nicht, Paps je weinen gesehen zu haben.

Auch mein Hals zog sich zusammen und ich musste die aufsteigenden Tränen zurückhalten. »Aber wie kannst du dann ...« Meine Stimme brach und ich nahm endlich die Hand, die er mir hinhielt. Schloss für einen kurzen Moment die Augen und spürte nach der rauen Wärme, die von ihm ausging.

»Es ist etwas anderes, jemanden zu lieben, der nicht mehr da ist. Für diesen Menschen bleibt immer ein Platz im Herzen, ganz egal, wer einem sonst noch begegnet. Außerdem hat deine Mutter damals gesagt, ich soll ...« Nun war es seine Stimme, die ihm versagte.

Nie hätte ich gedacht, dass er je auf diese Art mit mir über seine Gefühle sprechen würde. Wahrscheinlich hatte ich mir in den letzten Monaten einfach zu wenig Zeit genommen, überhaupt ein ernstes Gespräch mit ihm zu führen.

»Was ist denn hier für eine Trauerstimmung?« Oma platzte so unerwartet in die Küche, dass ich zusammenzuckte und mir verstohlen übers Gesicht wischte. Dabei hatte sie mich schon unzählige Male weinen sehen. Vor allem in den ersten beiden Jahren nach Mamas Tod war sie diejenige gewesen, mit der ich Eis löffelnd und mit verquollenen Augen stundenlang auf dem Sofa gehockt und geredet hatte.

»Hallo, setz dich zu uns.« Mein Vater war kurz aufgestanden, um ihr den dunkelroten, langen Mantel abzunehmen, der mal wieder perfekt zu ihrem Lippenstift passte. »Eigentlich habe ich sogar eine freudige Nachricht zu verkünden«, sagte er, sobald meine Oma neben mir Platz genommen und mir sanft über den Rücken gestreichelt hatte.

Paps lächelte jetzt sogar.

In mir war die emotionale Achterbahnfahrt dagegen noch in vollem Gange und ich wusste nicht, ob ich gerade in der Lage dazu wäre, *freudige Nachrichten* aufzunehmen. Innerlich wappnete ich mich und die schmale Hand, die auf meinem Rücken lag, verlieh mir Kraft.

»Das Paket, das heute geliefert wurde, ist eine Frisierkommode fürs Schlafzimmer.« Als hätte er Angst, dass ihm die folgenden Worte ansonsten im Halse stecken blieben, fügte er schnell hinzu: »Ich werde Susie an Weihnachten fragen, ob sie bei uns einziehen möchte.«

Für einen Moment herrschte Stille, sogar Oma erwiderte nichts. Doch dann brachen in mir alle Dämme: »Wieso ist das allein deine Entscheidung? Geht das nicht etwas schnell? Das erste gemeinsame Weihnachten und dann gleich ein Umzug?« Obwohl ich mit so etwas gerechnet hatte, konnte ich direkt nach unserem Gespräch über Mama nicht damit umgehen, es so endgültig aus seinem Mund zu hören.

»Was Emily womöglich sagen möchte, ist, dass sie sich gewünscht hätte, von dir gefragt zu werden, ob ihr ein Einzug recht wäre«, wandte Oma ein und ihre Stimme erinnerte mich an eine Krankenschwester, die einem kleinen Kind erklärt, dass die bevorstehende Impfung kein bisschen wehtun würde.

»Genau, schließlich bin ich erwachsen und habe das Recht ...«

Mein Vater unterbrach mich mitten im Satz: »Ganz genau, du bist erwachsen und wirst bald ausziehen, um zu studieren. Außerdem finde ich nicht, dass du dich gerade besonders erwachsen verhältst.«

»Was dein Vater meint, ist, glaube ich, dass er sich genauso wie du ein wenig Verständnis für seine Situation wünschen würde.«

Wie schaffte meine Oma es nur immer, in solchen Situationen unparteiisch zu bleiben? Ich hatte es bisher nicht erlebt, dass sie selbst sich einmal zu einer Diskussion hatte hinreißen lassen. Das hitzige Gemüt mussten Paps und ich wohl von Opa geerbt haben, der bereits vor meiner Geburt gestorben war.

»Ich habe ja Verständnis.« Die Worte schmeckten bitter auf meiner Zunge. »Aber wieso wartet er nicht einfach noch ein Jahr ab, bis ich tatsächlich ausgezogen bin? Dieser ganze Patchwork-Mist ist doch auch für die Jungs total blöd.«

Paps starrte mich an. »Weil Zeit kostbar ist.« Er schluckte. »Weil du niemals wissen kannst, wie viele Jahre oder Wochen dir mit den Menschen bleiben, die dir wichtig sind.«

Seine Worte erstickten alle restlichen Einwände im Keim, und ich wusste, dass ich nun nichts mehr zu diesem Thema vorbringen würde. Nicht heute, nicht morgen, auch nicht an Weihnachten. Stattdessen stand ich auf, ging um den Tresen herum und schloss meinen Vater in die Arme. Spürte, dass unsere letzte Umarmung viel zu lange her war.

Er hatte recht, ich verhielt mich in den letzten Tagen wie ein kleines Kind. Was unter anderem daran lag, dass mich die Vorweihnachtszeit wieder zu dem Mädchen werden ließ, das ich damals gewesen war.

Ein Mädchen, das sich ausgerechnet in der Adventszeit viel zu früh von seiner Mutter hatte verabschieden müssen.

Manchmal kam es mir vor, als könnte ich mit dem Festhalten an den Traditionen die Zeit einfrieren und Mama so lebendig werden lassen. Doch ich musste einsehen, dass ich sie auf diese Weise nicht zurückbekam.

Die Jahre verstrichen erbarmungslos und ich wurde langsam erwachsen. Wahrscheinlich sollte ich damit anfangen, mich auch so zu verhalten.

In dem Moment beschloss ich, mich der Theaterprobe mit Fabian zu stellen. Zumindest, um mich den Kindern gegenüber zu erklären, falls ich später entschied, nicht weiter daran teilzunehmen.

»Emily, wir müssen reden.« Fabian nahm mich sofort zur Seite, als ich die Turnhalle betrat, und sprach so leise, dass die neugierigen Kinderohren keines seiner Worte auffingen.

»Fällt dir denn keine neue Masche ein, Fabian? Ich bin nur wegen der Kinder hier.« Langsam, aber sicher hatte ich genug von leeren Versprechungen, den angeblich klärenden Gesprächen und seinen Ausflüchten. Ich hatte entschieden, mein Herz ab sofort besser vor ihm zu schützen, denn das hatte es bitter nötig, so schnell wie es in seiner Gegenwart immer schlug.

»Du hast alles Recht der Welt, mir nicht zu glauben. Nur bitte, hör mir wenigstens zu. Hast du morgen Zeit?«

Ich hasste, wie ehrlich seine Augen mich ansahen.

»Morgen hab ich leider schon was vor«, sagte ich und weil ich es mir nicht verkneifen konnte, fügte ich noch hinzu: »Irgendein Idiot hat meinen Adventskalender eingeschmolzen und ohne den stehe ich den restlichen Dezember einfach nicht durch.«

»Wie konnte dieser Kerl nur so dreist sein?«, fragte er und grinste dabei.

Wieso verdammt, grinste Fabian ausgerechnet jetzt? Immerhin hatte ich meine Worte vollkommen ernst gemeint.

Aus dem Augenwinkel sah ich, wie die Kinder in Grüppchen in die Turnhalle kamen. Weitere Gespräche blieben uns daher verwehrt und ich war insgeheim froh darüber, mich nicht weiter seinen Bitten über ein erneutes Treffen aussetzen zu müssen. Denn womöglich wäre ich doch noch schwach geworden.

Die Kinder nahmen uns vollkommen in Beschlag und ich war von der Rollenverteilung, dem Texte-Üben und den tausend Fragen so abgelenkt, dass ich gar nicht mitbekam, wie die rothaarige Kim kurz vor Ende der Probe in Tränen ausbrach.

Zumindest entdeckte ich erst, dass sie weinte, als sie bereits mit verschmierter Mascara abseits vom Geschehen auf dem Hallenboden hockte. Neben ihr war Fabian, der zwar ein wenig Abstand hielt, dabei aber so aufmerksam und präsent dem schluchzenden Mädchen zuhörte, dass ich gar nicht anders konnte, als zu lauschen.

Die anderen Kinder lasen sich gerade gegenseitig die Texte mit verteilten Rollen vor, wobei die großen den kleineren halfen. Sie würden sicher nicht bemerken, wenn ich dem Gespräch zwischen Kim und Fabian ein halbes Ohr schenkte.

»Er hat mich alte Hexe genannt«, presste das Mädchen zwischen zwei Schluchzern hervor.

»Also mit deinen zehn Jahren bist du alles andere als alt, und zaubern kannst du auch nicht, obwohl das ziemlich cool wäre, oder nicht? Dann könntest du diesen blöden Jungen ganz einfach in eine hässliche Kröte verwandeln.«

Kim hörte auf zu schniefen. »Er hat gesagt, dass alle rothaarigen Mädchen Hexen sind.«

Ich konnte die hochgezogene Augenbraue förmlich in Fabians Worten hören, als er sagte: »Das glaubst du ihm doch nicht?«

»Nein«, kam es leise von Kim.

»Ich finde, dass deine roten Haare dich zu etwas Besonderem machen. Sie sind wirklich hübsch.«

Unwillkürlich musste ich lächeln. Das Kompliment hatte sicher die Wangen des Mädchens in den gleichen Farbton verfärbt, den auch ihre Haare hatten.

»Danke.« Nach einer kurzen Pause fragte Kim: »Hast du eigentlich eine Freundin?«

Wie mutig von ihr, ihn danach zu fragen. Kinder stellten solche Fragen zwar normalerweise vollkommen unbedarft, aber sie schien bereits zu wissen, welche Gefühle damit verbunden waren.

»Nein, ich habe keine Freundin«, antwortete Fabian, und in meiner Brust flatterte etwas auf.

Hatte er das womöglich nur gesagt, weil ihm die Frage zu privat gewesen war oder stimmte es tatsächlich?

»Aber es gibt ein Mädchen, das ich gernhabe und ich würde sie niemals Hexe nennen.« In seinem Tonfall lag so viel Ernst, dass aus dem Flattern ein wildes Schlagen wurde. Dabei konnte es sich nur um Chiara handeln, von der er da sprach.

»Emilyyy?«, rief Maja ausgerechnet in diesem Moment und kam in hüpfenden Schritten auf mich zu.

Wieso jetzt, an der spannendsten Stelle des Gesprächs?

»Wie hat dir unser Stück gefallen?«, fragte die Kleine, als sie bei mir angekommen war und mir wurde unvermittelt ziemlich warm.

Leider war aus meinem halben Ohr wohl längst ein Ganzes geworden. Wahrscheinlich sogar zwei Ohren, mit denen ich Kim und Fabian zugehört hatte, anstatt mich auf die anderen Kinder zu konzentrieren, die nun Feedback zu ihrem Text haben wollten.

»Ganz wunderbar«, antwortete ich leicht panisch und ärgerte mich über mich selbst, da ich nie eine von den Erwachsenen hatte werden wollen, die einfach nur *Toll gemacht* sagten, wenn ein Kind etwas stolz präsentierte.

Während ich Maja anlächelte und ihre ausgestreckte Hand entgegennahm, versuchte ich, noch ein paar letzte Worte aufzufangen.

»Wen ich meinte, werde ich dir nicht verraten«, sagte Fabian gerade, dann war ich wieder von Kindern umringt.

14. Dezember

Fabian

Ich hetzte die lange Rolltreppe des Einkaufszentrums hinunter, ignorierte dabei die empörten Rufe und ausgefahrenen Ellbogen.

Vor ungefähr zwanzig Minuten hatte ich Emilys Vater am Telefon gehabt und war nach der Info, wo sie zu finden war, sofort losgefahren. Niemals wäre ich auf die Idee gekommen, dass sie an einem Samstag so früh aufstehen würde, und das nur für einen …

Ich stolperte über die letzte Stufe, fing mich wieder und hielt vor dem Übersichtsplan, den ich hektisch nach dem richtigen Laden absuchte. Ich musste sie einfach erwischen.

Endlich wurde ich fündig und rannte weiter, spürte, wie mir langsam die Brust eng wurde und die Puste ausging. Vielleicht hätte ich häufiger die Angebote meines Bruders für eine Laufrunde annehmen sollen. Damals, als er noch Zeit mit mir hatte verbringen wollen.

Doch ich wollte jetzt nicht an Freddy denken. Immerhin war er es, der mir das alles eingebrockt hatte. Nach dem unglücklichen Zusammentreffen mit Chiara in der Turnhalle hatte ich beschlossen, zumindest Schadensbegrenzung zu betreiben. So gut es eben ging. Während ich dem einen Mädchen klarmachen musste, dass zwischen uns definitiv nichts laufen würde, wollte ich mehr als alles andere, dass auch das andere Mädchen davon erfuhr.

Da. Endlich kam die Confiserie in Sicht, von der mir Emily an dem Abend im Café erzählt hatte. Der Laden, in dem sie jährlich ihren Adventskalender einkaufte. Zumindest vermutete ich das, weil ihre Mutter ihn damals dort besorgt hatte. Wie sehr musste es sie geärgert haben, als ich mit dem Vorschlag gekommen war, ihn einzuschmelzen?

Schokodieb, so nannte sie mich heimlich. Das wusste ich, seit sie Nikolaus meine Nummer eingespeichert und ich einen Blick auf ihr Handy erhascht hatte. Eigentlich war sie ziemlich süß, wenn sie sich aufregte, weil sie dann jedes Mal ihre Nase krauszog.

Ich lächelte.

Und prallte gegen einen warmen Körper.

»Au, kannst du nicht aufpassen, wohin du läufst?«

Ich sah von meinen Schuhen auf und direkt in ihre Augen. Perfektes Timing. Na ja, fast. Meine linke Seite schmerzte und ich rieb darüber.

Emily, die ebenfalls etwas von dem Aufprall zu spüren bekommen haben musste, wühlte bloß hektisch in der Papiertüte, die sie aus Reflex schützend vor ihren Körper gehalten hatte.

»Wenn da was kaputt gegangen ist, dann …« Langsam hob sie den Blick, als hätte sie meine Anwesenheit gespürt, bevor sie mich erkannt hatte. »Fabian? Was machst du denn hier? Langsam bekomme ich das Gefühl, dass du mich stalkst.«

Es gelang mir nicht, den Unterton in ihrer Stimme zu deuten.

War sie sauer oder wollte sie mich necken? Erst jetzt fiel mir auf, dass ich mich in dieser Situation tatsächlich ein wenig wie ein Stalker aufführte. Immerhin hatte sie mir gestern klargemacht, dass sie heute keine Zeit hatte.

»Ich hab bei euch angerufen und als dein Vater mir erzählt hat, dass du etwas besorgen möchtest, bin ich gleich hergefahren.«

»Jep. Das klingt überhaupt nicht nach Stalking.«

Ich entdeckte, wie sich Emilys Nase bei ihren Worten kräuselte. Obwohl ich diese Momente zwischen uns liebte, fühlte ich mich nicht wohl in meiner Haut. Denn ich war eindeutig und verständlicherweise der Auslöser für ihren Ärger.

»Ich wollte nur kurz mit dir sprechen.« Um meine Hände zu beschäftigen, deutete ich auf ihre Tüte: »Hatten sie denn noch Restbestände von dem Kalender, den du wolltest?«

»Du meinst von dem Kalender, den du den Brownies geopfert hast?« Das leise Lächeln konnte sie nicht hinter ihrer strengen Miene verbergen. »Ja, sie hatten einen über.«

»Da bin ich aber erleichtert«, sagte ich und meinte es ernst. »Und da du nun alles erledigt hast, was du heute erledigen wolltest, hast du ja vielleicht ein bisschen Zeit für mich.«

»Nein, ich bin noch immer furchtbar beschäftigt. Ich muss ganze vierzehn Türchen öffnen und die ganze Schokolade futtern.«

»Wieso habe ich das Gefühl, dass du dafür nicht allzu lange brauchen wirst?« Bedeutungsvoll blickte ich auf mein Handgelenk. »Wie wäre es, wenn du mir dreiundzwanzigeinhalb Minuten deiner Zeit opferst?«

Ihre Pupillen wurden kaum merklich größer. »Ehrlich gesagt denke ich nicht, dass das funktionieren wird.«

Autsch.

Sie setzte meine eigenen Worte gegen mich ein. Und ich konnte sie so gut verstehen.

»Ja, du hast recht, das wäre zu viel verlangt. Dann lass mich dich wenigstens zur Haltestelle begleiten«, schlug ich auf der Suche nach einem Rettungsanker vor.

Sie verdrehte die Augen. »Klar, so ein Einkaufszentrum ist auch ganz schön gefährlich. Da wäre es gut, einen Bodyguard an meiner Seite zu haben. Ich meine, all diese Lichter wirken wie Glühwürmchen. Nicht, dass ich mich verlaufe.«

Ihre Worte lösten ein warmes Gefühl in meinem Magen aus, obwohl sie weiterhin abwehrend die Arme vor ihrer Brust verschränkt hatte. »Siehst du. Was für ein Glück, dass ich dich hier getroffen habe.«

Emily verdrehte die Augen und wand eine Haarsträhne um ihren Finger, sodass sie sich stärker lockte. »Unter einer Bedingung.«

Oje.

»Unter jeder Bedingung, die du stellen möchtest.«

»Keine Ausreden mehr.« Sie hob tadelnd den Zeigefinger.

Ich nickte ergeben. »Versprochen.«

Und dieses Mal wollte ich mich wirklich daranhalten. Koste es, was es wolle. Denn ich war es leid, mir von Freddy mein gesamtes Leben versauen zu lassen. Das war mir während unserer gemeinsamen Zeit beim Kindertheater klar geworden. Da ich ihr nicht mehr aus dem Weg gehen konnte und es noch weniger wollte, sollte zwischen uns zumindest so etwas wie Waffenstillstand herrschen.

Wir setzten uns in Bewegung in Richtung Ausgang des Einkaufszentrums, von wo aus einige Busse fuhren. Zunächst schwiegen wir. Zwar hatte ich einen Plan gemacht, wie und wo ich Emily am besten erwischen würde, um mit ihr zu sprechen. Was genau ich dann aber zu ihr sagen wollte, hatte ich mir nicht überlegt.

An einer Rolltreppe angekommen ergriff sie schließlich das Wort. »Was war das vor zwei Tagen mit deiner Spielpartnerin? Als sie nach dem Theater vorbeigekommen ist, um dich abzuholen. Du hast doch gesagt, dass da nichts zwischen euch läuft.«

Ich sog scharf die Luft ein, weil Emilys Stimme so beiläufig klang. Tatsächlich hatte ich sie vor allem deswegen sehen wollen, weil ich ihr diese Situation erklären wollte, aber die Frage so direkt aus ihrem Mund zu hören ... noch immer hatte ich ihren Gesichtsausdruck vor Augen, als meine Spielpartnerin mir so dreist einen Kuss aufzwang.

»Es ist überhaupt nicht so gewesen, wie es ausgesehen hat«, war jedoch alles, was ich sagte.

Emilys Augenbraue wanderte unter die dunkle Haarlocke, die sie sich vorhin um den Finger gewickelt hatte, und ich ohrfeigte mich innerlich selbst.

Hatte ich gerade ernsthaft diesen lausigen Spruch benutzt? Dabei *war* es tatsächlich anders, als es für sie ausgesehen haben musste. Wie so vieles zwischen Emily und mir. Das hob die Aussage dennoch nicht von ihrem ersten Platz für die lahmsten Ausreden der Welt.

Daher suchte ich nun nach besseren Worten. »Chiara glaubt, dass sie sich alles nehmen kann, was sie will. Sie nutzt aus, dass mir das Casting so wichtig ist. Dabei ist es völlig egal, was zwischen uns vorfällt. Überzeugen muss ich letztendlich nur mit meinem eigenen Schauspieltalent. Deswegen habe ich sie sofort weggedrückt, als sie mich geküsst hat.« Es war, als fiele ein Gewicht von meinem Herzen, weil ich endlich einmal vollkommen aufrichtig zu Emily war.

»Woher wusste sie dann, wo sie dich abholen muss?«, hakte sie nach.

»Ich hatte ihr versprochen, etwas Zeit mit ihr zu verbringen. Dass dabei aber nie mehr laufen sollte, hatte ich ihr eigentlich unmissverständlich klargemacht.«

Emily suchte meinen Blick. Ihre Hand hatte sie fest um das Geländer der Rolltreppe gekrallt, mit der anderen drückte sie die Tüte an ihren Körper. »Manchmal sendest du mehrdeutige Signale. Vielleicht liegt es daran.« Ihre Wangen färbten sich rosa.

»Das ganze Hin und Her zwischen uns tut mir wirklich leid. Ich wünschte ...« Weiter kam ich nicht, weil Emily in diesem Moment an der letzten Stufe ins Stolpern geriet. Sie musste das Ende der Rolltreppe verpasst haben, da ihr Blick auf mir gelegen hatte.

Reflexartig griff ich nach ihren Armen, bekam ihren Jackenärmel zu fassen und strauchelte ebenfalls ein paar Schritte vorwärts. Keiner von uns war gefallen, doch Emily lag plötzlich in meinen Armen und ich rührte mich nicht, während sich der Moment in die Länge zog.

Scheiß drauf, dachte ich und ließ meine Hände hinunter zu ihren Hüften gleiten.

Scheiß auf Freddy.

Ich zog sie noch näher zu mir heran.

Scheiß auf seine Drohungen.

Mein Kinn streifte ihre Stirn.

Scheiß auf das Geld für die Schauspielstunden.

Ich nahm ihr Gesicht zwischen beide Hände und sandte ihr mit den Augen eine stumme Frage.

Scheiß auf all die Geheimnisse.

Sie sah mich bloß mit offenem Blick an, da legte ich meine Lippen auf ihre. Dass sie nicht nur nach Schokolade und Weihnachtsplätzchen duftete, sondern auch danach schmeckte, wunderte mich kein bisschen. Dass ich kaum genug von diesem Geschmack bekommen konnte, ebenso wenig.

»Das hab ich eben gemeint«, sagte Emily leise, sobald wir uns voneinander gelöst hatten. Ihre Lippen waren nun noch ein wenig voller. »Als ich von den widersprüchlichen Signalen gesprochen habe.«

»Du meinst, es käme jetzt weniger gut, wenn ich gleich abhauen und sagen würde, dass ich dich nie wieder sehen möchte?«, raunte ich.

»Ja, das wär sogar ziemlich arschig.«

»Wie gut, dass ich etwas anderes vorhabe«, erwiderte ich und zog sie zu einem weiteren Kuss an mich heran.

Lag Emily gerade noch angespannt in meinen Armen, spürte ich jetzt, dass sich ihre Muskeln lockerten.

»Wo ist eigentlich mein Adventskalender«, fragte sie, als wir uns voneinander gelöst hatten.

»Er muss runtergefallen sein, als wir gestolpert sind.« Ich entdeckte die Papiertüte gleich neben dem Ende der Rolltreppe. Allerdings sah sie ganz schön mitgenommen aus.

»O nein, so ein Mist.« In Emilys Stimme schwang echte Verzweiflung mit. »Die Figuren sind sicher nicht mehr als Schokokrümel.«

Ich hob die Tüte auf und warf einen Blick hinein. »Wir backen einfach wieder ein paar von den Brownies und ich hole dir schnell einen neuen Kalender. Aber nur, wenn du mir versprichst, nicht wieder auf mich draufzufallen.«

Spielerisch boxte sie mir gegen den Oberarm. »Irgendwie hab ich das Gefühl, dass du es genossen hast, wie ich auf dich draufgefallen bin.«

Sie lächelte und ich liebte es, wie selbstsicher sie war. Vollkommen natürlich, nicht so aufgesetzt wie Chiara.

»Ja, vielleicht hab ich das tatsächlich.« Damit zog ich sie an der Hand hinter mir her, zurück zu der Confiserie, um Emily endlich einen neuen Adventskalender zu besorgen.

Als ich am Abend an unserer kleinen Essecke auf der Bank saß und auf Freddy und meine Mutter wartete, lag ein Lächeln auf meinen Lippen. Nach diesem Nachmittag zusammen mit Emily, den wir zuerst im Einkaufszentrum und anschließend bei einer erneuten Backsession in ihrer Küche verbracht hatten, konnte meine Laune nichts und niemand trüben.

Weder meine gestresste Mutter, die auf ein gemeinsames Abendessen an den Wochenenden bestand, weil es angeblich den

Familienzusammenhalt stärkte, noch mein schlecht gelaunter Bruder, der trotz seiner Drohungen nicht zwischen Emily und mir stehen konnte.

Wahrscheinlich war meine Sorge vollkommen unbegründet gewesen. Da sie überhaupt nicht sein Typ war, käme er ihr mit Sicherheit nicht näher als nötig. Denn das war sogar für meinen Bruder eine Nummer zu krass.

Außerdem musste er ja nicht unbedingt erfahren, dass ich wieder Zeit mit Emily verbrachte. Seit dem Vorfall mit meinem Handy ließ ich es nicht mehr unbeaufsichtigt, und allzu lange würde Frederik das falsche Spiel ohnehin nicht mehr aufrechterhalten können.

»Was gibt's denn zu essen?« Mein Bruder setzte sich mir gegenüber auf den einzigen Stuhl an dem kleinen Rundtisch. Dabei sah er nur kurz in meine Richtung und auf ein Lächeln meinerseits reagierte er bloß mit verdrehten Augen.

»Schön, dass ihr es pünktlich geschafft habt. Es gibt Gemüselasagne.« Ma kam aus dem Nebenraum und holte eine Auflaufform aus dem Backofen der kleinen Küchenzeile.

Sie stellte die Form in die Mitte des Tisches auf ein Platzdeckchen.

»Gemüse?« Freddy stöhnte. »Ich mach Leistungssport. Ich brauche Proteine.«

»Deswegen habe ich auch Bohnen und Brokkoli mit reingemacht.« So leicht brachte die knallharte Geschäftsfrau nichts aus der Ruhe.

Obwohl sie schon vor einigen Stunden vom Büro nach Hause gekommen war, trug sie noch ihr hellgraues Kostüm. Die Kochschürze legte sie über die Eckbank und setzte sich neben mich.

»Na gut.« Freddy griff nach der Kelle und tat sich zuerst auf.

»Was hast du denn heute gemacht, Fabian?«, fragte mich meine Mutter. »Warst du in der Bibliothek?«

Das leise Lachen meines Bruders ignorierte ich gekonnt. »Nein, ich war im Einkaufszentrum und hab ein paar Besorgungen erledigt. Frag lieber nicht weiter nach, schließlich ist bald Weihnachten.«

»Du hast recht, mir fehlt auch das Wichtelgeschenk für Heiligabend«, erwiderte meine Mutter mit einem hektischen Ausdruck in den Augen.

»Entspannt euch mal, es sind noch zehn Tage«, warf Freddy ein.

Ich stöhnte innerlich. Wahrscheinlich würde er an Heiligabend ohne Geschenk bei Emily auftauchen.

»Wann stehen denn die Prüfungen an deiner Uni an?«, stellte meine Mutter die nächste Frage und ignorierte Frederiks Einwand.

»Hast du dieses Semester überhaupt Zeit für Prüfungen?« Die Worte meines Bruders fühlten sich an wie ein Eimer kaltes Wasser, das sich über meinem Kopf ergoss.

Was sollte das denn?

»Wieso keine Zeit? Was sollte er denn vorhaben?«, fragte im nächsten Moment auch schon meine Mutter und ich schob schnell eine weitere Gabel Lasagne in den Mund, um nicht gleich antworten zu müssen.

Fast rutschte sie mir aus den Fingern, weil meine Handflächen auf einmal feucht wurden.

Ich sah zwischen Freddy, der nur unbeteiligt mit den Schultern zuckte, als wüsste er selbst nicht, was er angedeutet hatte, und meiner Mutter, die ziemlich irritiert wirkte, hin und her.

»Klar hab ich Zeit für die Prüfungen. Die sind schließlich erst im Januar«, versuchte ich, um eine konkrete Antwort herumzuschiffen.

Doch Ma war Ausflüchte von Männern gewohnt, was sie bei ihren Söhnen gekonnt zu ihrem Vorteil nutzte. »Was hat Frederik dann gerade gemeint, Fabian?«

Da mein Bruder schwieg und ich auch nicht erwartete, von ihm gerettet zu werden, sagte ich: »Ich hab eine kleine Überraschung geplant, die etwas Zeit in Anspruch nimmt.«

Mal wieder verfluchte ich, mein Improvisationstalent lediglich auf der Bühne oder vor der Kamera einsetzen zu können.

Im realen Leben dagegen versagte ich kläglich, wenn es darum ging, mich mit schauspielerischem Können aus einer Situation zu winden.

»Na, dann wollen wir doch deinem Bruder nicht seine Überraschung verderben, stimmt's, Frederik?«

Die Blicke zwischen Freddy und meiner Mutter erinnerten mich daran, wie sie früher mit uns geschimpft hatte, wenn wir ihr eine unserer Schandtaten verheimlichten. Oder wenn sie uns bei der sinnlosen Unternehmung erwischt hatte, die Zwillingsmasche bei ihr einzusetzen.

Natürlich war eine Mutter dazu in der Lage, ihre Kinder zu unterscheiden. Ich verstand, wie sehr mein Bruder es hasste, sich in ihrer Gegenwart wie ein kleiner Junge zu fühlen, der nicht über sein eigenes Leben bestimmen durfte.

»Natürlich nicht. Ich bin auf alle Fälle sehr gespannt.« Frederik lächelte spöttisch und mein Mitgefühl verschwand auf einen Schlag.

Ja, seine Situation war echt scheiße. Aber das gab ihm lange nicht das Recht, auch das Leben aller Menschen um ihn herum zu versauen. Das hatte ich lange genug zugelassen.

Als meine Mutter nach dem Essen den Tisch abzuräumen begann, wollte ich ebenfalls fluchtartig die gemeinsame Situation mit meinem Bruder verlassen, doch der griff nach meinem Arm.

»Vor zwei Tagen hast du noch ausgesehen, als wäre jemand gestorben. Heute erinnerst du mich eher an ein Honigkuchenpferd. Was ist passiert?« Er sah mich forschend an.

Verdammt. Ich hatte unterschätzt, wie gut Freddy meine Stimmung zu deuten wusste. Mir ging es da mit ihm schließlich genauso.

»Ich glaub nicht, dass dich das was angeht«, gab ich kühl zurück.

»Interessant«, murmelte er und lächelte auf eine gefährliche Raubtierart. »Du liebst also das Risiko.«

Mit diesen Worten zwinkerte er mir zu und ließ meinen Arm los.

Obwohl ich gerade noch so schnell wie möglich weggewollt hatte, war ich für den Moment erstarrt.

Hatte ich meinen Bruder unterschätzt? Was plante er als Nächstes?

15. Dezember

(3. Advent)

Emily

Der dritte Advent löste wie jedes Jahr eine wilde Gefühlsmischung aus Panik und Vorfreude in mir aus. Panik, dass ich nicht rechtzeitig mit allem fertig wurde, denn in einer Woche war der vierte Advent und das war so gut wie Heiligabend. Vorfreude, weil nächste Woche bereits die vierte Kerze brannte, und das war so gut wie …

Das laute *Pling* meines Handys, das direkt vor mir auf dem Schreibtisch neben der angefangenen To-do-Liste lag, ließ mich zusammenzucken. Ich schaltete den Ton auf stumm und öffnete die Nachricht.

Drehst du schon durch, Em? Dazu gibts echt keinen Grund. Ich weiß, dass du Weihnachten wie immer voll im Griff hast. Ich brauch morgen dringend deinen klaren Kopf. Den, der so unschlagbar gut im Pläneschmieden ist, schrieb Jana.

Ich lächelte, weil es verrückt war, wie gut meine beste Freundin mich kannte. »*Keine Sorge*«, tippte ich zurück. »*Die nächsten zwei Tage kümmern wir uns um deine Nummer 16.*«

Zurück bekam ich einige Emojis mit Herzchenaugen.

»Herzen, richtig«, murmelte ich.

Das erinnerte mich an die Weihnachtskarten, die dieses Jahr vorn einen herzförmigen Ausschnitt hatten, durch das ein Foto von Paps und mir vor unserem Tannenbaum aus dem letzten Jahr zu sehen war. Innen hatte ich dann weitere Bilder ausgewählt, die zu individuellen Collagen zusammengestellt waren.

Ich kritzelte einen weiteren Punkt auf meine Liste. Da ich der Post nicht traute, versendete ich die Karten normalerweise mit ein paar Tagen Vorlauf und ich hatte die Umschläge bisher noch nicht fertig.

Auch unseren Tannenbaum wollte ich später, wie es unsere Tradition war, gemeinsam mit Paps von einem nahe gelegenen Bauern holen. Mama hatte früher immer gesagt, dass es viel zu schade um den schönen Baum wäre, wenn man ihn erst an Heiligabend aufstellte. Geschmückt hatten wir ihn allerdings jedes Jahr am 23.

Erneut leuchtete mein Handydisplay auf, doch statt einer Nachricht von Jana erschien ein Anruf von Fabian.

Unwillkürlich beschleunigte sich mein Herzschlag. Sofort war das Gefühl seiner Lippen auf meinen wieder da. Sie waren viel weicher gewesen, als ich erwartet hatte. Und weil nach den Küssen am Fuße der Rolltreppe viele weitere gefolgt waren, würde ich den Geschmack nach frisch gebackenen Brownies vermutlich auf ewig mit seinen Lippen in Verbindung bringen.

Ich blickte auf mein Handy, das bereits zehnmal geklingelt haben musste. Mir erschien unsere gestrige Zeit auf einmal wie ein Wunschtraum, an den ich mich besser nicht gewöhnen sollte. Wahrscheinlich rief er nur an, um mir die nächste seiner unglaublich kreativen Ausreden zu präsentieren.

Ironie off.

»Ja?«, sagte ich mit offensichtlicher Frage in der Stimme. Es sollte aber nicht: ›Wer ist da?‹ heißen, sondern eher: ›Wieso rufst du an? Hast du schlechte Nachrichten?‹.

»Du solltest doch wissen, wer sich hinter dem gemeinen Schokodieb aus deinem Adressbuch verbirgt.« Fabians Stimme sandte mir ein warmes Kribbeln in den Bauch.

»Wie könnte ich das auch vergessen«, schaffte ich zu erwidern und fragte mich gleichzeitig, woher er meinen Spitznamen für ihn kannte.

»Ich wüsste da schon den ein oder anderen Grund«, antwortete Fabian und fügte nach einer kurzen Pause hinzu: »Was machst du gerade?«

Gut, dass er nicht sehen konnte, wie meine Wangen in diesem Moment glühten, weil ich mir einbildete, dass seine Andeutung anzüglich gewesen war. »Ach, ich hab eine Menge wegen Weihnachten zu tun. Umschläge beschriften, Listen abarbeiten …«

»Klingt, als könnte das noch ein bisschen warten«, fiel Fabian mir ins Wort. »Ich würde vorschlagen, du packst deine Schlittschuhe, ziehst dich warm an und machst dich auf den Weg zur Altstadt. Wir haben schließlich ein Date nachzuholen.«

Die Gedanken an das ausgefallene Treffen vor einer Woche ließen gemischte Gefühle in mir aufsteigen. Mein Blick wanderte zwischen der Liste und meinem Kleiderschrank hin und her.

»In Ordnung, aber nur für zwei Stunden«, sagte ich, weil mein Herz meinen Verstand besiegte. »Heute Nachmittag muss ich was mit meinem Vater erledigen.«

»Na klar doch. Dann treffen wir uns in einer halben Stunde vor der Eisfläche.«

Ich lächelte, als ich das Handy ablegte, um mir einen warmen Pullover über das Shirt zu ziehen. Meine Haare beließ ich in dem hohen Zopf, legte nur ein wenig Wimperntusche und Lipgloss auf, bevor ich mich mit den Schlittschuhen über der Schulter auf den Weg zur Straßenbahn machte.

Als ich mich durch das Gedränge des Weihnachtsmarkts in Richtung Heumarkt vorankämpfte und in all die hektisch gestressten Gesichter blickte, war ich froh, heute selbst einmal aus meinem eigenen Strudel an Aufgaben entkommen zu sein. Die Besinnlichkeit der Vorweihnachtszeit kam bei den meisten Menschen definitiv zu kurz.

Aber auch die Eisfläche, die in zwei Bahnen parallel nebeneinander verlief und am Ende einmal um das Reiterdenkmal herumführte, war bereits gut gefüllt. Vor allem mit älteren Kindern und jungen Familien.

Der Himmel war klar und die Luft roch nach Schnee. Bei so einem Wetter lockte es viele am Sonntagnachmittag zu einem Ausflug auf den Weihnachtsmarkt.

Vor gut zehn Jahren hatte es *Heinzels Wintermärchen* zum ersten Mal gegeben, das neben Schlittschuhlaufen und Eisstockschießen vor allem traditionelle Handwerkskunst an seinen rustikalen Ständen feilbot.

Natürlich hatte ich mir damals sofort Schlittschuhe zum Nikolaustag gewünscht und meine Mama jeden Tag aufs Eis geschleift, bis ich am Ende der Saison schneller über die Bahn gesaust war als meine Eltern.

Obwohl es eine unserer vielen Traditionen gewesen war hierherzukommen, hatte ich das in den letzten Jahren nur noch selten getan. Jana traute sich nicht aufs Eis, Paps hatte kaum Zeit und allein machte es nur halb so viel Spaß.

»Bist du bereit?« Die warme Stimme kribbelte in meinem Nacken und ich drehte mich um.

Fabian stand so dicht vor mir, dass ich den feinen Geruch von Orangenschale wahrnahm, den ich schon häufiger an ihm bemerkt hatte.

»Bist du es denn?« Ich schluckte, als sein Blick zu meinen Lippen glitt und er verschwörerisch grinste.

»Wofür genau?«

»Versuchst du etwa, mich aus dem Konzept zu bringen?« Ich zupfte an meinem Schal herum und zog die Schnürsenkel zurecht, an denen die Schlittschuhe über meiner Schulter baumelten. »Du hast doch gerade *mich* gefragt, ob ich bereit bin.«

»Na fürs Schlittschuhlaufen, woran dachtest du denn?« *Näher.* Er kam einen weiteren Schritt auf mich zu.

»Mit zehn Jahren hab ich mal beim Eisstockschießen gewonnen«, sagte ich ohne wirklichen Kontext.

»Respekt.« Fabian legte seinen Kopf leicht schief.

Die Pause, die dann entstand, nutzte ich, um endlich das zu tun, was wir beide vom ersten Moment an gewollt hatten.

Ein klein wenig stellte ich mich auf die Zehenspitzen, verschränkte meine Hände in seinem Nacken und legte meine Lippen auf seine. Nachdem gestern vor allem Vorsicht in unseren Küssen gelegen hatte, schien uns die Nähe des anderen heute bereits vertrauter. Fabian eroberte meinen Mund im Nu und zog mich noch ein Stück näher zu sich heran. Seine kalte Nase streifte meine Wange und ich schloss kurz die Augen, während es in meinem Bauch drüber und drunter ging.

Fabian wanderte mit den Lippen über meinen Mundwinkel zu meiner Schläfe und schließlich bis zu meinem Ohrläppchen. »Dafür bist du also bereit.«

Aber so was von, dachte ich, sprach es jedoch nicht aus, weil ich Sorge hatte, meine Stimme würde atemlos klingen, während seine so rau und selbstsicher wie immer war.

Glücklicherweise begnügte er sich damit, dass ich so sprachlos vor ihm stand, und reichte mir die Hand, um mich im Gewusel rund um die Eisbahn nicht zu verlieren.

Nebenbei ... seit wann neigte ich eigentlich zu Sprachlosigkeit? War das normal? Das Gefühl war neu und dabei beängstigend und beruhigend gleichermaßen. Wie, wenn man fiel, sich dabei aber absolut sicher war, weich zu landen.

»Eisstockschießen hab ich bisher nicht ausprobiert.« Fabian setzte sich auf eine schmale Holzbank, wo wir unsere Schuhe wechselten.

»Wenn du möchtest, zeige ich es dir.« Insgeheim war ich froh, ihm gegenüber ausnahmsweise einmal im Vorteil zu sein.

Zur Antwort bekam ich ein warmes Lächeln.

Unsere Schuhe verstauten wir in einem Schließfach und sobald wir die Kufen unter unseren Füßen hatten, hielt uns nichts mehr. So schnell es uns bei der Menge an Menschen möglich war, sausten wir über das Eis dahin, fassten uns an den Händen und genossen die Geschwindigkeit. Dabei wichen wir den kleinen Kindern aus, die Eisbären oder Pinguine vor sich herschoben, und lachten miteinander über die unzähligen Beinahe-Zusammenstöße.

Lange hatte ich mich nicht mehr so befreit gefühlt. Wenn der Bogen um das Reiterdenkmal in Sichtweite kam, drehte ich mich und fuhr ein Stück rückwärts weiter, während ich Fabian fest im Blick behielt.

»Wir müssen unbedingt nach Weihnachten wieder herkommen und dieses Eisstockschießen ausprobieren.« Fabian lehnte neben mir an der Bande und beobachtete eine Gruppe dabei, wie sie ihre Eisstöcke möglichst nah an die Daube, eine kleine Zielscheibe, zu bringen versuchten.

»Du kannst ja deinen Bruder mitbringen und ich frage Paps und eine Freundin, dann bekommen wir vielleicht zwei Teams zusammen.« Komisch, dass ich Frederik bisher immer noch nicht zu Gesicht bekommen hatte.

»Das würde Freddy gefallen, gegen ihn hätten wir vermutlich keine Chance.« Fabians Gesichtsausdruck war plötzlich angespannt, weshalb ich sofort das Thema wechselte, obwohl ich tatsächlich ein wenig neugierig auf seinen Bruder war.

»Eine letzte Runde.« Ich stieß mich ein Stück von der Bande ab. »Wer zuletzt hier ist, muss unsere Eltern zum Eisstockschießen überreden.«

Leider gewann Fabian das Wettrennen, aber nur, weil ich einem Mädchen hatte ausweichen müssen, das, die Arme weit ausgebreitet, stolz zwischen ihren Eltern herumgestakst war und damit beinahe die Hälfte meiner Bahn eingenommen hatte.

Als wir die Eisfläche verließen, schmerzten meine Füße und die Finger waren trotz der Handschuhe ganz steif vor Kälte.

»Aus den zwei Stunden ist wohl doch etwas mehr geworden«, sagte Fabian mit Blick auf sein Handy. »Hast du trotzdem kurz Zeit, dich bei einem Glühwein aufzuwärmen? Ich gebe dir einen aus.«

Zeit... es war lange her, dass ich mich so losgelöst von Zeit gefühlt hatte wie heute. Wieso hatte ich Fabian eigentlich gesagt, dass wir uns bloß zwei Stunden sehen konnten?

»So ein Mist«, stieß ich aus, als es mir plötzlich einfiel.

»Was ist los?« Fabian runzelte die Stirn. »So schlimm ist es nun auch wieder nicht, einen Glühwein mit mir zu trinken. Wenn du keinen Alkohol magst, können wir auch einen Kinderpunsch ...«

»Das ist es nicht«, unterbrach ich ihn und deutete ihm mit der Hand, mir zu folgen, um im Gehen weiterzusprechen. »Ich wollte meinen Vater schon vor einer Stunde beim Weihnachtsbaumverkauf treffen. Der hat da sicher nicht so lange gewartet. Ich traue mich gar nicht aufs Handy zu gucken. Weißt du, wir können beide ganz schön stur und manchmal auch ein wenig nachtragend sein.«

»Ist mir überhaupt nicht aufgefallen«, antwortete Fabian und die Ironie in seiner Stimme war nicht zu überhören.

Meine Wangen wurden warm, obwohl die Luft ohne die Strahlen der Sonne mittlerweile eiskalt geworden war. »Jetzt haben wir keinen Baum. Wie ich ihn kenne, hat er sich nicht getraut, einen ohne mich auszusuchen.«

»Wir fahren jetzt dahin und kaufen einen. Wenn du mit dem Baum zu Hause auftauchst, kann dein Vater dir gar nicht mehr böse sein«, fügte Fabian hinzu.

»Es sollte nicht zur Gewohnheit werden, dass du mich durch die Gegend fährst«, erwiderte ich im strengen Tonfall, schenkte ihm aber gleichzeitig ein dankbares Lächeln.

Etwas später kamen wir in letzter Minute am Verkaufsstand des Bauern an, der bereits die Netztrommel in einem Schuppen verstauen wollte.

Natürlich hatte Paps hier nicht auf mich gewartet. An seiner Stelle hätte ich es auch nicht getan, immerhin hatte er dreimal versucht, mich anzurufen. Damit er sich keine Sorgen machte, hatte ich ihm vom Auto aus zurückgerufen und so erfahren, dass er wie vermutet ohne Baum nach Hause gefahren war.

»Bekommen wir heute noch einen?«, fragte Fabian den Bauern gerade, als ich an dem kleinen Holztisch ankam. Eine Windböe fegte über den Hof und ich zog mir die Mütze tiefer in die Stirn.

»Wenn ihr was sehen könnt«, war die Antwort des Bauern, die er uns auf seine typische, leicht mürrische Art gab.

Erstaunt war ich bloß, dass er in dem dünnen Hemd, das er trug, bei diesem Wetter nicht fror. Mit dem Arm winkte er in Richtung einiger neben- und übereinander aufgereihter Tannenbäume.

Tatsächlich war die Außenbeleuchtung des Hofes etwas dürftig, sodass Fabian und ich die Taschenlampen unserer Handys einschalteten, um die Bäume zu begutachten.

»Was für ein Tannenbaum-Typ bist du? Stehst du mehr auf die größten oder auf die schönsten?«

»Weder noch.« Ich blieb stehen und richtete die Lampe auf den Boden, sodass unsere Gesichter im Schatten lagen. »Ich stehe auf die mit dem gewissen Etwas.«

Fabians leises Lachen erzeugte eine Gänsehaut in meinem Nacken. »Du meinst Tannen mit zwei Spitzen oder Ästen ohne Nadeln?«

»So oder so ähnlich.« Meine Stimme wurde leiser. »Meine Mutter hat immer gesagt, dass auch diese Bäume es verdient haben, in einem Wohnzimmer zu stehen und geschmückt zu werden.«

Ich schluckte gegen den harten Kloß in meinem Hals an. Es schien zur Gewohnheit zu werden, mit ihm ganz natürlich über meine Mutter zu sprechen. Dabei kannten wir uns erst seit zwei Wochen.

Doch als Fabian meine Hand ergriff und sagte: »Deine Mutter muss ziemlich weise gewesen sein«, fühlte es sich richtig an, ihm gegenüber so offen zu sein. Und es fühlte sich mehr als richtig an, mit ihm zusammen zu sein.

»Wenn ihr den Baum kaufen wollt, müsst ihr euch langsam mal entscheiden.« Die laute Stimme des Bauern ließ mich die Hand mit dem Handy hochreißen, sodass ich Fabian direkt ins Gesicht leuchtete.

Für den Bruchteil einer Sekunde sah ich seine Augen, in denen sich seine Pupillen schlagartig wegen des hellen Lichts verengten. Daher bemerkte ich deutlich den hellgrünen Kranz seiner Iriden, der sich vom Braun abhob.

War der schon immer so strahlend gewesen?

»Sorry.« Ich richtete den Lichtstrahl zu den Tannen.

»Kein Ding. Wir sollten den Typen aber nicht länger warten lassen. Wer weiß, vielleicht hetzt er sonst seine Kühe auf uns oder so.«

»Hier gibt es nur Schweine«, erwiderte ich.

»So hast du mich bisher noch nie genannt.«

Ich boxte ihm spielerisch gegen den Arm und richtete dann wieder meine volle Aufmerksamkeit auf die Bäume.

»Wie wäre es mit dem?« Fabians Lichtkegel deutete auf eine Tanne, dessen Spitze eine deutliche Krümmung aufwies.

Zwar würde es eine Herausforderung werden, eine Christbaumspitze zu befestigen, aber ich verliebte mich sofort in diesen Baum. Wahrscheinlich wäre es mir bei jedem so ergangen, weil Fabian an meiner Seite war. Denn aus dem gemeinen Schokodieb war auf einmal jemand geworden, der statt Schokolade nun mein Herz zum Schmelzen brachte, und ich war gespannt, was für Überraschungen er sonst noch für mich bereithielt.

16. Dezember

Emily

»Wie also lautet dein Plan?«, fragte Jana, sobald wir die erste Doppelstunde Deutsch hinter uns gebracht hatten.

Die Laune unserer Lehrerin war heute mal wieder ganz besonders schlecht gewesen, sodass wir uns nicht einmal getraut hatten, ein paar Zettelbotschaften im Unterricht auszutauschen. Die Vornote zum Abi stand schließlich bisher nicht fest.

»Ähm …«, begann ich und setzte mich an einem der Tische auf einen Sessel, die wir als Oberstufenschüler in den Pausen nutzen durften.

»Sag mir nicht, du hast dir noch nichts überlegt. Mensch, Em, morgen ist doch schon das Spiel!« Sie kringelte die Spitze ihres blonden Zopfes um den Zeigefinger und riss ihre Augen wie in Panik weit auf. Obwohl sie zur Dramatik neigte, hatte ich meine beste Freundin noch nie dermaßen nervös erlebt.

»Am Wochenende war einiges los bei mir«, verteidigte ich mich, hatte aber zugleich ein schlechtes Gewissen, weil ich ihr nicht von Fabian und mir erzählt hatte. Daher setzte ich nach: »Ausnahmsweise mal nicht wegen Weihnachten.«

Von jetzt auf gleich verschwand die Panik aus Janas Augen und wich einer brennenden Neugier. »Weswegen denn dann?«

»Ich hab Fabian zufällig im Einkaufszentrum getroffen.« Na ja, ein richtiger *Zufall* war es eigentlich nicht gewesen, aber ich wollte nicht, dass meine Freundin ihn für einen Stalker hielt. »Wir haben uns geküsst ... und waren dann gestern zusammen auf der Eisbahn am Heumarkt.«

»Gestern?«, hakte Jana nach. »Am dritten Advent?« Sie beugte sich über den niedrigen, runden Tisch, der zwischen uns stand, und befühlte meine Stirn. »Und du bist dir ganz sicher, dass du nicht krank wirst?«

Ich lachte leise. »Lass uns später darüber reden. Jetzt geht es erst mal um das Spiel morgen.« Wie gut, dass es für meine Freundin ausnahmsweise einmal etwas Wichtigeres gab als das Befriedigen ihrer Neugierde. »Zwar hatte ich meinen Kopf ein wenig woanders, aber vom Pläneschmieden kann mich nichts und niemand abhalten.«

»Was schlägst du also vor?«

»Du musst unter irgendeinem Vorwand in der ersten Drittelpause zu deinem Bruder in die Kabine«, begann ich.

»Wie das, ohne ihm zu verraten, weshalb? Er zieht mich sowieso schon damit auf, dass ich ihn andauernd zum Training begleite, weil ich mich für den Neuen interessiere.«

»Das ist es deine Nummer 16 doch wert, oder etwa nicht?« Ich grinste.

Der Glanz ihrer Augen reichte als Antwort. »Leon trägt zu jedem Spiel ein schmales Armband unter der Schutzausrüstung.« Ihre Sätze beschleunigten sich mit jedem Wort. »Wenn ich es verschwinden lasse und ihm kurz vor Spielbeginn schreibe, dass ich es zu

Hause gefunden habe, könnte er mich sicher reinlassen, damit ich es ihm zur Pause in die Kabine bringe.«

»Genial«, sagte ich und meinte es ehrlich. »Demnächst sollte ich den Planer-Posten vielleicht an dich abtreten.«

»Ach Quatsch.« Jana lächelte, aber es wirkte gezwungen. »Der schlimmste Teil kommt ja erst danach. Wie frage ich Nummer 16 nach einem Date, wenn ich in der Kabine bin?«

Meine beste Freundin, die toughe Jana, die in der fünften Klasse kein Problem damit gehabt hatte in der Hofpause zu einer Gruppe Zehntklässler zu gehen, um die Nummer von einem von ihnen zu besorgen, scheute sich nun davor, nach einem Date zu fragen. Der Zehntklässler hatte damals im Übrigen tatsächlich seine Nummer herausgerückt, aber nur, weil er von ihrer Aktion so beeindruckt gewesen war. Höchstwahrscheinlich hatte er das bald bereut. Wir hatten jedenfalls viel Spaß damit gehabt, ihn mit Nachrichten und Anrufen zu bombardieren.

»Du steckst ihm einfach einen Zettel mit deiner Nummer zu. Alles Weitere wird sich dann schon ergeben. Wahrscheinlich ist er beim Training eh längst auf dich aufmerksam geworden.« Ich sagte es nicht nur, weil ich Jana Mut zusprechen wollte, sondern weil ich tatsächlich daran glaubte.

Sie war eines der Mädchen, auf das die Typen reihenweise standen, ohne dass sie dabei so aufgesetzt tat wie Chiara. Bei dem Gedanken an die blonde Barbie verkrampfte sich etwas in meiner Brust.

Hatte Fabian mir die ganze Wahrheit gesagt, was sie betraf?

»Er hat mich kaum beachtet.« Jana schnaubte. »Um ehrlich zu sein, hat er immer ziemlich mürrisch gewirkt. Aber du weißt ja, ich stehe auf Nüsse, die es zu knacken gilt.«

»Wahrscheinlich, weil du ziemlich gut darin bist«, erwiderte ich und stellte mir vor, wie sie dem Grinch den Hof machte. Wäre sie erst einmal mit ihm fertig, würde er zusammen mit ihr vor dem Tannenbaum sitzen und *O du Fröhliche* singen.

»Wie wäre es, wenn ich morgen gleich nach der Theaterprobe mit zu dir komme und wir gemeinsam dein Outfit fürs Spiel aussuchen.«

»Du bist die Beste!« Jana legte ihre Finger an die Lippen und warf mir eine Kusshand zu.

Eine modische Beratung hatte sie zwar eigentlich nicht nötig, jedoch würde meine Anwesenheit ihre Nerven beruhigen.

»Mach ich doch gern«, sagte ich. »Ach und zum Thema Klamotten: Was trägt man denn bei einem Filme-Date?«

»Etwa bei dir zu Hause?« Die Lippen meiner Freundin verzogen sich zu einem anzüglichen Grinsen.

»Es ist nicht diese Art von Date.« Dass meine Wangen heiß wurden, entging meiner besten Freundin nicht. Dafür kannte sie mich einfach viel zu gut.

»Ich weiß überhaupt nicht, was du meinst.« Sie klimperte unschuldig mit den Wimpern. »Welche Art von Date ist es denn?«

Teils amüsiert, teils streng verdrehte ich die Augen und war dankbar, dass es zum Pausenende klingelte und ich durch die allgemeine Aufbruchsstimmung um eine Antwort herumkam.

Jana wäre allerdings nicht Jana, wenn sie nicht trotzdem einen Kommentar zum Thema abgegeben hätte: »Also nach dem, was du mir beim Shoppen über Fabian erzählt hast, bin ich mir nicht sicher, ob ich mich überhaupt darüber freue, dass du dich wieder mit ihm triffst. Wenn er dich aber vom Weihnachtsstress ablenkt, sollte ich ihm wohl zu Dank verpflichtet sein. Und zu deiner Frage: Vielleicht wäre es nicht schlecht, sich ein paar Gedanken über die Unterwäsche zu machen.«

Eigentlich hätte ich mir total gern Fabians Zimmer angesehen, doch er hatte darauf bestanden, dass wir uns zum Weihnachtsfilme-Schauen bei mir trafen.

Was war es nur, dass er noch immer vor mir verbarg? Mir fiel es schwer, ihm voll und ganz zu vertrauen, aber ich hatte mich dazu entschieden, es wenigstens zu versuchen. Schließlich genoss ich jede Minute, die ich mit ihm verbrachte. Zumindest, wenn es dabei nicht um Geheimnisse ging, die er nicht bereit war, mit mir zu teilen.

»Im Dezember ist es ganz besonders stressig bei uns auf der Arbeit. Heute wird es also mal wieder nichts mit einem gemeinsamen Essen.« Mein Vater blickte mich über den Spiegel hinweg an. »In letzter Zeit habe ich sowieso das Gefühl, dass dir unsere Traditionen nicht mehr so wichtig sind. Ich meine, erst machst du einen riesigen Aufstand wegen des Wichtelns und dann kommt dir plötzlich selbst was dazwischen.«

Er runzelte die Stirn, während er sich die Krawatte band. Oder es zumindest versuchte. Susie und er waren heute Abend auf einer Firmenfeier in einem Restaurant, weshalb nicht nur ich, sondern auch Fabian bis tief in die Nacht sturmfreie Bude hätten.

»Natürlich sind mir unsere Traditionen wichtig. Bist du etwa noch sauer wegen des Baums? Es tut mir wirklich leid.« Es war total ungewohnt, mich bei ihm zu entschuldigen.

Er hatte recht. Meine geliebten Traditionen waren in den letzten Tagen tatsächlich in den Hintergrund geraten.

Ich spürte einen Stich in meiner Brust. Als würde ich Mama damit verraten.

»Es war schon blöd, da in der Kälte rumzustehen und nicht zu wissen, wo du steckst. Aber ich hatte so auch Zeit, ein wenig nachzudenken und finde, du hattest was gut bei mir.« Mein Vater zerrte sich die mehrfach verknotete Krawatte vom Hals und fluchte. »So ein Mistding!«

»Lass mich dir helfen«, bat ich, trat an Paps heran und nahm ihm den wirren Knoten aus der Hand.

Er atmete einmal tief ein und wieder aus. »Offen gesagt bin ich froh, dass du nicht mehr so verbissen wegen der Traditionen bist. Du wirkst so viel glücklicher. Und danke, Emily. Du bist mir echt eine riesige Hilfe.« Er sah mir in die Augen.

»Ach, das ist doch keine große Sache. Ein paar YouTube-Tutorials und schon hatte ich den Windsor-Knoten raus.«

»Ich meine doch nicht die Krawatte.« Er griff nach meinen Handgelenken. »Sondern, dass du schon so erwachsen bist. Ich habe dir nie gesagt, was für eine Stütze du damals für mich warst. Du warst selbst noch ein Kind und ich habe mich furchtbar gefühlt, weil ich dir nicht der Vater sein konnte, den du gebraucht hättest.«

Plötzlich wurde mein Hals eng und Tränen stiegen in mir hoch. »Du warst haargenau das, was ich damals gebraucht habe«, sagte ich und meinte es ehrlich.

So oft ich auch über Paps schimpfte, so sehr liebte ich ihn einfach dafür, dass er war, wie er nun einmal war. Und er war *da* gewesen, ohne seine Trauer vor mir zu verbergen. Er hatte sich nie vor der Realität versteckt, sondern Verantwortung für seine Familie übernommen.

»Danke.« Mein Vater drückte mich kurz an sich und gab mir einen Kuss aufs Haar.

Wann hatte er das zuletzt getan?

»Ich wünsche dir einen tollen Abend.« Ich schniefte.

Er verabschiedete sich von mir und verließ das Haus, während ich für einen Moment einfach dastand und unser Gespräch in mir nachhallen ließ.

In den letzten Tagen waren wir uns so nahegekommen wie lange nicht mehr und ich fragte mich, welchen Auslöser es dafür gegeben hatte.

Lag es an Fabians Einfluss? Daran, dass er mich dazu brachte, mich Neuem gegenüber zu öffnen und nicht immer alles so ernst zu nehmen?

Fabian.

In meinem Bauch begann es zu kribbeln. Ich schob die philosophischen Gedanken beiseite, um mich auf das Anstehende zu fokussieren. Mir blieb noch eine knappe Stunde, um mich umzuziehen und mein Zimmer in Ordnung zu bringen. In Gedanken ging ich bereits mögliche Outfits durch, während ich mich auf den Weg in mein Zimmer machte. Jedoch kam ich gar nicht bis dort, da es plötzlich an der Haustür klingelte.

Hatte Paps etwas vergessen? Seinen Schlüssel vielleicht?

Ich machte kehrt und öffnete die Tür, aber nicht mein Vater, sondern Fabian blickte mir entgegen.

»Sorry, dass ich ohne Ankündigung vorbeikomme.« Er zog eine einzelne rote Rose hinter dem Rücken hervor. »Ich möchte mich dafür entschuldigen, dass ich letzte Woche unser Date ganz ohne Begründung abgesagt habe.«

Verwirrt sah ich zwischen der Blume und Fabian hin und her. »Ja, aber das hatten wir doch längst geklärt. Du bist nur ein bisschen früh dran, ich …«

Verstohlen strich ich mir über die wilde Haarmähne, die ich nach der Schule einfach aus ihrem Zopf befreit und bisher noch nicht wieder in Ordnung gebracht hatte. Immerhin trug ich ein halbwegs annehmbares Outfit. Nur mein Zimmer glich einem einzigen Schlachtfeld. Wie könnte ich das aufräumen, ohne Fabian allzu lange warten zu lassen?

»Früh dran, ja.« Er fuhr sich durch seine Haare, die heute ebenfalls unordentlicher saßen als sonst. »Tut mir leid, ich hatte die Zeit nicht auf dem Schirm.«

Ich zog eine Augenbraue in die Höhe, weil es nach einer wirklich miesen Ausrede klang. Aber als ich bemerkte, wie er nervös von einem Bein aufs andere trat, tat es mir leid, ihn vor den Kopf gestoßen zu haben.

»Komm einfach schon mal rein. Ich werde die Rose in eine Vase stellen.« Mit der einen Hand öffnete ich die Tür ein Stück weiter, die andere streckte ich automatisch nach ihm aus, um ihn zur Begrüßung zu küssen. Doch er drehte sein Gesicht so, dass es nur für einen Schmatzer auf die Wange reichte.

Wieso verhielt er sich so seltsam? Mein Herz stolperte unsicher voran und ich nahm Fabian die Rose ab, um sie vor dem Verdursten zu retten.

»Mist, ich hab völlig vergessen, dass ich etwas von Zuhause mitbringen wollte.« Fabian war mir gefolgt und stand nun in voller Bekleidung inklusive seiner regennassen Boots im Durchgang zur Küche.

»Ach was, wir haben alles hier. Die Filme streamen wir über meinen Laptop und für Getränke und Knabbereien ist ebenfalls gesorgt«, sagte ich, obwohl ich ihn am liebsten auf seine Schuhe angesprochen hätte. Auf dem Laminat glänzten die feuchten Abdrücke, die er hinterlassen hatte.

»Filme, na klar. Aber ich wollte unbedingt noch eine ganz bestimmte DVD mitbringen.«

Ich stellte die schmale Vase auf den Tresen unserer offenen Küche ab und suchte in Fabians Blick nach einem Anzeichen für seine Gefühle. Trotz der hellen Beleuchtung unserer Wohnung, die mit mehreren Lichterketten geschmückt war, entdeckte ich kein Stück des lebendigen Grüns, sondern nur das kühle Braun.

»Warum verhältst du dich so seltsam?« In mir regten sich Ärger und Enttäuschung.

Passierte es etwa gerade schon wieder? Würde er mich gleich erneut von sich stoßen? Am heutigen Tag wollte ich alle Zweifel vergessen und in die hinterste Ecke meines Kopfes verbannen, das hatte ich mir fest vorgenommen.

Daher überwand ich meine Unsicherheit und trat dicht an ihn heran. Sein Gesicht ließ ich nicht aus den Augen, während ich nach dem Reißverschluss seiner Jacke tastete und ihn herunterzog. Dass sich sein Atem hörbar beschleunigte, wertete ich als gutes Zeichen.

»Emily ...«, begann er, doch ich legte ihm den Zeigefinger auf die Lippen.

Mit beiden Händen fuhr ich unter dem geöffneten Mantel über sein Shirt, ertastete die definierten Muskeln und zog ihn näher zu mir heran.

»Ich hab dich vermisst«, flüsterte ich und legte meine Lippen auf seine, bevor er vor mir zurückweichen konnte.

Sie fühlten sich fester an als gewohnt, noch immer war er vollkommen angespannt, sodass ich den Kuss abbrach und ihn forschend ansah.

»Tut mir leid, Emily, aber ich muss dringend mal für kleine Jungs.« Sein Abgang zurück in Richtung Flur wirkte beinahe wie eine Flucht, aber er öffnete tatsächlich die Tür zur Gästetoilette und nicht die nach draußen, wie ich kurz befürchtet hatte.

Ich stand da, starrte ihm hinterher und fuhr mir mit den Fingern über die Lippen. Dabei hatte ich das seltsame Gefühl, gerade einen furchtbaren Fehler begangen zu haben. Blieb nur die Frage, was für eine Art von Fehler. Der, ihm wieder einmal vertraut zu haben und enttäuscht worden zu sein, oder war es diesmal ein ganz anderer?

Um nicht in Panik zu verfallen, atmete ich einmal tief durch und nutzte die Zeit, nach oben zu gehen und mich umzuziehen. Ein paar herumliegende Sachen schmiss ich einfach in eine Schublade, die Tagesdecke breitete ich ordentlich über meinem Bett aus und richtete meine Frisur vor dem Spiegel.

Aus dem Schrank zog ich gemusterte Wollleggins und ein Longshirt. Eine gute Mischung aus bequem und schick. Wer legte sich auch in Jeans und Bluse aufs Bett, um sich einen Film anzuschauen?

Den Rat von Jana hingegen ignorierte ich. Nach dem missglückten Kuss rechnete ich nicht damit, dass wir uns heute in irgendeiner Art und Weise näherkamen.

Mein Hals wurde eng, als ich an seinen Gesichtsausdruck dachte. Wollte er nun etwa einen erneuten Rückzieher machen?

Allerdings hatte ich mich ganz bewusst dazu entschieden, ausnahmsweise mal vom Besten auszugehen. Wahrscheinlich bildete ich mir die Distanz zwischen uns nur ein. Ich warf schnell einen prüfenden Blick in den Spiegel und wollte mich auf die Suche nach den passenden Kuschelsocken begeben, als ich hörte, wie sich die Eingangstür schloss.

War Fabian etwa ohne ein Wort abgehauen? Das wäre echt das Allerletzte. Warum nur war dieser Kerl so schlecht darin, mit der Sprache rauszurücken?

Ich eilte die Treppe hinunter, um ihn noch zu erwischen und ihm meine Meinung zu sagen, doch unten angekommen entdeckte ich ihn direkt am Eingang. Die Tür hinter ihm war verschlossen.

»Warst du …« Ich stockte, als ich das Lächeln entdeckte, das sich auf seinen Lippen abzeichnete, als er mich ansah. Das war es gewesen, was mich vorhin so an ihm irritiert hatte. Das Fehlen des gewohnten Lächelns. »Warst du draußen?«

»Nur kurz«, gab er zurück. »Ich hatte meine Handschuhe auf eurer Einfahrt verloren.« Wie zum Beweis hob er sie hoch und steckte sie sich in die Manteltasche. Der Reißverschluss des Mantels war bis oben hin geschlossen und ich fragte mich, wieso er ihn auf der Toilette nicht ausgezogen hatte.

»Gut, dass du sie wiedergefunden hast«, erwiderte ich und beobachtete, wie Fabian seine Schuhe auszog und säuberlich auf die Fußmatte mit der Aufschrift *Danke schön* abstellte.

Dann trat er auf mich zu und küsste mich mit einer Selbstverständlichkeit, als hätte es sein Zögern von vorhin nicht gegeben.

Es kostete mich nur einen kurzen Moment der Verwirrung, bis ich mich seiner Nähe vollkommen hingeben konnte. Orange hüllte mich ein und ließ mich alle Sorgen vergessen. Als wir uns wieder voneinander gelöst hatten, schien es, als hätte er jeden meiner Zweifel fortgeküsst.

»Von wem ist denn die Rose?« Er blickte demonstrativ über meine Schulter.

»Äh.« Für einen Moment war ich sprachlos. Sollte das ein Witz sein? »Von irgendeinem Kerl, der sich zum Filmegucken bei mir selbst eingeladen hat und dann auch noch viel zu früh aufgekreuzt ist.«

Für einen Sekundenbruchteil meinte ich, Ärger in Fabians Augen aufblitzen zu sehen. Also doch keine Neckerei? Langsam wurde ich wütend. Machte er das mit Absicht?

»Tut mir leid, ich hab's einfach nicht mehr länger ohne dich ausgehalten.« Endlich lächelte er wieder und ich entspannte mich ein wenig.

»Und deswegen hast du auch die DVD vergessen, die du eigentlich mitbringen wolltest?«

»Ja.« Er zögerte. »Aber wir werden einfach gucken, was die Streamingdienste so hergeben. Die DVD bringe ich dann beim nächsten Mal mit.«

Ich beobachtete, wie er seinen Mantel auszog und darunter ein schokoladenbrauner Zopfstrickpullover zum Vorschein kam, der wunderbar mit der Farbe seiner Haare harmonierte. Als ich mit den Händen über seine Brust gefahren war, hatte sich der Stoff viel glatter angefühlt als er tatsächlich aussah.

»Tut mir leid, dass ich mich vorhin so seltsam aufgeführt habe, Emily. Ich war nur ein wenig durcheinander, als ich ankam.«

Ich lachte kurz, in der Hoffnung, damit die angespannte Situation aufzulockern. »Jeder hat seine Bedürfnisse«, sagte ich, um auf die Sache mit der Toilette anzuspielen.

»Klar, das meinte ich auch nicht. Sondern eher, wie ich mich dir gegenüber verhalten habe.« Die Sache schien ihm überhaupt nicht mehr unangenehm zu sein. Stattdessen wirkte er, als täte es ihm ehrlich leid.

»Schon in Ordnung.« Ich winkte ab. »Sag beim nächsten Mal einfach sofort Bescheid. Dann falle ich auch nicht gleich über dich her, versprochen.«

Plötzlich wurde seine Miene vollkommen starr, als würde er einen Geist hinter mir entdecken. Er murmelte etwas vor sich hin, was ich kaum verstand.

»Was hast du gesagt?« Ich meinte, das Wort *Weitergehen* aufgeschnappt zu haben.

Es war, als würde er eine Maske abstreifen, als er mich vollkommen offen anblickte und sagte: »Ach nichts. Ich habe bloß gerade festgestellt, dass ich unheimlich froh bin, zusammen mit meiner Mutter nach Köln gezogen zu sein.«

Das war ich auch. Da war aber auch diese Stimme in meinem Hinterkopf, die mir zuflüsterte, seinen Worten nicht trauen zu dürfen. Ich würde niemals mit Sicherheit wissen, welches Fabians wahres Gesicht und was bloß eine Maske war. Daher musste ich entscheiden, ob ich ihm trauen wollte oder nicht.

Ich wollte es. Doch er machte es mir unglaublich schwer.

»Sollen wir hoch in mein Zimmer?«

Fabian nickte, beinahe scheu. Wir nahmen die Treppe, schwiegen beide und schienen unseren Gedanken nachzuhängen.

Oben angekommen ließ er seinen Blick kurz schweifen, drehte sich zu mir herum und fasste mich an der Taille. »Verrätst du mir ein Geheimnis?« Seine Stimme war jetzt ein Raunen.

Ich schluckte und glaubte, das Pochen meines Herzens zu hören. »Kommt ganz drauf an, welches.«

Er lachte leise und näherte sich meinem Ohr. Dabei erzeugte sein warmer Atem eine Gänsehaut an meinem Hals. »Wo versteckst du deine Kuschelsockensammlung?«

Ich stieß die Luft aus, die ich unbewusst angehalten hatte und begann, lauthals zu lachen. Dabei wand ich mich aus seinem Griff und hielt mir den Bauch. »Nur bei dir klingt es, als würde ich keine Socken, sondern etwas Illegales in meinem Zimmer verstecken.« Ich japste nach Luft.

Sein Blick war vollkommen ernst, nur einer seiner beiden Mundwinkel war leicht gehoben. »Wieso lachst du denn? Das war kein Scherz. Ich bin tatsächlich gespannt auf deine geheimen Vorräte.«

»Na schön, weil du es bist.« Noch immer war mein Lachanfall nicht vollkommen abgeebbt.

Ich zog eine Schublade des Kleiderschranks ein Stück nach vorn und war froh, dass ich die Kuschelsocken nicht zusammen mit meiner Unterwäsche aufbewahrte.

Hatte er vielleicht sogar darauf spekuliert?

Er zog ein beiges Paar mit lauter Rudolph-Köpfen heraus und begutachtete auch den Rest meiner Sammlung. »Ungefähr so hatte ich es mir vorgestellt.«

Wir schenkten einander ein Lächeln und machten es uns dann auf meinem Bett gemütlich, die Schüsseln mit Knabbereien stellte ich griffbereit.

»Jeder sucht einen Film aus«, schlug ich vor. »Bist du eher Typ *Stirb langsam* oder stehst du auf Komödien wie *Schöne Bescherung*?«

»Lieber was Lustiges«, sagte er. »Am liebsten schaue ich *Kevin allein zu Haus*.«

Ich blickte ihn von der Seite an und fragte mich, ob er aus demselben Grund wie ich die Weihnachtsfilme aus seiner Kindheit mochte. Mich erinnerten sie an die Zeit, als meine Familie noch vollständig gewesen war.

»Alles klar. Ich suche mir *A Nightmare before Christmas* aus.«

Sein Blick glitt bewundernd über mich. »Dann steht unser Programm für heute ja fest.«

Als ich nach der Bluetooth-Tastatur langte, um den Laptop vom Bett aus zu bedienen, griff er nach meiner Hand. »Ich werde dafür sorgen, dass in Zukunft nichts mehr zwischen uns steht. Das verspreche ich dir, Emily.«

Und was ist mit jetzt, in diesem Moment?, fragte eine leise Stimme. *Was ist es, das noch zwischen uns steht?*

Obwohl die Stimme einfach nicht schweigen wollte, nickte ich.

Erst als wir tiefer in die Kissen sanken und einander küssten, verstummte sie und ich vergaß nicht nur meine Bedenken, sondern auch den verpatzten Kuss von vorhin.

Was nun zählte, war, dass unsere Lippen genau jetzt miteinander verschmolzen, als seien sie füreinander geschaffen.

17. Dezember

Emily

»Ich bin heute zum ersten Mal bei einem Spiel dabei.« Ich schämte mich kein bisschen für die kleine Notlüge. »Könntest du mir vielleicht was zu eurer Taktik verraten? Ich hab nicht so ganz verstanden, wann es zu diesem Strafstoß kommt. Wie heißt der noch gleich? Panely, oder so?« Ich lehnte mich direkt neben Janas Bruder Leon an die Küchenzeile und tat, als sei ich tatsächlich brennend an einer Antwort interessiert.

»Penalty heißt er. Sorry, Emily, aber ich hab echt nicht mehr viel Zeit.« Leon schüttete sich gerade ein paar Haferflocken in eine Schüssel und goss Milch darüber.

»Ist das ein typischer Snack vor dem Spiel?«

Der breitschultrige Typ, der mich an einen Surfer und damit mehr an den Strand als die Eishalle erinnert hatte, seufzte. »Na schön, fünf Minuten. Wenn es dir nichts ausmacht, dass ich währenddessen was zu beißen hab.«

»Nein, alles gut. Ich hab gehört, dass Eishockey ziemlich anstrengend sein soll, und ich will ja nicht, dass du beim Spiel auf dem Eis landest.« Ich lächelte ihn breit an.

Leon war gut aussehend mit seinem honigblonden Haar, den strahlend blauen Augen und der sonnengeküssten Haut. Allerdings hatte ich in ihm nie mehr als den großen Bruder meiner besten Freundin gesehen. Und nach gestern Abend ...

»Keine Sorge.« Er lachte. »Wir sind nur ein paar Minuten am Stück auf dem Eis, weil ständig ausgewechselt wird. Aber ich schwöre trotzdem auf mein Müsli und eine Banane vor jedem Spiel.«

Ich konnte nicht verhindern, dass sich eine meiner Augenbrauen anhob, als ich ihn dabei beobachtete, wie er eine kleine Banane schälte und mit einem Biss die Hälfte der Frucht in seinem Mund verschwand.

»Und wie ist das jetzt mit diesem Penalty?«, fragte ich, obwohl Jana bereits die gesamte Busfahrt hierher alle Eishockey-Regeln heruntergebetet hatte. Wenn sie doch nur halb so gewissenhaft für die Abiklausuren lernen würde.

»Du musst den Puck haben, während du von hinten gefoult wirst«, schmatzte Leon. »Nur, wenn du eine echte Torchance hattest, also frei vor dem Tor deiner Gegner stehst, gibt es einen Penalty.«

»Ich verstehe«, antwortete ich und grübelte darüber nach, was ich ihn als Nächstes fragen könnte.

Mein Blick schweifte zum Flur hinüber, aber ich entdeckte meine Freundin nirgends. Dabei hatte sie mir versprochen, bloß wenige Minuten dafür zu brauchen, das Glücksarmband ihres Bruders zu verstecken.

»So, ich werd mich mal umziehen.«

Ungläubig starrte ich auf die leere Müslischüssel und die schlaffe Bananenschale in Leons Hand. Wie um alles auf der Welt hatte er das so schnell aufessen können?

»Umziehen, ja klar ... Was musst du denn da eigentlich alles so anziehen? Die Schutzausrüstung von euch Spielern ist ziemlich umfangreich, stimmt's?«

Mit einem beklommenen Gefühl nahm ich zur Kenntnis, wie er die Augen verdrehte. »Ja, das kann ich auch echt nicht alles aufzählen. Dauert schon lang genug, das anzuziehen. Angefangen bei der Thermounterwäsche ...«

»Ihh, Emily. Machst du etwa meinen Bruder an? Oder wieso sprecht ihr über Unterwäsche?« Jana war im Türrahmen aufgetaucht und feixte.

Ich konnte nicht verhindern, dass mir Röte in die Wangen stieg. Das war typisch meine beste Freundin. Ich legte mich voll ins Zeug, damit wir unseren Plan durchziehen konnten, und sie haute mich in die Pfanne. Vielleicht hatte es für ihren Bruder tatsächlich ein wenig danach ausgesehen, als würde ich mich an ihn ranmachen wollen?

»Ach nein, Emily interessiert sich nur für Eishockey«, sagte Leon zum Glück. »Keine Ahnung, was ihr Frauen auf einmal damit habt. Immerhin spiele ich schon seit einigen Jahren.«

»An dir liegt es ja auch nicht, Bruderherz.« Jana warf ihm eine Kusshand zu, als er in Richtung seines Zimmers verschwand und dabei etwas Unverständliches brummelte.

»Phase eins des Plans war ein voller Erfolg würde ich sagen«, meinte ich leise, sobald er die Tür hinter sich schloss und uns nicht mehr hören konnte.

Jana nickte und zog ein geflochtenes Lederarmband aus ihrer hinteren Jeanstasche. Kurz ließ sie es vor meiner Nase baumeln, ein breites Grinsen auf den Lippen, dann steckte sie es wieder in ihre Hose.

»Jetzt musst du nur noch recht damit behalten, dass er verzweifelt danach sucht.«

Natürlich behielt meine beste Freundin recht. Wir hatten nur wenige Minuten in der Küche gestanden, da war Leon bereits aus seinem Zimmer gestürmt, hatte wild geflucht und das ganze Haus auf den Kopf gestellt.

»Ganz ruhig«, hatte Jana gesagt und seinen Rücken getätschelt, nachdem sie die erste Panikwelle abgewartet hatte. »Wir Mädels sind ohnehin viel besser darin, etwas zu finden. Während du zur Eishalle fährst, werden wir noch mal in Ruhe nach deinem Armband suchen. Wir kommen dann einfach mit dem Bus nach und ich bringe es dir in die Kabine, wenn wir es gefunden haben.«

Leon sah äußerst unglücklich aus, aber ihm blieb nichts anderes übrig, wenn er pünktlich zum Aufwärmen in der Halle sein wollte.

»Na gut.« Seine Schultern sackten eine Etage tiefer und er beendete seine Suche.

In diesem Moment tat er mir beinahe leid. Fünf Minuten später hatte er das Haus verlassen.

»Phase zwei des Plans war ebenfalls erfolgreich.« Jana strahlte mich an, als hätte ihr Schwarm dem Date bereits zugestimmt.

»Wenn wir den Bus um 18 Uhr nehmen und am Bahnhof umsteigen, sollten wir früh genug im Stadion sein«, sagte ich mit einem Blick auf die digitale Uhr am Herd.

»Dann laufen wir am besten schon mal los. Du weißt, wie es hier mit den Bussen läuft. Die denken, dass im Dorf sowieso keiner einsteigt und fahren gerne mal einfach ein paar Minuten früher an der Haltestelle vorbei.«

Da wir uns bereits der Kälte der Halle entsprechend umgezogen hatten, waren wir kurz darauf zu Fuß unterwegs zur Bushaltestelle. Doch obwohl wir ganze zehn Minuten vor der geplanten Abfahrt dort angekommen waren, ließ der Bus wesentlich länger auf sich warten.

»Hast du nicht diese App?«, frage Jana und die Verzweiflung war ihrer Stimme deutlich anzumerken. Sie saß auf der schmalen Metallbank und ließ eher hektisch als entspannt die Beine baumeln. »Check bitte mal, wie viel Verspätung der Bus hat.«

»Moment.« Es dauerte eine gefühlte Ewigkeit bei dem schlechten Netzempfang nach der richtigen Verbindung zu suchen, aber irgendwann hatte ich sie gefunden.

»Mist.«

»Was?« Jana fuhr aus der Schaukelbewegung ihrer Beine hoch.

»Schlechte Nachrichten. Der Bus entfällt komplett. Wir können erst den nächsten nehmen, der um 19 Uhr kommt.« Ich verzog den Mund zu einer unglücklichen Miene, weil ich wusste, dass für meine beste Freundin gerade eine halbe Welt zusammenbrach.

»Das darf doch nicht wahr sein«, legte sie auch sofort los. »Alles nur wegen dieses blöden Plans. Hätte mein Bruder uns mitgenommen, wären wir schon längst da.«

Ich drückte Jana kurz an mich. »Das ist wirklich ziemlich großer Mist. Aber sieh es mal so: Wir werden ungefähr zum zweiten Drittel in der Halle sein und können unseren Plan weiterhin verfolgen.«

Zu meinem Erstaunen nickte Jana sofort. »Du hast recht. Wir verpassen nur das erste Drittel und da passiert ohnehin meist nicht so viel.«

Da es sich nicht lohnte, zurückzulaufen, ließen wir uns nebeneinander auf die Bank sinken und saßen unsere Zeit ab, bis der nächste Bus kam. An Leon sendeten wir eine Nachricht mit der Info, dass wir sein Armband gefunden hatten und Jana es in der zweiten Drittelpause zur Kabine bringen würde.

Immerhin kam der Bus dieses Mal pünktlich, sodass wir in der ersten Spielpause am Stadion ankamen. Ein paar Leute standen draußen in Gruppen zusammen und rauchten, andere hatten sich bei einem kleinen Wagen angestellt, der Getränke und Snacks anbot.

Doch Jana steuerte so zielstrebig auf den Eingang zu, dass ich mir keine Gedanken darüber machte, ob ich möglicherweise Hunger oder Durst haben könnte. Heute war *ihr* Abend und es war bereits genug schiefgegangen.

Wir entschieden uns für Plätze auf der Nordtribüne, die gute Sicht auf eines der Tore boten, sodass wir den Puck gut würden verfolgen können. Dass die Bänke dort alles andere als bequem waren, hatte Jana ebenfalls bedacht und kleine Sitzkissen in ihren Rucksack gepackt, die sie nun herauskramte.

»Wir sind hier. Ich hab das Armband. Alles läuft nach Plan, stimmt's?« Ihre Worte täuschten nicht über ihre Unsicherheit hinweg. Im Gegenteil. Sie unterstrichen sie bloß.

Ich schenkte meiner Freundin ein warmes Lächeln. »Alles läuft nach Plan. Mach dir keinen Kopf.« Meine Stimme ging in dem lauten Signalton unter, der das Ende der Pause einläutete und in ein wildes Geräuschmischmasch der Menschen überging, die sich einen Weg durch die Menge bahnten und laut miteinander sprachen, während sie sich zurück auf ihre Plätze begaben.

»Zwar hab ich ihn schon ein paar Mal spielen sehen, aber heute, wo es wirklich um was geht, ist es irgendwie noch aufregender.« Meine Freundin reckte ihren Hals, um ja nicht den Einlauf zu verpassen.

Ich lächelte und schwieg. Sie erwartete auch keine Antwort von mir. Außerdem verstand ich ihre Aufregung. Nach den vielen Erzählungen über ihren Schwarm war ich nun ebenfalls neugierig auf den Kerl.

Die Gesichter der Spieler waren von unseren Plätzen aus leider kaum zu erkennen und auch die Haare waren unter den Helmen verborgen. Ich fragte mich, wie meine Freundin überhaupt hatte erkennen können, dass ihre Nummer 16 so sexy war. Für mich wirkten die Typen da unten auf dem Eis alle auf die gleiche Art hochgewachsen und breitschultrig.

Am Trikot erkannte ich jedoch, dass *er* bereits eingelaufen war und auf dem Feld stand.

»Leon hat erzählt, dass der Neue ein vielversprechender Kandidat für den Nationalkader ist«, flüsterte Jana direkt in mein Ohr, obwohl unsere Worte bei der Lautstärke um uns herum ohnehin niemand verstanden hätte.

»Beeindruckend«, gab ich zu und beobachtete in den folgenden Minuten die schnellen Bewegungen des Pucks, wobei er andauernd aus meinem Sichtfeld verschwand. Es würde mich nicht wundern, wenn einige Leute davon Nackenschmerzen bekämen.

»Er ist so unglaublich schnell, findest du nicht?«, fragte Jana.

Wer? Ich war so auf den Puck fixiert gewesen, dass ich nicht mehr auf die einzelnen Spieler geachtet hatte, und da schon einige Minuten vergangen waren, müsste Nummer 16 längst ausgewechselt worden sein. Ob er bereits wieder im Spiel war?

In diesem Moment fand mein Blick ihn, da er genau auf das Tor und damit auf unsere Tribüne zusteuerte. Für einen Sekundenbruchteil sah ich ihm direkt in die Augen und bildete mir sogar ein, dass er mich ebenfalls angesehen hatte.

Sofort zog sich etwas in meiner Mitte zusammen.

Nein. Das war unmöglich.

Allgemeiner Jubel brandete um mich herum auf, doch ich nahm alles nur wie durch Watte wahr. Die Nummer 16 der Kölner Mannschaft hatte eben einen Punkt erzielt. Müller hatte den Ausgleichstreffer in den letzten Minuten des zweiten Drittels geschossen. Der Neue im Team. Neu, weil er gerade erst in die Stadt gezogen war. Genau wie *mein* Müller.

Auf einmal wurde mir furchtbar heiß, obwohl ich mir zuvor noch eine wärmere Jacke herbeigewünscht hatte. Diese braunen Iriden, die nur im richtigen Licht einen hellgrünen Kranz offenbarten, hätte ich überall wiedererkannt. Auch sein Mund war mir vertraut, hatte ich ihn erst gestern ausgiebig mit meinem erkundet.

»Fabian«, hauchte ich und atmete die Luft aus, die ich bis eben angehalten haben musste.

Jana war neben mir aufgesprungen und hatte mit den anderen Zuschauern das erzielte Tor bejubelt. »Gleich ist das Drittel rum.« Ihre Stimme drang kaum bis an mein Ohr. »Ich mach mich schon mal auf den Weg zur Kabine.«

Bevor ich irgendetwas sagen oder auch nur reagieren konnte, war sie bereits verschwunden. Auf dem Weg in die Kabine, um sich mit ihrer Nummer 16, *meinem* Fabian, zu einem Date zu verabreden.

Während in meinem Inneren ein Sturm tobte, blieb ich nach außen ganz ruhig.

Nein, *ruhig* war der falsche Ausdruck. Ich war vollkommen starr, regelrecht bewegungsunfähig.

Wie hatte ich mich nur so in Fabian täuschen, mich so dermaßen von ihm belügen lassen können? Die vielen Zeichen hatte ich zwar bemerkt, doch ich hatte sie bewusst ignoriert.

Klar, dass er so gut Schlittschuh laufen konnte, wenn er professionell Eishockey spielte. Nationalkader und Serien-Star also. Sicher gab er einen wirklich guten Schauspieler ab, so wie er mich hintergangen hatte.

Mir kamen die Berichte von Ehemännern in den Sinn, die zwei Leben zur gleichen Zeit führten, ohne dass ihr Umfeld etwas davon mitbekam. Gleichzeitig fragte ich mich, wieso ich mir ausgerechnet jetzt über Fernsehberichte Gedanken machte. Das hier war die Realität, so bitter sie auch auf der Zunge schmeckte.

Dieser Geschmack war es auch, der mich gewaltsam aus meiner Starre riss. Ich sprang auf die Beine und krallte die Nägel in meine Handballen, ohne den Schmerz zu spüren.

Ich musste irgendetwas tun, handeln, Jana warnen. Erst Chiara, dann mich und nun sie.

Wie viele Mädchen er wohl noch hinters Licht geführt hatte?

Gerade als ich mich vollkommen blind auf den Weg zur Kabine machen wollte, um meine Freundin aufzuhalten, entdeckte ich sie.

Jana stieg die Tribüne hoch, mit glühenden Wangen und einem so glücklichen Strahlen in ihrem Gesicht, dass mir schlecht wurde. Die Worte, die ich gleich würde sagen müssen, krochen wie Galle in meinem Hals empor und ich presste die Lippen fest aufeinander.

»Emily, danke noch mal für alles!« Jana beugte sich zu mir hinab und drückte mich.

Erst ihre Berührung ermöglichte es mir, einmal tief durchzuatmen.

»Ich muss dir was sagen«, brachte ich hervor. Meine Zunge war belegt, meine Kehle weiterhin eng. Vermutlich hätte ich längst geheult, stünde ich nicht so unter Schock.

»Ja, gleich, Maus. Erst mal erzähle ich dir, wie es gelaufen ist. Den Zettel hab ich gar nicht gebraucht, denn stell dir vor! Er hat mich nach dem Spiel auf eine heiße Schokolade eingeladen. Weil, weißt du, er hat mich die ganze Zeit angestarrt, als ich mit Leon gesprochen habe. Der war natürlich total erleichtert, als ich ihm sein Armband gebracht hab. Hat gesagt, ich sei seine Rettung und hätte was gut bei ihm. Ein netter kleiner Nebeneffekt, oder nicht? Und als ich mich dann zu ihm umgedreht habe, hat er mir zugezwinkert. Gott, das war echt heiß. Also Nummer 16, meine ich. Emily, danke, ohne dich …«

»Jana, deine Nummer 16 ist Fabian«, unterbrach ich sie laut, weil ich mir ihren Monolog nicht länger anhören konnte.

»Was?« Meine Freundin wirkte wie ein Ballon, aus dem jegliche Luft auf einmal entwichen war.

»Ich hab ihn erkannt. Als er eben das Tor geschossen hat.« Ich war erleichtert, es ausgesprochen zu haben.

»Aber die Spieler haben doch Helme auf, Em. Aus der Entfernung kann man die kaum erkennen. Vielleicht sehen die beiden sich einfach ähnlich«, tat Jana meine Enthüllung ab.

»Sie haben den gleichen Nachnamen und sind beide kürzlich nach Köln gezogen. Findest du nicht, dass das ein ziemlich großer Zufall ist?« Ich könnte mich dafür ohrfeigen, die Zusammenhänge nicht viel früher erkannt zu haben.

»Du hast selbst gesagt, dass es ein Allerweltsname ist.« Die Stimme meiner Freundin bekam einen trotzigen Unterton.

»Es passt doch alles zusammen«, erwiderte ich. »Zweifelst du ernsthaft daran, dass ich den Kerl nicht erkenne, mit dem ich gestern im Bett war?«

Die Worte waren einfach so aus meinem Mund gepurzelt, bevor ich sie hatte aufhalten können. Es klang nun, als wäre mehr zwischen uns gelaufen als die eigentlich ziemlich harmlosen Knutschereien, doch ich hatte schlicht keine Lust, die Sache klarzustellen.

»Es ist echt nicht zu glauben, Emily. Da hast du endlich jemanden gefunden, der dich mag, aber du musst alles mit deiner paranoiden Art kaputtmachen.« Die Wut sprühte mir regelrecht aus Janas hellblauen Augen entgegen.

»Paranoid, ernsthaft?« Ich schnappte nach meiner Tasche. »Das nennt sich gesunder Menschenverstand. Im Gegensatz zu dir habe ich nämlich keine rosarote Brille auf und erkenne einen faulen Typen, wenn ich ihn sehe.«

Mit diesen Worten verließ ich die Halle, während mir endlich die Tränen hinunterliefen, die ich nicht hatte weinen können. Auf einen Schlag hatte ich gerade nicht nur von Fabians falschem Spiel erfahren, sondern auch meine beste Freundin verloren.

18. Dezember

Emily

Wir müssen reden. Ich war bei dem Spiel.

Diese Nachricht hatte ich an Fabian getippt, sobald ich wieder etwas erkennen konnte und der Tränenschleier vor meinen Augen endlich verschwunden war.

Aber erst morgen. Sorry, werde nicht zur Probe kommen.

Völlig entkräftet war ich zu Hause angekommen und hatte mich nur noch unter meiner Bettdecke verkrochen. Für den folgenden Tag befreite ich mich selbst vom Unterricht, um Jana nicht zu begegnen.

Nun wartete ich daheim, dass es Nachmittag wurde und ich endlich das Gespräch mit Fabian hinter mich bringen konnte. Wahrscheinlich war es total albern, nach den wenigen Treffen mehr in unserer Beziehung zu sehen.

Über die letzten Tage hatte ich mich ihm jedoch so nahe gefühlt, dass es mir angebracht erschien, die Sache zwischen uns persönlich zu beenden. Mit wahren und direkten Worten, wie ich es mir von ihm schon die ganze Zeit gewünscht hätte.

Wir würden uns in dem kleinen Café treffen, wo wir an Nikolaus zusammengesessen hatten, obwohl mir bei dem Gedanken an diesen Abend sofort die Tränen kamen. Doch es musste ein neutraler Ort sein, sonst würde ich ihn sicher anschreien. Und das war er nicht wert.

Unfähig, etwas Sinnvolles zu tun, verbrachte ich die folgenden Stunden damit, vor mich hinzustarren, am Handy zu surfen und ein Kapitel eines Romans zu lesen. Dabei musste ich jede Seite dreimal von vorn beginnen und verstand dennoch nicht, worum es ging.

Wie gerne hätte ich Jana in dieser Situation angerufen, aber sie hatte sich bisher nicht bei mir gemeldet, weshalb ich davon ausging, dass sie mir noch immer nicht glaubte. Wahrscheinlich hatte sie sich sogar gestern Abend mit Fabian getroffen. Zwischen anregenden Gesprächen und intensiven Blicken musste er meine Nachricht bekommen haben.

Ich stellte mir vor, wie er aufs Handy gesehen und im nächsten Moment Jana angelächelt hatte. Ob es ein Mädchen mehr oder weniger war, das er anlog, war für ihn wohl unerheblich. Vermutlich zählte er sie nicht einmal mehr.

Obwohl ich nichts anderes außer Wut empfinden wollte, war da dieser intensive Schmerz in meiner Magengegend. Das Gefühl, verraten worden zu sein. Ich hatte Fabian trotz aller Zweifel vertraut, das wurde mir erst jetzt richtig bewusst.

In einer Art Trancezustand fuhr ich mit der Straßenbahn zum Café, das mir im dämmrigen Tageslicht und ohne die Magie des gemeinsamen Abends mit Fabian deutlich weniger atmosphärisch erschien als am Nikolaustag.

Er war bereits da, saß in einer Nische und nippte an einem Glas Wasser. Einen Moment nahm ich mir Zeit, ihn zu betrachten. Seine Frisur war heute so ordentlich wie nie.

Was er damit wohl bezwecken wollte?

Obwohl er mich bisher nicht entdeckt hatte, wirkte seine Haltung niedergeschlagen, sein Blick war regelrecht schuldbewusst. Wahrscheinlich übte er bereits für unser Gespräch, das Schauspiel konnte er sich dieses Mal alllerdings sparen. Ein weiteres Mal würde ich nicht darauf hereinfallen, denn das hatte mir bereits genug Ärger eingehandelt.

Wenn es doch nur der Ärger wäre, flüsterte mein mitgenommenes Herz.

Ich atmete einmal tief ein, richtete meinen Rücken gerade auf und trat an den Tisch heran, an dem er saß. Ohne auf eine Einladung zu warten, setzte ich mich ihm gegenüber, die Hände auf meinem Schoß und damit unter der Tischplatte gefaltet, damit er meine Nervosität nicht an ihren ständigen Knetbewegungen ablesen konnte. Oder auch, um zu verhindern, dass meine Faust in seinem Gesicht landete.

»Emily, es tut mir schrecklich leid, dass du auf diese Weise davon erfahren hast«, begann Fabian das Gespräch. Wie immer klang es täuschend aufrichtig.

»Mir auch«, erwiderte ich und merkte, wie meine Stimme schon bei den ersten Worten kratziger wurde. Verdammt, ich würde jetzt nicht heulen. Nicht vor ihm. »Du hättest es mir früher sagen müssen.«

»Ich weiß und es gibt nichts, was ich sagen könnte, um das zu entschuldigen.« Im Gegensatz zu mir behielt er die Hände oberhalb des Tisches und demonstrierte mir damit lebhaft, wie er sich die Haare aus der Stirn strich. Es sollte wohl eine verzweifelte Geste darstellen.

»Du hast recht, das gibt es nicht.« Eigentlich war damit bereits alles gesagt.

»Was möchte die Dame trinken?« Ein junger Kellner war an unseren Tisch getreten und Fabian blickte fragend in meine Richtung.

»Nichts, danke«, sagte ich. »Ich werde gleich wieder gehen.«

Sobald der Kellner, nicht ohne einen irritierten Blick in meine Richtung, verschwunden war, streckte Fabian die Hand nach mir aus. »Bitte bleib noch, Emily. Gib mir nur ein paar Minuten, um es dir zu erklären. Ich will dir die ganze Geschichte erzählen. Von Anfang an.« In seiner Stimme lag ein flehender Unterton. Leiser fügte er hinzu: »Wenn du sie hören willst.«

Ja, ich will sie hören, schrie mein dummes kleines Herz. Ich hatte seinem Flehen jedoch lang genug Beachtung geschenkt.

»Findest du nicht, dass du dazu in den letzten Wochen genügend Gelegenheiten hattest?«, fragte ich daher.

»Ja und nein. Weißt du, mein Bruder …«

»Halt ihn da raus«, unterbrach ich ihn harsch. »Es geht darum, was *du* getan hast. Wie du dich mir gegenüber verhalten hast … dass du mir nicht die Wahrheit gesagt hast.«

Fabian starrte mich kurz an, dann ließ er den Kopf in seine Hände sinken. »Du hast recht. Ich war einfach nur blöd.«

Ich schluckte hart und nickte.

Er hob den Kopf und sah mich an. Seine Augen glänzten verräterisch. »Also war es das jetzt?«

Nein, schrie mein Herz immer lauter. *Nein, nein, nein!*

Wieder nickte ich. Daraufhin stand ich auf, wandte mich ab und ging. Und obwohl ich so sehr darauf gehofft hatte, hielt er mich nicht auf.

Es gab viele unterschiedliche Arten, mit Liebeskummer umzugehen. Während die einen eislöffelnd auf der Couch vor einer Liebesschnulze hockten, gingen die anderen auf eine wilde Party und schnappten sich den erstbesten Typen als Kuschelersatz.

Ich gehörte zu keiner dieser beiden Sorten. Mein Seelenheil lag darin, mich in meinen Plänen und Listen für die Weihnachtsvorbereitungen zu vergraben und so für genügend Ablenkung zu sorgen.

Tatsächlich war es bitter nötig, einen Blick darauf zu werfen, denn ich hatte sie in den letzten Tagen ziemlich vernachlässigt. Wieso hatte ich nicht längst auf die innere Stimme in mir gehört, die mir zuflüsterte, dass ich dabei war, mir selbst untreu zu werden.

Angefangen beim verschobenen Adventswichteln, für das Fabian zugegebenermaßen nur indirekt verantwortlich war, über den geplünderten Adventskalender bis hin zum Weihnachtsbaumkauf war nichts in diesem Jahr so gelaufen, wie ich es mir vorgestellt hatte. Ganz zu schweigen von den Weihnachtskarten, die noch immer nicht fertig waren, und dem Feiertagsmenü, das ich bisher nicht wie sonst mit Oma abgestimmt hatte.

Nicht, wie du es dir vorgestellt hast, sondern auf eine seltsame Art viel besser als das.

Die Stimme meines Herzens begann mich zu nerven, fast wie ein kleines Teufelchen, das auf der Schulter saß und einem immerfort Dummheiten ins Ohr flüsterte.

»Überhaupt nicht besser«, sprach ich in die Stille meines Zimmers hinein. »Genau so, wie es in den letzten fünf Jahren war, ist es perfekt.«

Perfekt langweilig.

Ich sollte aufhören, mit dieser Stimme zu sprechen. Sonst gäbe ich ihr mehr Macht, als gut für sie war. Oder eher für mich. Stattdessen arbeitete ich den ganzen restlichen Nachmittag an meinen Listen, schrieb sie neu, hakte ab und ergänzte sie um weitere Punkte.

»Emily, hast du schon was gegessen?« Paps streckte den Kopf durch den Türrahmen und ich zuckte zusammen. Leicht verwirrt starrte ich ihn an und warf dann einen Blick aus dem Fenster.

»Wie spät ist es?« Ich hatte jegliches Gefühl für die Zeit verloren.

»Viertel nach acht.«

Wie waren die letzten Stunden bloß so schnell vergangen?

»Nein, ich hab bisher nichts gegessen, aber wir können uns eine Pizza ...«

»Keine Pizza, ich habe gekocht.« Er lächelte sein verschmitztes Lächeln, bei dem er bloß einen Mundwinkel in die Höhe zog.

»Was denn?«, fragte ich vorsichtig.

Sofort kam mir seine letzte Kochaktion in den Sinn, bei der ich kurz davor gewesen war, die Feuerwehr zu rufen. Es war so viel Qualm aus der Küche gekommen, dass er die Rauchmelder ausgelöst hatte. Und dann die angebrannte Milch ...

»Mensch, Emily, traust du deinem Vater denn überhaupt nichts zu? Es ist nur ein einfacher Nudelauflauf, und dieses Mal habe ich mir einen Timer gestellt, um ihn nicht wieder im Ofen zu vergessen.«

Ich stand auf und schob meinen Stuhl an den Schreibtisch. »Na schön.« Dem Geruch nach zu urteilen, den ich erst jetzt bewusst wahrnahm, war tatsächlich nichts angebrannt.

»Und wie bist du auf die Idee gekommen, etwas zu kochen? Ist das Rezept aus dem Internet?«, fragte ich auf dem Weg nach unten.

»Man kann doch mal was Neues probieren. Susie hat gesagt, das Rezept sei idiotensicher. Und tatsächlich fand ich es gar nicht so kompliziert.«

Der Geruch nach fruchtiger Tomatensoße und würzigem Käse wurde intensiver, je näher ich dem Topf auf der Herdplatte kam. Die Kombination erinnerte mich an die Pizza der letzten Tage, nur roch es dieses Mal deutlich frischer.

»Susie, soso.« Ich zog eine Augenbraue hoch, lächelte aber. Die beiden bemühten sich wirklich, es mir leichter zu machen.

»Soll ich dir etwas auftun?«

»Klar.« Ich zog mir den Stuhl zurecht und wartete gespannt auf das Essen.

Als der Teller vor mir stand, erkannte ich Nudeln in einer hellen Tomatensoße, Erbsen und knusprig braunen Käse.

»Richtig lecker«, sagte ich sofort, nachdem ich die erste Gabel probiert hatte.

»Komm nur nicht auf die Idee, dass ich ab sofort jeden Tag koche«, kam Paps Reaktion prompt und brachte mich zum Lachen.

»Keine Sorge. Oma und die Pizzeria sind schließlich auch noch da.«

Und bald gibt es ja auch eine neue Frau im Haus, dachte ich mit einem unguten Gefühl in der Magengegend. Es war ein anderes als das, was ich vor einigen Tagen empfunden hatte, als mein Vater mir das erste Mal von seinen Plänen erzählt hatte.

Susie war nun nicht mehr mein größtes Problem.

Es war Fabian, dessen Anwesenheit ich hier jeden Tag würde ertragen müssen.

Wie ich das anstellen sollte, war mir ein Rätsel.

»Wieso warst du eigentlich nicht in der Schule?«, fragte Paps, als wir den ersten Teller geleert hatten und er aufgestanden war, um Nachschlag zu holen.

Es sollte wohl beiläufig klingen, aber ich wusste es besser. Nach solchen Dingen erkundigte er sich nämlich so gut wie nie. Ihm war klar, dass ich zuverlässig war, wenn es um die Schule ging, weshalb er mir auch die Sache mit den Entschuldigungen überließ.

»Mir war einfach nicht danach«, erwiderte ich und setzte darauf, dass Gespräche über Gefühle nichts für meinen Vater waren.

Doch heute schienen jegliche Gesetzmäßigkeiten außer Kraft gesetzt zu sein. »Ist gestern irgendwas passiert? Hast du dich mit Jana gestritten?«

Erleichtert atmete ich aus und nickte langsam. »Ja. Alberner Mädchenkram, aber der Streit war echt heftig.« Es war die Wahrheit, auch wenn mir die Sache mit Fabian eine Spur mehr zugesetzt hatte.

Eigentlich ziemlich bescheuert, wenn man bedachte, dass Jana meine langjährige Freundin war und ich Fabian noch nicht mal drei Wochen kannte. Vielleicht lag es an dem Vertrauen, die Sache mit meiner besten Freundin bald wieder hinzukriegen, während es zwischen Fabian und mir endgültig vorbei war.

»Und den Baum hast du zusammen mit Susies Sohn geholt?«, fragte mein Vater weiter und ich schluckte.

»Ja«, sagte ich gedehnt, weil ich nur ungern ins Detail gehen wollte.

Paps' forschender Blick glitt über mein Gesicht. »Was hältst du davon, wenn wir uns gleich noch zusammen einen lustigen Weihnachtsfilm ansehen?«

Ich lächelte matt. Davon hielt ich sogar ziemlich viel.

19. Dezember

Fabian

»Wie ist dein Gefühl?«, fragte Chiara, als sich die Tür zum Probenraum des Studios geschlossen hatte und wir damit außer Hörweite des Filmteams waren.

»Keine Ahnung«, erwiderte ich, ohne sie anzusehen.

Mir war nicht nach einem Gespräch mit ihr zumute. Oder eher – mir war nach keinem Gespräch mit überhaupt irgendjemandem zumute.

»Ich glaub, ich hab's vermasselt.« Ihre Stimme klang verändert. »Wie soll ich das nur meinen Eltern erklären?«

Nun sah ich doch zu ihr hoch. »Wieso erklären? Es gab so viele Bewerber und du bist unter die letzten vier Paare gekommen.«

»Das ist unerheblich. Nur, wenn ich die Rolle am Ende bekomme, ist das etwas wert.« Die Überheblichkeit war aus ihrem Gesicht gewichen. Stattdessen wirkte sie ein wenig … verängstigt?

»Klar würde ich mich freuen, wenn sie mir die Rolle geben«, begann ich, obwohl es in meinem Inneren vollkommen anders aussah. Für ein Gefühl von Freude war dort überhaupt kein Platz. »Was zählt, ist, dass wir sie überzeugt haben. Sonst wären wir nicht so weit gekommen. Alles andere wird nur nach Nasenfaktor, Tagesform oder reinen Äußerlichkeiten entschieden.«

Das stimmte zwar nicht hundertprozentig, zumindest nach den Aussagen meines Vaters, doch meine Worte sollten Chiara aufbauen.

»All das kann ich beeinflussen. Heute sollte meine Performance perfekt sein, nur …« Kraftlos ließ sie sich auf einen Stuhl sinken und wandte den Blick von den anderen Paaren ab, die wie wir bereits hereingerufen worden waren, um eine der ausgewählten Szenen zu spielen. Wir waren als Letzte dran gewesen und warteten nun auf eine Entscheidung.

»Niemand ist perfekt«, widersprach ich.

Trotzdem wusste ich, was sie meinte. In der heutigen Szene hatte Chiara noch aufgesetzter und unnatürlicher gespielt als beim ersten Mal. Zwar lebte eine Soap von einem gewissen Maß an Overacting, aber ich vermutete, dass es dem Director heute ein wenig zu viel gewesen war.

»Pah.« Chiara schnaubte. »Dann unterhalte dich darüber mal mit meiner Mutter.«

Ich runzelte die Stirn. Unsere Ausgangssituationen hätten wohl nicht unterschiedlicher sein können. Während ich meiner Mutter nicht einmal von dem Casting, geschweige denn den Schauspielstunden erzählt hatte, war Chiara anscheinend von ihren Eltern dazu gedrängt worden.

»Wie bist du denn mit der Szene zurechtgekommen?« Ich setzte mich zu ihr, in der Hoffnung, sie auf andere Gedanken zu bringen.

Wenn mir das bei mir selbst schon nicht gelang.

»Ich hätte viel lieber die Wiedersehensszene am Flughafen gespielt.« Sie seufzte laut. »Eine Trennung zieht einen doch total runter.«

Wem sagte sie das?

»Zugleich bietet sie einem auch eine deutlich größere Palette an Emotionen«, entgegnete ich.

Schock, Leugnen, Wut, Kampf, Trauer, Loslassen und Neuorientierung.

Die sieben Phasen der Trennung hatte ich im Zusammenhang mit meinen Vorbereitungen auf die heutige Szene recherchiert. Dabei wäre das überhaupt nicht nötig gewesen. Die merkwürdige innere Leere seit meinem Gespräch mit Emily war allerdings in keinem der Ratgeber beschrieben worden. Dafür hatte ich sie heute umso besser spielen können.

»Ich weiß nicht. Wollen die Leute so was wirklich sehen?«

Ich blickte meine Spielpartnerin einen Moment an, ohne sie wirklich wahrzunehmen.

Wollten die Leute so etwas sehen? Ehrlich gesagt wusste ich es nicht. Außerdem würde ich mich selbst nicht unbedingt als einen Prototyp des Soap-Zuschauers betrachten, obwohl ich vor dem Castingantritt zu Recherchezwecken einige gesehen hatte.

Die Tür, durch die wir gerade getreten waren, schwang erneut auf und beinahe gleichzeitig drehten alle Wartenden ihre Köpfe, ihre Mienen angespannt wie ein Gummiband kurz vor dem Zerreißen.

Nur mein eigener Gesichtsausdruck zeigte vermutlich keinerlei Regung. Dabei gelang es mir sonst immer, Lockerheit und gute Laune auszustrahlen, ganz egal, wie es in meinem Inneren aussah.

Ausgerechnet am entscheidenden Tag hatte ich auf dieses Talent nicht zählen können und das Verrückte dabei – es war mir vollkommen gleichgültig.

»Zuerst einmal möchten wir ein großes Lob an euch alle aussprechen. Ihr habt eine wunderbare Performance hingelegt, auf die ihr wirklich stolz sein könnt«, richtete sich der Director an die acht verbliebenen Kandidaten im Raum. Dabei schob er sich die Brille mit den kleinen runden Gläsern auf die Nasenwurzel, die mir viel mehr wie ein Accessoire als eine echte Sehhilfe vorkam.

»Das ist doch bloß ein oller Standardspruch«, raunte Chiara in mein Ohr und ich bedeutete ihr, leise zu sein.

In diesem Moment miteinander zu quatschen war ziemlich unhöflich, obwohl ich ihrer Aussage ausnahmsweise einmal zustimmte. Sie hätten es zu jedem von uns gesagt, ganz egal wie gut oder schlecht wir tatsächlich gespielt hatten.

»Trotzdem können natürlich nur zwei von euch die beiden Hauptrollen besetzen.« Der Director wechselte einige Blicke mit seinem Team. »Leider konnte uns keines der Paare, die wir im Vorfeld zusammengestellt hatten, vollkommen überzeugen.«

Direkt neben mir sog jemand scharf die Luft ein, andere tuschelten und Chiara war plötzlich ganz still.

»Daher haben wir uns dazu entschieden, eine neue Paarung zu prüfen, die uns nach dem heutigen Vorspiel vielversprechend erscheint.«

Chiara suchte meinen Blick. Während wir bisher immer so etwas wie ein mehr oder weniger unfreiwilliges Team gewesen waren, hieß es nun: sie oder ich. Oder eben auch keiner von uns beiden.

»Laura Scott und Fabian Müller, herzlichen Glückwunsch! Ihr seid einer Hauptrolle am heutigen Abend ein großes Stück näher gekommen.«

Ich starrte das Team an, das sich die Aktenbretter unter die Achseln klemmte, um in die Hände zu klatschen. Dann sah ich zu Laura hinüber, einem blassen, rotblonden Mädchen mit unzähligen Sommersprossen im Gesicht. Sie hatte britische Wurzeln, daran erinnerte ich mich noch, aber ansonsten war sie stets zurückhaltend und still gewesen.

Nun jubelte sie als Einzige im Raum lauthals und so voll übersprudelndem Glück, dass es sogar mir ein Lächeln über die Lippen sandte.

Zuletzt sah ich rüber zu Chiara, der trotz einer dicken Make-up-Schicht jede Farbe aus dem Gesicht gewichen war.

»Glückwunsch«, sagte sie mechanisch und eilte dann fluchtartig aus dem Raum.

Ohne nachzudenken, folgte ich ihr durch die langen Flure des Gebäudes, bis ich sie vor einem Fahrstuhl einholte.

»Was ist?« Die Tränen liefen in dunklen Streifen voller Schminke ihre Wangen hinab. »Jetzt hast du doch, was du wolltest. Endlich bist du mich los.«

»Das war nie, was ich wollte«, gab ich zurück und es entsprach der Wahrheit.

Klar hatte sie mich genervt und auch einige Grenzen überschritten. Trotzdem gönnte ich Chiara die Rolle und hätte mich sicher mit ihr arrangieren können.

»Warum hast du mich dann zurückgewiesen?«, fragte sie leise und blickte auf die geschlossenen Fahrstuhltüren, als wollte sie dem Gespräch entgehen.

»Der Kerl in der Disco. Das war nicht ich, sondern mein Zwillingsbruder«, offenbarte ich ihr, weil es keinen Grund mehr gab, die Maskerade aufrechtzuerhalten. Auch Emily wusste mittlerweile Bescheid. Es war von Anfang an feige gewesen, bei diesem Spiel mitzuspielen.

»Das erklärt einiges«, murmelte sie und überraschte mich damit, wie wenig schockiert sie sich zeigte.

Eine Weile schwiegen wir beide, bis sie mich geradewegs ansah, so aufrecht und stolz, als hätte sie in diesem Moment eine wichtige Entscheidung getroffen.

»Irgendwie bist du mir ans Herz gewachsen«, sagte sie. »Deswegen möchte ich dir etwas über mich erzählen. Für meine Mutter war stets nur perfekt gut genug. Perfektes Aussehen, der perfekte Freund und natürlich die perfekte Rolle. Und gerade eben, als dein Name und der von dieser Laura aufgerufen wurden, weißt du, wie ich mich da gefühlt habe?«

Stumm schüttelte ich den Kopf. Beinahe überfordert mit so viel unvermittelter Offenheit.

»Erleichtert.« Sie lachte kurz und ein wenig schrill. »Erst da wurde mir bewusst, dass ich diese Rolle nie gewollt habe.«

»Du musst es deiner Mutter sagen.« Genauso, wie ich mich meiner Mutter gegenüber endlich öffnen sollte.

Die Tür des Aufzugs glitt auf, trotzdem blieb Chiara stehen und starrte mich so lange an, bis sie sich wieder schloss.

»Du hast absolut recht.« Sie zog mich in eine feste Umarmung. Es war keine von der Art, die mir Sorgen bereitete, sondern eine aus Dankbarkeit. »Die Rolle hast du mehr als verdient. Ich freue mich schon auf die Serie.«

»Noch hab ich sie nicht bekommen«, erwiderte ich.

Das blonde Mädchen, das mir in den letzten Wochen so viel Ärger bereitet hatte, öffnete mit einem Knopfdruck erneut die Tür zum Aufzug und trat dieses Mal ein. »Das ist reine Formsache.« Sie zwinkerte mir zu. »Mach's gut, Fabian.«

»Mach's gut.« Ich lächelte und wandte mich um, zurück zu den anderen Kandidaten und dem Filmteam, das ich nach der Verkündung einfach hatte stehen lassen.

Ob sie es sich deswegen nun anders überlegt hatten?

Eine knappe Stunde später war ich zu Hause und von dem langen Tag vollkommen erledigt, sodass ich hoffte, weder Freddy noch meiner Mutter zu begegnen.

Dieses Glück war mir jedoch nicht vergönnt, da mich mein Bruder vor meinem Zimmer abfing. Unwillkürlich fragte ich mich, warum er es gleich zweimal in so kurzer Zeit aufsuchte, nachdem er es wochenlang überhaupt nicht betreten hatte.

»Der Tag war echt heftig. Was willst du?«, fragte ich anstelle einer Begrüßung.

»Nur kurz mit dir reden.«

Ich suchte in seinem Blick nach Anzeichen für eine geplante Gemeinheit, fand aber weder Boshaftigkeit noch Hinterlist darin. Was hatte der Tag bloß an sich, dass sich auf einmal alle Menschen in meiner Umgebung wie ausgewechselt verhielten? Erst Chiara und nun auch noch mein Bruder.

»Na schön, nur bitte halt es kurz.« Nach all den Lügen und Spielchen der letzten Wochen war meine Geduld mit ihm am Ende.

»Mann, das fällt mir nicht gerade leicht nach allem …« Freddy betrat, ohne zu fragen, den Raum und setzte sich auf die Kante meines Betts. »Vielleicht war das alles echt eine Nummer zu viel.«

»Welches Zuviel meinst du? Deine Lügen Emilys Familie gegenüber? Das Stehlen meiner Identität? Dass du in meinem Namen Verabredungen abgesagt hast? Oder mit Mädels rumgemacht und meine … Freundin geküsst hast.«

Vermutlich war doch was dran an den sieben Phasen der Trennung. Bloß, dass ich nach dem länger andauernden Schock eine Phase übersprungen und gleich in die nächste, die der Wut, übergegangen war. Nur richtete sich dieses Gefühl nicht gegen Emily, sondern gegen meinen Bruder, der die Schuld an dem ganzen Schlamassel trug.

»Das mit der Blonden war dein Vorschlag«, empörte sich mein Bruder.

Ich massierte mir mit den Fingern die Schläfen.

»Was möchtest du mir sagen, Frederik? Dass ich womöglich an all dem eigentlich selbst schuld bin?« Beinahe musste ich laut lachen, so absurd erschien mir dieses Gespräch.

»Sorry, Mann. Mir ist das echt peinlich. Als ich mit der Rose bei ihr aufgekreuzt bin, da wollte ich eigentlich …«

Meine Kiefer pressten sich unwillkürlich aufeinander, bis es schmerzte. »Vergiss nicht euren Kuss.« Das letzte Wort sprach ich aus, als sei es eine Krankheit.

Über diese Sache war ich nur aus einem Grund halbwegs hinweggekommen. Immer wieder hatte ich mir selbst versichert, dass sie ihn für mich gehalten hatte. Dass sie an *mich* gedacht hatte, während ihre Lippen auf seinen gelegen hatten. Genau solch eine Situation hatte ich verhindern wollen, als ich mich von ihr fernhielt. Und im erstbesten Moment doch schwach geworden war.

»Genau das meine ich«, sagte Freddy. »Mir ist sofort klar geworden, dass ich es übertrieben habe mit der ganzen Sache. Das war einfach zu heftig. Als ich bemerkt hab, wie fertig du warst, wollte ich ihr alles erklären. Aber dann habt ihr einen auf verliebtes Paar gemacht und ich bin wieder durchgedreht. Hab gedacht, dass du einfach immer all das bekommst, was du haben willst. Doch als ich vor ihr stand, kam mir die ganze Aktion einfach nur noch total blöd vor. Ich war echt froh, dass du so schnell aufgetaucht bist und wir die Plätze tauschen konnten.«

Solche Worte hatte ich aus dem Mund meines Bruders bisher kein einziges Mal gehört. Und obwohl sie mich beeindruckten und ein wenig nachdenklich stimmten, konnte ich die Wut nicht hinunterkämpfen. Besonders, weil es nicht stimmte, was er sagte.

Ich bekam eben *nicht*, was ich wollte. Emily hatte die Sache selbst herausgefunden, als sie uns beim Eishockey gesehen hatte, und nun gab es keine Chance, es wiedergutzumachen. Das Mädchen, das ich wollte, würde ich also niemals bekommen.

»Saublöd«, erwiderte ich daher bloß.

Freddy wirkte ernsthaft zerknirscht. Statt auf meinen Einwurf einzugehen, fuhr er fort: »Außerdem hab ich da gecheckt, wie ernst es ihr mit dir ist.«

Ich schluckte heftig, da mein Hals immer enger wurde. »Das ist jetzt sowieso egal. Sie weiß alles und hat das mit uns gestern beendet.«

»Oh.« Mehr sagte mein Bruder nicht.

Nun, wo ich die Worte laut ausgesprochen hatte, wurde mir bewusst, dass ich die Phase des Leugnens wohl nicht gänzlich übersprungen hatte. Richtig wahrhaben wollte ich die gestrigen Geschehnisse bis zum jetzigen Zeitpunkt immer noch nicht.

Freddy stand von meinem Bett auf und mir war klar, dass ihm die Richtung unseres Gesprächs nicht gefiel. Weitere Gefühlsduselei, und er würde wohl Hautausschlag bekommen. Ich verdrehte die Augen.

Doch zu meiner Überraschung drehte er sich noch einmal um, bevor er das Zimmer verließ. »Wie lief denn das Casting heute?«

Mein Mund öffnete und schloss sich wieder. Er hatte sich den Termin gemerkt? Wann hatte ich ihm davon erzählt?

»Bin weiterhin im Rennen für die Rolle«, beantwortete ich seine Frage. »Sozusagen in der finalen Entscheidungsrunde.«

»Für welche Rolle?«, fragte eine Stimme, die mir unangenehm den Rücken hinabkroch.

Wann war meine Mutter nach Hause gekommen und vor allem – wie war sie so leise die Treppe hinaufgeschlichen und vor meiner Zimmertür aufgetaucht? Aber das Allerwichtigste – was genau hatte sie mitangehört?

»Ach, Fabi macht nur bei einer Theater-AG an seiner Uni mit und da casten sie aktuell die Hauptrolle«, entgegnete Freddy in betont lockerem Tonfall.

»Lass gut sein.« Ich hatte nicht damit gerechnet, dass er sich für mich einsetzen würde. Ohnehin schienen sich am heutigen Tag die Leute untereinander abgesprochen zu haben.

Egal, was ihr sagt oder tut, Hauptsache, Fabian rechnet nicht damit.

Mein Bruder warf mir einen langen Blick zu, dann verdrückte er sich in sein Zimmer.

Ich seufzte und schlug meiner Mutter vor, unser Gespräch im Wohnzimmer weiterzuführen. Es wäre wohl das Beste, wenn sie sich dabei hinsetzte.

»Du warst bei einem richtigen Casting, oder?«, kam die Frage, die gleich ins Schwarze traf, bevor ich neben ihr Platz gefunden hatte.

Ich nickte. Meine Mutter hatte mich schon damals schneller durchschaut als Freddy. Umso erstaunlicher war es, dass ich den Schauspielunterricht über all die Wochen überhaupt vor ihr hatte verheimlichen können. »Tut mir leid, dass ich dir nichts erzählt hab.«

Sie stieß hörbar Luft aus und löste ihre strenge Frisur. Wann hatte ich ihre Haare zuletzt offen gesehen? Das Dunkelblond hatte sie uns nicht vererbt, äußerlich hatten wir ohnehin kaum etwas mit ihr gemein. »Ich glaube, dass ich mich bei dir entschuldigen muss und nicht andersherum.«

»Wie meinst du das?«

»Es ist offensichtlich, wie hart du für deinen Traum arbeitest und als gute Mutter sollte ich dem wohl nicht im Wege stehen. Die ganzen Schauspielstunden ...«

So viel zum Thema Verheimlichen.

»Wieso hast du mir nie gesagt, dass du es wusstest?«

Sie ... lächelte? Doch einen Moment später wurde der Ausdruck ihrer Augen wieder ernst. »Ich hatte die Hoffnung, dass du die Sache irgendwann aufgeben würdest.«

»Nein, Ma. Das ist echt wichtig für mich.«

Sie nickte. »Tief in meinem Innern habe ich das gewusst. Weißt du, ihr Jungs seid ihm so ähnlich. Zumindest der Version von ihm, die nicht groß rausgekommen ist und sich nur noch für seinen Ruhm interessiert. Es hat so sehr geschmerzt, dabei zuzusehen, wie er sich verändert hat. Zu sehen, was das Business aus ihm machte.«

Kurz war ich sprachlos, während sie mich beobachtete, als warte sie auf eine Antwort. So offen hatte sie bisher nie über unseren Vater gesprochen, und obwohl mir all das durch meinen losen Kontakt mit ihm bereits bewusst war, bedeuteten mir ihre Worte viel.

»Tut mir leid«, war alles, was ich nach der kurzen Pause erwiderte.

»Das muss es nicht.« Sie schüttelte ihren Kopf und fuhr sich durchs Haar. »Mir ist eines klar geworden. Obwohl ihr euch in vielen Punkten ähnelt, bist du doch nicht wie er. Dein Bruder und du, ihr träumt groß, wie euer Vater. Der Unterschied zwischen euch ist aber, dass du dir selbst treu bleiben wirst, ganz egal, ob du berühmt wirst oder nicht.«

Ich lächelte sanft und griff nach der Hand meiner Mutter. »Danke, Ma. Das werde ich.«

20. Dezember

Emily

»Legt den Stift bitte beiseite, die Zeit ist rum.«

Einige im Raum stöhnten. Unser Mathelehrer ging mit großen Schritten durch die Reihen und sammelte die mal mehr, mal weniger beschriebenen Klausurbögen ein.

Da ich keine Lust hatte, die Prüfung in den Ferien nachzuholen, war ich am heutigen letzten Schultag vor Weihnachten mal wieder zum Unterricht erschienen. Gestern hatte ich mich den ganzen Tag im Bett verkrochen und dabei natürlich kein bisschen gelernt. Außer man bezeichnete das lustlose Herumblättern im Schulbuch als Lernen. Ausgerechnet für den 20. Dezember war eine Klausur angesetzt und dann auch noch in Mathe.

Ich warf Jana einen verstohlenen Blick zu, doch sie tat bereits den ganzen Tag, als sei ich Luft. Wenn sie wüsste, wie sehr ich unser stummes Zwiegespräch vermisste.

Hattest du auch keinen blassen Schimmer?
Nee. Ob es vielleicht für eine Vier reicht?
Ich hoffe.

Mit einem leisen Seufzer erhob ich mich von meinem Stuhl und stopfte Schmierzettel und Stifte in die Tasche. Seit dem Eishockeyspiel erschien mir auf einmal alles so unbedeutend. Als hätte ich zuvor bloß der Idee einer Ordnung des Lebens hinterhergejagt, die es eigentlich überhaupt nicht gab.

»Emily, können wir mal kurz reden?«

Ich zuckte zusammen. Jana war plötzlich neben meinem Platz aufgetaucht, dabei hatte ich gerade noch ihren Blick gesucht.

»Klar.« Ich quetschte das Wort unter großer Anstrengung hervor.

So sehr ich mir eine Aussprache zwischen uns wünschte, fürchtete ich mich auch davor. Meine beste Freundin konnte echt nachtragend sein.

Der Kerl, der ihr in der Sechsten einen Kaugummi in die Haare geklebt hatte, musste zwei Jahre später dran glauben. Sobald sich nämlich Janas Weiblichkeit und die Hormone des Typen weiterentwickelt hatten, bat er sie nichtsahnend um ein Date. Die zugegebenermaßen peinliche Nachricht hatte meine Freundin daraufhin ausgedruckt und wie Flugblätter in der Schule verteilt. Zusammen mit einem Poser-Foto, das sie damals von ihm geschickt bekam.

Jana war einfach eine Meisterin der Rachepläne. Meine eigenen Gedanken brachten mich zum Grinsen, aber dann holte mich die Realität wieder ein.

Ich räusperte mich. »Jetzt?«

»Wann sonst?« Sie verschränkte die Arme vor der Brust.

»Okay, lass uns nach draußen gehen.« Im Winter war der Schulhof um diese Zeit beinahe leer, da nur noch die älteren Schüler Unterricht hatten und sich lieber im Warmen aufhielten.

Jana nickte und stapfte voraus, das Kinn in die Höhe gereckt. Ich kannte diese Art von ihr nur zu gut, sie spielte die beleidigte Leberwurst perfekt. Bloß, dass ihr Verhalten in den letzten Jahren höchst selten mir gegolten hatte.

Schweigend folgte ich ihr und die unüberwindbare Distanz zwischen uns brachte mich um den Verstand. Normalerweise wären wir in diesem Moment über unseren Mathelehrer hergezogen und ich hätte mich wegen Fabian bei ihr ausgeheult.

Fabian.

Er war doch der Grund, wieso wir überhaupt in diesem blöden Streit feststeckten. Trotzdem schmerzte der Gedanke, ihm niemals wieder nah sein zu können.

»Ich hab mich mit ihm getroffen, nach dem Spiel«, sagte Jana sofort, als wir außer Hörweite der wenigen anderen Schüler auf dem Schulhof angekommen waren.

»Kennst du endlich seinen Namen?«, fragte ich reflexartig. Dabei wusste ich längst, wie er hieß.

»Er lautet *nicht* Fabian.« Die Lippen meiner Freundin kräuselten sich vor Verärgerung. Aber ich sah auch die Unsicherheit, die kurz über ihre Augen flackerte.

Dieser Scheißkerl verheimlicht ihr mit Absicht seinen Namen. Ich wollte gar nicht wissen, welche Ausrede er sich dafür hatte einfallen lassen.

Ich hob die Hände. »Eigentlich hab ich gar keine Lust mehr, mich mit dir zu streiten. Dieser Typ ist das nämlich überhaupt nicht wert. Sauer bin ich auf ihn, nicht auf dich. Ich möchte dich bloß vor ihm warnen, denn er ...«

»Er ist nicht *dein* Fabian, Emily! Warum willst du das nicht begreifen? Wir hatten einen tollen Abend und ich habe ein echt gutes Gefühl bei ihm. Wieso willst du mir das kaputtmachen?«

Ich klappte meinen noch offen stehenden Mund zu und sah dadurch vermutlich aus wie ein Fisch. Für dermaßen verblendet hätte ich meine Freundin nicht gehalten. Sie hörte mir gar nicht richtig zu. Sie kannte ihn ja nicht einmal richtig! Was war schon *ein* Abend?

Wenn er auch nur einen Hauch der Magie vom Nikolausabend gehabt hatte, dann ...

Der feste Kloß in meinem Hals trieb mir Tränen in die Augen.

»Das mit dem Kaputtmachen kriegt der schon ganz alleine hin«, brauste ich nun doch auf. »Nicht nur die Sache zwischen ihm und dir, sondern auch unsere Freundschaft hat er mittlerweile auf dem Gewissen.«

Ich war aufgesprungen, meine zu Fäusten geballten Hände zitterten.

»Es wird Zeit, dass du anfängst, nicht immer alles auf die anderen zu schieben«, erwiderte Jana beinahe sachlich.

Nun rannen die Tränen ungehindert meine Wangen hinab. Das Schlimmste waren nicht ihre Worte. Es war die Ruhe und Gleichgültigkeit, mit der sie diese aussprach.

»Nein. Es wird Zeit, dass du die rosarote Brille abnimmst.« Damit ließ ich sie auf dem Hof stehen, ohne zurückzublicken.

Die letzten beiden Unterrichtsstunden hielt ich irgendwie aus, aber die größte Herausforderung stand mir noch bevor. Heute hatte die Theatergruppe Generalprobe und die Kleinen würden es mir niemals verzeihen, wenn ich mich davor drückte.

Es bedeutete auch, dass ich Fabian das erste Mal nach unserem Gespräch wiedersehen würde. Ich hatte nicht den blassesten Schimmer, wie ich diese Begegnung durchstehen sollte. Doch es könnte eine gute Vorbereitung auf das *fröhliche* Weihnachtsfest im Kreise der Familie bei uns zu Hause werden.

Wie sehr wünschte ich mir nun die Zeit zurück, als ich ihn bloß nervig und unsympathisch gefunden hatte. Als nicht jeder Blick und jedes Lächeln von ihm einen warmen Schauer in meinen Bauch gesandt hatte, obwohl ich ihn doch einfach nur hassen wollte.

Diese Gedanken durchliefen mich in Endlosschleife, als ich ein paar Minuten nach Beginn der Probe vor der geschlossenen Tür zur Turnhalle stand und auf die Klinke starrte.

So lange, bis mich ein dumpfer Schmerz am Kopf traf und zurücktaumeln ließ.

»Emily ist doch gekommen!«, schrie eine Mädchenstimme und das Geräusch klingelte in meinen Ohren, weil ich noch immer leicht benommen von der Tür war, die ich gegen die Stirn bekommen hatte.

»Alles okay bei dir?«

Seine warme Stimme. Ich wollte nicht, dass er sich um mich sorgte.

»Klar«, sagte ich so fest wie möglich und wandte mich an Maja, die ich nun endlich erkannte. »Natürlich bin ich gekommen. Eure Generalprobe lasse ich mir auf keinen Fall entgehen.«

Die Kleine strahlte und dieses Bild entschädigte mich für den Mist der ganzen letzten Tage. Es gelang mir sogar, ein Lächeln auf meine Lippen zu zwingen.

Wenn ich mich nur auf die Kinder konzentrierte, würde diese Probe womöglich halb so schlimm werden.

Ausblenden. Genau. Ich musste ihn einfach ausblenden.

Sobald ich den Kopf jedoch zur Halle wandte, verschränkte sich mein Blick mit dem von Fabian. Ich entdeckte in ihm allerdings nicht das, was ich erwartete. Hatte der grüne Kranz um seine Pupille sonst immer so abenteuerlustig gefunkelt, war er nun seltsam fahl. Der Anblick schockierte und überraschte mich gleichermaßen.

Ich verstand es nicht. Er hatte schließlich bekommen, was er wollte.

Ein Mädchenherz nach dem anderen hatte er für sich gewonnen und bewahrte sie vermutlich nun zu Hause im Regal aufgereiht und eingeschlossen in Marmeladengläsern auf, wie andere glückliche Momente. Für schlechte Zeiten eben.

Nur sah er gerade überhaupt nicht danach aus, und seine herabhängenden Schultern zu sehen, trieb mir einen Stich ins Herz, den ich nicht fühlen wollte.

»Hilfst du uns beim Anziehen?« Kim kam mir mit ihrem Engelskostüm entgegen, das in einer Kleiderhülle steckte. Ihre Schritte waren vorsichtiger als sonst, der Ausdruck in ihren Augen weniger fest.

»Klar. Die Mädchen kommen mit mir und die Jungs gehen mit …« Scheiße, nun konnte ich nicht einmal mehr seinen Namen aussprechen, ohne dass mein Hals eng wurde.

»Wir nutzen die Umkleiden. Für die Aufführung werden wir noch ein paar Eltern haben, die uns mit den Kostümen und beim Schminken unterstützen.« Fabian winkte die Jungs zu sich heran, einen Pappkarton unter den linken Arm geklemmt.

Der Schmerz von gerade verwandelte sich in heiße Wut, weil er so unbeteiligt tat. Als wäre ihm die Sache zwischen uns egal, obwohl ich eben noch gesehen hatte, dass das Gegenteil der Fall war.

Es gibt kein Uns. *Blende ihn einfach aus, Emily. Du bist wegen der Kinder hier.*

Ich scharte die Mädchen um mich, die aufgeregt durcheinanderplapperten, als wäre heute die große Premiere und nicht bloß die Generalprobe. Ein bisschen fühlte ich mich wie eine Entenmutter mit ihren Küken, als sie in einer Reihe hinter mir her zur Umkleide liefen.

Doch es tat mir unerwartet gut, ihnen in die Kostüme zu helfen, Zöpfe zu flechten und ein wenig Glitzer auf den Gesichtern zu verteilen.

Wir hatten entschieden, dass es für die Kinder heute so authentisch wie möglich ablaufen sollte, damit sie am Tag der Aufführung nicht an einem Flügel hängen blieben oder über zu enge Hosen klagten.

Als ich Kims rote Haare zu einem Dutt hochgesteckt und ihr den Reif mit Heiligenschein auf den Kopf gesetzt hatte, ergriff mich plötzlich ein warmes Gefühl von Stolz. Die Kleinen waren in den letzten Tagen wirklich ein Stückchen gewachsen und in ihren Rollen aufgegangen.

»Was, wenn ich den Text vergesse?«, fragte sie mich leise.

Ohne ein Wort führte ich sie zu dem kleinen Spiegel, der in der angrenzenden Toilette über dem Waschbecken hing, und lächelte sie über ihren Kopf hinweg an.

»Du wirst so sehr strahlen, dass es keiner bemerkt.«

Ihre Augen weiteten sich ein Stück, während sie sich selbst betrachtete. Ohne die dunkle Mascara wirkte sie viel natürlicher und das goldene Glitzerpuder, das ich auf ihr Gesicht getupft hatte, brachte sie tatsächlich zum Strahlen, ohne die vielen Sommersprossen zu verbergen.

»Ich sehe aus wie ein Junge«, unterbrach die quietschende Stimme von Maja den Moment und ich wandte mich lachend zu ihr um.

Die blonden Haare hatte sie zu einem Pferdeschwanz gebunden, daher lugten unter der Schirmmütze lediglich die schiefen Ponyfransen hervor. Die Latzhose machte das Bild eines frechen Straßenjungen perfekt.

»Was hältst du davon, deine Haare offen zu tragen? Wenn sie dich heute bei der Probe nicht stören, wäre das vielleicht eine Lösung.«

Maja nickte, behielt aber das Kinn vorgereckt, als sei sie es nicht gewohnt, gleich einen Kompromiss angeboten zu bekommen.

Sie zupfte an ihrer Frisur herum und ich ließ meinen Blick durch den Raum gleiten.

Das hier waren keine Grundschulkinder mehr. Es waren Straßenkinder des 18. Jahrhunderts und zeitenlose Engel. So wenig ich es auch zugeben wollte, das Stück schien perfekt für die Theatergruppe zu sein.

»Sind die Damen endlich so weit?« Ein wildes Klopfen an der Tür riss mich gewaltsam zurück in die Realität. Eine Realität, in der ich nicht mit den Kindern allein probte, sondern zusammen mit Fabian.

Doch es war nicht seine Stimme an der Tür. Ich glaubte, sie als die des schlaksigen Niklas erkannt zu haben.

»Ja, wir kommen sofort.«

Es war nicht fair, dass Mädchen immer als diejenige Spezies abgestempelt wurde, die stundenlang dafür brauchte, sich zurechtzumachen. Schließlich waren unsere Frisuren aufwendiger, genau wie es oft unsere Kleidung war. Außerdem hatte ich einer Gruppe von sieben Mädchen mit den Kostümen geholfen, während Fabian mit nur drei Jungs in der Umkleide gewesen war.

Da meine Kinder nun aber fertig waren, gingen wir gemeinsam zurück in die Halle. Diejenigen, die im ersten Akt eine Rolle spielten, nahmen ihre Plätze auf der Bühne ein und Fabian setzte sich auf einen Stuhl vorn am Rand, um notfalls als Souffleur den Darstellern ihren Text vorzugeben. Es brauchte nur wenige Anweisungen von ihm und die Kleinen wussten sofort, was zu tun war. Als hätten sie Monate, nicht Wochen gemeinsam geprobt.

Die Art, wie er seine Beine in dieser Position übereinanderschlug und die Fingerspitzen zusammenbrachte, ließ mich die Augen verdrehen.

»Versetzt euch schon vor Szenenbeginn in die Lage eurer Figur, so wie wir es beim Gefühlsmemory gemacht haben«, sagte Fabian.

Erst da bemerkte ich, wie planlos ich noch auf der Stelle gestanden und meiner Bewunderung für die Gruppe vermutlich mit geöffnetem Mund Ausdruck verliehen hatte.

»Ach Emily, sorry. Ich hab den zweiten Stuhl vergessen. Hier setz dich, ich kann stehen.«

Ich ging auf den Sitzplatz zu und runzelte die Stirn. *Vergessen?* Wieso klang es in meinen Ohren nach einer Ausrede.

»Nee, lass mal. Ich brauch keinen Stuhl.« Trotzdem trat ich ein paar Schritte an ihn heran und rieb mir über den Arm.

Der unbeabsichtigte Größenunterschied zwischen uns war mir überdeutlich bewusst und obwohl ich es genießen sollte, auf ihn herabzusehen, war das Gegenteil der Fall.

Also hockte ich mich im Schneidersitz auf den Boden, doch nun so viel kleiner zu sein als er, fühlte sich nicht unbedingt besser an.

»Es war der Abend vor Weihnachten, als Ebenezer Scrooge ein paar Besorgungen im Dorf tätigte und dabei auf ein paar ausgelassene Kinder traf, die draußen spielten, während ihre Eltern in den Stuben die Tannen schmückten.« Damit läutete Fabian den Beginn des ersten Akts ein.

»Sollte solch lausiges Pack wie ihr nicht längst in euren Betten liegen zu dieser späten Stund?«, grollte Max und fuchtelte dabei mit den Gehstock in Richtung der drei Straßenkinder, die von Maja, Leonie und Niklas gespielt wurden.

Sie lachten bloß und unterbrachen ihr Fangenspiel, um Scrooge zu antworten.

»Aber Herr, morgen ist doch Weihnachten«, sagte Maja, pure Freude in ihrer Stimme.

»Wir dürfen so lange wach bleiben, bis unsere Eltern alle Vorbereitungen getroffen haben«, sprach dann Niklas, und Leonie, der Fabian ihrem zurückhaltenden Temperament entsprechend eine passende Rolle gedichtet hatte, nickte bekräftigend.

»Weihnachten, pah. Was für eine Vergeudung von Zeit. Und diese verschwenderische Schenkerei. Eine Unart der Menschen ist das«, regte sich Max auf.

Der Junge hatte die Rolle des Scrooge nicht nur deswegen bekommen, weil er der Größte aus der Gruppe war, sondern vor allem, weil er die mürrische Art des Alten am besten verkörperte.

Ich warf Fabian einen Blick von der Seite zu. Es war einfach der Wahnsinn, was er in der kurzen Zeit mit den Kids erreicht hatte. Meine eigene Aufmerksamkeit während der Proben hatte mal darunter gelitten ihn anzuhimmeln, und mal darunter, mir auszumalen, wie ich ihm seine ganzen Aktionen irgendwann heimzahlen würde.

Seine Gesichtsmuskeln waren angespannt, er schien jede Faser seines Körpers auf die Bühne auszurichten, wo in diesem Moment Kim ihren großen Auftritt hatte.

»Haltet inne und höret, was ich euch zu sagen habe. Denn ich bin der Geist der vergangenen Weihnacht und werde euch nun zeigen, was gewesen ist«, sagte sie gerade.

Kein Wunder, dass sie sich sorgte, den Text zu vergessen. Der war ja auch ganz schön anspruchsvoll.

Noch immer hatte ich mich nicht von Fabians Anblick losgerissen. Da wandte er unvermittelt seinen Kopf zu mir herum und sah zu mir herunter.

Direkt in meine Augen, vollkommen ernst.

»Was denkst du, Emily? Eine kleine Reise in die Vergangenheit wäre doch nett. Was würdest du anders machen, wenn du die Uhr zurückdrehen könntest?«

Seine Worte kamen so unerwartet, dass mein Herz stolperte und mir der Atem stockte. Welche Antwort erwartete er, was wollte er von mir hören?

Anscheinend überhaupt nichts, denn er sprach bereits weiter: »Mir fällt da schon die ein oder andere Sache ein, die ich gerne ändern würde.« Er lächelte traurig.

Sofort setzte mein Herz zu einem erneuten Marathonlauf an. Hatte das, was er bereute, mit mir zu tun? Wieso sonst sollte er eine so merkwürdige Andeutung machen?

Hoffnung war eine heimtückische Sache. Sie gaukelte einem die Aussicht auf ein gutes Ende vor. Aber eine Garantie gab es dafür nicht.

21. Dezember

Emily

»Reichst du mir bitte mal den Tesafilm?« Mit der einen Hand hielt ich das eingeschlagene Geschenkpapier an seinem Platz, die andere streckte ich meiner Oma entgegen.

»Einen Moment, Liebes.«

Gerade zog sie das Blatt der Schere über goldenes Geschenkband, um es zu kräuseln. Während ich wartete, summte ich die Melodie eines der aktuelleren Lieder von der Weihnachts-Playlist mit und lächelte.

Endlich Normalität.

Alles war so, wie es drei Tage vor Weihnachten immer bei uns war, und genauso liebte ich es. Wer brauchte schon neu und aufregend, wenn er auch bequem und gewohnt haben konnte?

»Bitte sehr.« Oma reichte mir das Klebeband und blieb mit ihrem Blick ein wenig länger an mir hängen als gewöhnlich. Dann hob sie eine Augenbraue. »Sag mal, Emmi. Gibt es irgendwas, das du mir erzählen möchtest?«

»Wieso?«, stellte ich eine Gegenfrage, da es mir noch nie gelegen hatte, sie anzuschwindeln.

Wie das eine Mal, als ich ihren Wohnzimmertisch verschönert und trotz der bunten Finger behauptet hatte, es sei der Nachbarsjunge gewesen.

Sie deutete auf das Geschenk, welches ich gerade verpackte und ich sah auf meine Hände hinab. Es war das Lieblingsaftershave meines Vaters, das sie vor ein paar Monaten aus dem Programm genommen hatten. Auf der Suche nach Restbeständen war ich fündig geworden und hatte gleich zugeschlagen.

»Stimmt was damit nicht?«, fragte ich irritiert.

»Na, normalerweise verpacken wir die Geschenke so, dass man vorher nicht weiß, was drin ist.« Oma schmunzelte.

Ich drehte das Päckchen in meinen Händen und entdeckte, dass das Papier die Rückseite nur zur Hälfte verdeckte.

»Wieso hab ich das nicht bemerkt?« Ich stöhnte laut und befreite den Karton mit dem Aftershave aus dem Geschenkpapier.

»Genau das würde ich gerne von dir wissen.« Da lag ein Schmunzeln in ihrer Stimme, eines der liebevollen Art.

Als ich sie ansah, erkannte ich allerdings ihre Sorge an der in Falten gelegten Stirn. Klar, jeder war mal durch den Wind. Aber ich war die superorganisierte Emily, der so etwas normalerweise nicht passierte.

»Na schön. Ich hab mich mit Jana gestritten.« Zwar war das nur die halbe Wahrheit, doch sie erschien mir der unverfänglichere Teil meines Dilemmas zu sein. Auch wenn beides auf verquere Art und Weise miteinander zusammenhing.

»Worum ging es?« Oma legte das dunkelrote Päckchen mit dem goldenen Kräuselband auf ihren Stapel mit den fertig verpackten Geschenken.

Mir hätte viel früher auffallen sollen, dass ich mit meiner Produktion ordentlich hinterherhing.

»Ach, bloß um einen blöden Jungen. Ich hab ihr gesagt, dass er sie hintergeht, aber sie wollte mir nicht glauben. Dabei kennt sie ihn überhaupt nicht.«

»Und du kennst ihn besser?« Sie schnitt mir ein neues Stück Geschenkpapier für Paps' Aftershave zurecht und reichte es mir.

Leider mehr als mir lieb ist, dachte ich.

»Na ja. Auch erst seit ein paar Wochen. In dieser kurzen Zeit hat er mich aber mehrfach angelogen, und ich will meine beste Freundin einfach davor bewahren, dass ihr das Gleiche passiert.«

Dass er sie genauso sehr verletzt wie mich.

Nun war ich also doch beim Fabian-Problem angelangt, ohne es beabsichtigt zu haben. Mich würde es nicht einmal wundern, wenn Oma etwas ahnte. Sie sprach allerdings keinerlei Vermutungen über die Identität des Jungen aus, von dem ich ihr berichtete.

»Ich habe da genau das Richtige für dich.« Sie verschwand in der Küche und ließ mich allein auf der Couch zurück.

War sie etwa schon fertig mit ihren Geschenken?

Ich beeilte mich, wenigstens das Aftershave fertig zu verpacken, damit ich in den nächsten Tagen nicht allzu sehr in Zeitnot geriet.

»Zimtstern-Eis aus dem Becher.« Oma kam mit einem kleinen Eimerchen und zwei Löffeln zurück.

Tja, vielleicht war ich doch die Sorte Mädchen, die ihren Liebeskummer bloß eislöffelnd ertrug. Meine Oma kannte mich manchmal wirklich besser als ich mich selbst.

»So, und wenn du diesen Kerl, nennen wir ihn einfach Tim, selbst erst seit Kurzem kennst. Wie kannst du dir da so sicher sein, ihn richtig einzuschätzen?«, fragte sie mich, nachdem wir eine Weile schweigend einen Löffel Eis nach dem anderen in den Mund geschoben hatten.

»Na ja. Ich weiß doch, wenn ich belogen werde.« Oder etwa nicht? Hatte mich Fabian denn tatsächlich angelogen? Und war das bewusste Verschweigen von Wahrheiten nicht bloß eine andere Art von Lügen?

»Natürlich weißt du das.« Sie nickte und lächelte wieder sanft.

»Das Schlimmste ist eigentlich, dass Jana mir nicht glaubt. Dass sie ihm, also Tim, mehr traut als ihrer besten Freundin.«

Es stimmte nicht ganz. Ja, dieser Umstand nagte ordentlich an mir und ich vermisste Jana sehr. In Wahrheit war das Schlimmste an der ganzen Sache jedoch, dass mir Fabians Nähe so sehr fehlte, dass es wehtat.

»Also, verstehe ich das richtig?« Oma legte ihren Löffel auf dem kleinen Couchtischchen ab, zog die Beine an und drehte sich ganz zu mir herum. »Du bist enttäuscht, dass deine Freundin dir nicht glaubt, wenn du ihr sagst, Tim würde sie belügen. Sie sagt dir aber, dass sie ihm vertraut und du dich irren musst. Wie, denkst du, geht es ihr mit dieser Situation?«

Eine kleine Pause entstand, in der sich die Stille zwischen uns ausdehnte. Ich ließ den Löffel sinken, auf den ich gerade noch Eis geschaufelt hatte, und starrte sie an.

Wieso nur war diese Frau so unfassbar weise?

»Verdammt.« Das Eis war mir aufs Handgelenk getropft und die plötzliche Kälte riss mich aus meiner Faszination.

Ich schleckte mir hastig über den Arm und ließ den Löffel neben den anderen auf den Tisch fallen, um mich am Waschbecken von den klebrigen Resten zu befreien. Am Badezimmer im Flur angekommen, bemerkte ich, dass Paps vor der Haustür stand und den Schlüssel im Schloss umdrehte.

»Hey, hast du heute früher Feierabend? Schreib das nächste Mal bitte! Du weißt, im Wohnzimmer packen wir immer die Geschenke ein«, war meine Begrüßung, noch ehe Paps ganz im Hausflur stand.

»Es ist 19 Uhr, Emily.« Nun bedachte auch mein Vater mich mit diesem prüfenden, leicht besorgten Blick.

Sah ich tatsächlich so erbärmlich aus, wie die Mitglieder meiner Familie mich ansahen? Dann hatte ich eben die Zeit vergessen, sowas passierte schließlich jedem mal.

Ein ironisches Lachen zupfte an meinen Mundwinkeln. In Bezug auf Weihnachten war ich bestimmt vieles, aber sicher nicht jede. Ich musste mir wohl eingestehen, dass mir die Sache mit Fabian über den Kopf gewachsen war und mich anschließend unter sich begraben hatte.

»Wir müssen die Jungs ausladen«, sagte ich einem plötzlichen Impuls folgend.

Paps hielt in der Bewegung inne und sah von dem kleinen Hocker, auf dem er saß, zu mir auf. Einen seiner blank polierten Schuhe hatte er bereits ausgezogen. »Emily, das hatten wir doch schon. Ich möchte Susie dabeihaben, weil sie mir wichtig ist und …«

»Ja, deine Freundin kann auch gerne kommen. Nur die Jungs, die müssen wir ausladen.«

»Wieso sollen Fabian und Frederik denn nicht kommen?« Susie war ebenfalls durch die Wohnungstür getreten und musste meinen letzten Satz mit angehört haben.

»Ich, also … Sorry, so hab ich das gar nicht gemeint.«

Wieso brachte Paps sie ausgerechnet heute mit nach Hause? Wir waren in den letzten Zügen mit den Weihnachtsvorbereitungen.

Fluchtartig verließ ich den Flur. »Müssen noch die Geschenke wegräumen!«

Auch wenn ich gern gesagt hätte, dass dies der einzige Grund für meinen Abgang war, musste ich zugeben, dass ich vor allem der Situation entfliehen wollte. Ich meine, *Scheiße!*, wie sollte ich den beiden das denn nun erklären?

»Emmi, bist du dir sicher, dass du nichts auf dem Herzen hast?«

Und meiner Oma.

»Ach Quatsch, bis auf den Streit mit Jana ist alles prima.« Ich zwang meine Mundwinkel nach oben.

Natürlich hatte ich etwas auf dem Herzen. Genau genommen handelte es sich dabei um einen zentnerschweren Felsbrocken mit Vorliebe zum Stehlen von Schokolade. Und natürlich sah meine Oma mir das an der Nasenspitze an.

»Du kannst jederzeit mit mir reden, das weißt du.«

Ich nickte nur und fragte mich, wieso ich die Chance dazu vorhin nicht genutzt hatte. Schließlich gab es niemanden in meiner Familie, der bessere Ratschläge gab als sie.

Kurz nachdem ich alle Geschenke, die meisten noch unverpackt, in einem Korb verstaut und eine Kuscheldecke drüber geworfen hatte, standen mein Vater und Susie auch schon im Wohnzimmer.

Abwartend starrten mich nun drei Augenpaare an und ich wartete darauf, dass sich mir irgendein Ausweg offenbaren würde.

»Emily, erklär bitte deinen Spruch von gerade.« Paps hatte die Arme verschränkt und sah mich an, als wäre ich fünf und hätte Kaugummi in die Haare der Nachbarstochter geschmiert.

»Nimm die Arme doch nicht so ins Kreuzverhör. Sie hat gesagt, dass sie es nicht so gemeint hat. Belasse es dabei, Markus.«

Mit geweiteten Augen starrte ich in Susies Richtung.

Hatte sie etwa ... Partei für mich ergriffen?

Auch mein Vater wirkte über ihre Aussage irritiert, denn seine Stirn kräuselte sich und er schwieg.

Wieder schweifte mein Blick zu seiner Freundin und ich entdeckte, dass sie heute allgemein verändert wirkte. Die Haare hatte sie zwar wie immer zu einem Dutt hochgebunden, aber er saß weniger streng. Außerdem trug sie statt des üblichen Kostüms eine enge Jeans und eine hochgeschlossene, hellblaue Bluse.

»Danke«, sagte ich nur und meinte es ehrlich. Sie hatte mich aus dieser unangenehmen Situation gerettet, obwohl ich eben darum gebeten hatte, ihre Söhne auszuladen.

»Dann haben wir ja alles geklärt.« Meine Oma lächelte und sah von einem zum anderen. »Wer hat Lust auf eine Runde Pizza?«

Während wir auf die Pizza warteten, hatte ich mich nach oben entschuldigt, denn ich brauchte einen Moment für mich.

Da lag ich also, allein, auf meinem Bett und starrte an die Decke. So sehr ich es auch in den letzten Tagen versucht hatte – die üblichen Traditionen machten mir einfach keine Freude mehr. Außerdem war morgen bereits die Theateraufführung und diesbezüglich von gemischten Gefühlen zu sprechen, wäre wohl maßlos untertrieben.

Die Kinder waren bei der Generalprobe wahnsinnig toll gewesen, daher freute ich mich umso mehr, sie vor Publikum zu erleben.

Wäre da bloß nicht ein gewisser Schauspiellehrer, den ich gleichzeitig unbedingt wiedersehen wollte, aber den ich ebenso gern restlos aus meinem Gedächtnis gelöscht, bestenfalls sogar auf einen fremden Planeten verbannt hätte.

Ich ließ meinen Arm am Bettrand hinunterbaumeln und griff nach der Tüte, in der noch die Besorgungen vom Shoppingtrip mit Jana auf mich warteten.

Die Gedanken an den gemeinsamen Tag machten mir bewusst, wie sehr ich meine beste Freundin vermisste. Wie sehr ich sie genau jetzt brauchte. Ich war nicht einmal wütend auf sie, weil ich sie auf merkwürdige Art und Weise so gut verstand. Auch ich hatte mich von diesem Kerl blenden lassen, vielleicht war das einfach so etwas wie seine Superkraft.

»Na immerhin hab ich das Wichtelgeschenk«, murmelte ich in die Stille des Zimmers und lachte leise und freudlos.

Ich zog das flauschige Geweih aus der Tüte und strich mit den Fingern über den rosafarbenen Plüsch. Fabian würde selbst mit diesem blöden Ding auf dem Kopf noch unfassbar gut aussehen.

In dem Moment schaltete sich die Lichterkette über meinem Bett an, die aus roten und grünen Christbaumkugeln bestand. Im Dezember war sie immer so terminiert, dass sie um 20 Uhr anging und sich um Mitternacht abschaltete. Das reflektierte Muster an der Wand erinnerte mich daran, wie es sich in Fabians Augen gespiegelt hatte, als er auf meinem Bett lag. Wie es den grünen Kranz um seine Pupillen betont hatte.

Ein lautes Seufzen entfuhr mir und das Geräusch vermischte sich mit dem Klingelton einer eingehenden Nachricht auf meinem Handy. Sofort beschleunigte sich mein Puls, weil mein dummes Herz der irrationalen Hoffnung nachhing, Fabian könnte sich bei mir melden. Dabei konnte das nicht sein. Der Kerl war durch mit mir und hatte nun eine andere gefunden, mit der er sein Spiel abzog. Zumal es besser für mich wäre, froh über diese Entwicklung zu sein, statt ihm hinterherzutrauern.

Und tatsächlich war es nicht er, der mir geschrieben hatte. Dennoch überraschte mich, in wessen Chat mir eine neue Nachricht angezeigt wurde.

> Jana:
> Ich gebe zu, die letzten
> Tage ohne dich waren
> einfach nur beschissen.
> Lass uns das aus der Welt
> schaffen. Wie wäre es mit
> einem Treffen morgen? Ich
> hab eine Idee, mehr dazu,
> wenn wir uns sehen.
> Gegen Mittag bei Tonis?

Jana. Ich lächelte. Vielleicht würde zumindest zwischen uns alles wieder in Ordnung kommen. Die Ideen meiner besten Freundin sollte man niemals unterschätzen und daher fühlte ich neben der Vorfreude, sie wiederzusehen, auch ein mulmiges Gefühl im Magen.

Was sie wohl im Schilde führte? Ich konnte nur hoffen, dass es nichts mit Fabian zu haben würde.

22. Dezember

(4. Advent)

Emily

»Ach Emily, ich hab mich echt daneben benommen in den letzten Tagen.« Das waren Janas erste Worte, als ich bei Tonis Café ankam, vor dem sie bereits auf mich wartete.

»Das hast du wirklich.« Ich grinste, um meiner Aussage etwas von der Strenge zu nehmen, dann schloss ich meine Freundin in die Arme.

»Wie lange wirst du mir das nun vorhalten? Sprechen wir da von Tagen, Wochen oder Jahren?« Sie ging voraus in den Laden, um sich durch die engen Gänge zu den gemütlicheren Tischen am Ende vorzukämpfen.

Dass sie ohne Weiteres ihre Schuld eingestand, verwunderte mich dabei mehr als die Tatsache, dass sie am vierten Advent spontan einen Tisch ergattern konnte. Es war nicht unser Stammplatz, trotzdem war der Laden voller Menschen, die sicherlich Wochen im Voraus reserviert hatten.

»Das entscheidet sich noch. Vielleicht können wir auch eine Bewährung aushandeln, wenn du mir erzählst, woher der plötzliche Sinneswandel kommt.« Ich setzte mich Jana gegenüber an einen Vierertisch, der mit einem dunkelroten Samtläufer und Miniatur-Adventskränzen gedeckt war, auf denen vier Kerzen brannten.

Hab ich heute das Anzünden vergessen?

Seit ich denken konnte, war es das Erste, was ich an einem Sonntagmorgen im Advent tat.

»Um ehrlich zu sein … ein Teil von mir hat dir von Anfang an geglaubt. Du kennst mich ja. Wenn ich will, kann ich diese innere Stimme echt lange erfolgreich ignorieren.« Sie zupfte ein paar Nadeln aus dem Tannengrün und mied meinen Blick.

»Jaha«, sagte ich gedehnt, weil ich wusste, dass dieses Geständnis noch nicht alles war.

Jana seufzte bühnenreif. »Na ja. Anfangs fand ich es irgendwie aufregend und süß, dass er aus diesem Namensding ein Spiel gemacht hat. Er sagte, dass er darauf steht, wenn ich ihn Nummer 16 nenne.«

Meine Freundin sah mir endlich in die Augen und offenbarte mir damit all die Gefühle, die sich in ihrem Gesicht spiegelten. Wut, Enttäuschung und Scham.

Ich konnte sie so gut verstehen. Auch ich war in den letzten Wochen hin- und hergerissen gewesen zwischen dem Wunsch, Fabian könnte es ernst mit mir meinen, und der Angst, dass er mich bloß verarsche. Als mir klar wurde, wie sehr ich mich hatte blenden lassen, war ich nicht nur wütend auf ihn, sondern schämte mich auch selbst dafür, wie naiv ich doch war.

»Signorinas, wie schön, dass ihr mich noch einmal vor den Feiertagen besuchen kommt.« Die tiefe Stimme mit dem starken italienischen Akzent brachte mich zurück in das Hier und Jetzt. »Felicità sei Dank, dass der Tisch so kurzfristig abgesagt hat.« Der Ladeninhaber zwinkerte und nahm nach einem kurzen Wortwechsel unsere Getränkebestellung auf.

Sobald er sich vom Tisch entfernt hatte, bat ich Jana, weiterzuerzählen.

»Irgendwann wurden mir diese Spielchen zu blöd.« Sie wickelte sich eine blonde Haarsträhne um den Finger. »Aber als ich ihn nach seinem echten Namen gefragt hab, war er total komisch. Aus einem Impuls heraus hab ich dann zu ihm gesagt: ›Kannst du es mir nicht verraten, weil du in Wahrheit Fabian bist?‹ Da meinte er dann einfach nur, ich solle besser gehen. Dabei ...« Sie schluckte so laut, dass ich es hörte, obwohl die Atmosphäre des Cafés nicht unbedingt als ruhig zu bezeichnen war.

Sofort legte ich meine Hand auf ihren Arm und schenkte ihr ein aufmunterndes Lächeln, als sie wieder zu mir aufsah. »Ich verstehe dich, wirklich. Bin schließlich selbst drauf reingefallen.«

»Wir sind uns echt nah gekommen, Em.« Sie presste die Lippen aufeinander.

Obwohl ich etwas in dieser Richtung befürchtet hatte, verursachte ihre Aussage mir Übelkeit. Jana war nicht gerade zurückhaltend, wenn ihr ein Junge gefiel, und Fabian ... ehrlicherweise wusste ich kein bisschen, wie er wirklich drauf war, was das anging. Schließlich hatte er sich mir gegenüber ganz anders verhalten als bei Chiara.

»Ich bin durch mit ihm«, sagte meine beste Freundin jetzt. »Hätte ich doch nur sofort auf dich gehört, dann wäre ich natürlich nie ...«

»Schon gut«, unterbrach ich sie, weil ich nicht auch noch ihr schlechtes Gewissen ertragen konnte. »Was hältst du davon, wenn wir so tun, als wäre das alles nicht passiert?«

Ich hoffte so sehr, dass sie auf diesen Vorschlag eingehen würde, denn ich hatte nicht die *grandiose Idee* vergessen, die sie mir versprochen hatte.

»Das geht nicht. Also noch nicht.« Janas Lächeln war entschuldigend und sie zögerte kurz, bevor sie weitersprach. »Ich muss es mit eigenen Augen sehen, verstehst du? Dass er es wirklich ist. Deswegen hab ich ihn herbestellt.«

Mein Atem stockte, während ich versuchte, die neue Information zu verarbeiten.

»Herbestellt? Du meinst, hierher? Wann?«

»Na, jetzt gleich. Nach unserem letzten Gespräch war zwar Funkstille zwischen uns, aber er hat dem Treffen heute zugestimmt.«

»Okay, dann werde ich mich mal schnell verziehen.« Beinahe hektisch griff ich nach dem Schal, den ich neben mich auf die Bank gelegt hatte, und suchte in meiner Handtasche nach dem Portemonnaie, um mein Getränk zu bezahlen.

Wenn ein Feuer ausbrach, sollte man zwar alles liegen lassen und seine eigene Haut retten, doch mein Verstand begriff, dass diese Situation bei Weitem nicht so gefährlich war wie ein Brand. Mein Körper sendete allerdings widersprüchliche Signale.

»Em, beruhig dich und bleib sitzen. Es gibt überhaupt keinen Grund, abzuhauen. Im Gegenteil. Wir können dem Kerl endlich mal unsere Meinung sagen.« Wie einem kleinen Kind, das sein Stofftier nicht in den Kindergarten mitnehmen durfte, nahm sie mir den Schal aus der Hand.

»Ehrlich gesagt hatte ich dazu schon genügend Gelegenheiten.« Und es würden noch deutlich mehr hinzukommen, wenn wir erst unter einem Dach lebten.

Bei dem Gedanken daran kroch mir eine Gänsehaut über den Rücken und ich konnte nicht sagen, ob es eine der angenehmen Art war oder nicht.

Verdammt.

»Für einen Rückzug ist es sowieso zu spät. Er kommt.«

Mir war längst klar, wieso sich meine beste Freundin diese Info bis zum Schluss unseres Gesprächs aufgespart hatte.

Ich liebte sie und war wirklich froh, dass wir uns vertragen hatten, in diesem Moment hätte ich sie dennoch gerne angeschrien. Ob mehr aus Verzweiflung oder aus Wut wusste ich nicht einmal selbst.

»Was macht Emily denn hier?«, fragte eine Stimme hinter meinem Rücken.

Ohne mich nach ihr umzudrehen, wusste ich, dass sie Fabian gehörte. Sie war heute besonders rau und dunkel, was sie sowohl sexy als auch gefährlich klingen ließ. Eine wirklich blöde Mischung, wenn man gerade unbedingt sauer auf jemanden sein wollte. Und dazu noch einen ziemlich guten Grund hatte.

»Na, ich dachte, ich lade sie zu unserer kleinen, aber feinen Party ein. Schließlich bin nicht nur ich es, mit der du gerne Spielchen spielst. Und Emily ist meine beste Freundin, also ... setz dich gerne!« Die Stimme meiner Freundin hatte einen zuckersüßen Klang, bloß wusste ich es besser.

Und sogar Fabian schien genügend Feingefühl zu besitzen, um die wahre Bedeutung ihrer Worte zu durchschauen.

»Ich wusste nicht, dass ihr ...«, begann er und ich genoss es viel zu sehr, ihn nach den richtigen Worten ringen zu hören.

»Ja, ein lustiger Zufall, nicht wahr? Wir waren zusammen beim Eishockey-Spiel. Ich würde sagen, es war Schicksal.« Jana lächelte nun breit und klimperte bedeutungsvoll mit den Wimpern.

»Hör mal, ich möchte mich echt bei euch beiden entschuldigen. Diese ganze Nummer war mies, aber das mit Emily hatte nichts mit unseren Treffen zu tun.«

Jetzt fuhr ich ruckartig zu ihm herum. Dabei war ich nicht vorbereitet darauf gewesen, in seine reuevollen, blassbraunen Augen zu blicken. Das alles wäre um einiges leichter, wenn er sich wie der Arsch verhalten würde, der er war.

»Es hat also nichts damit zu tun, ja?«, begann ich, einfach lahm das zu wiederholen, was er gerade selbst von sich gegeben hatte. »Dann ist es für dich also vollkommen normal, dich mit zwei Mädels zu treffen? Weil es Teil deines Spielchens ist?«

»Nein, ich ... Noch mal, es tut mir leid. Keine Ahnung, wie ich es wiedergutmachen soll. Bei dir war ich die ganze Zeit über wirklich ich selbst.« Nun sah er Jana direkt an.

Der riesige Kloß in meinem Hals schwoll an und ich ergänzte im Geiste, was dieser Satz für mich bedeutete.

Bei dir war ich es nicht, Emily.

Mir hatte er also die ganze Zeit etwas vorgemacht, im Gegensatz zu meiner besten Freundin, die er seit ein paar Tagen kannte?

Es ergab keinen Sinn und zugleich setzte sich diese Information wie ein Puzzleteil an seinen Platz und ergänzte das Lügenkonstrukt der letzten Wochen zu einem vollständigen Bild.

Ich dachte an die Andeutung zurück, die er bei der Generalprobe gemacht hatte. Natürlich hatte er sie nicht auf mich bezogen. Wie konnte ich so etwas auch nur je in Betracht ziehen?

»Ich verstehe«, brachte ich irgendwie heraus und griff dann nach meinen Sachen, ohne Jana oder Fabian anzusehen. Ich hätte sie wohl sowieso nicht mehr erkannt, da ein Schleier aus Tränen meine Sicht trübte.

»Er ist es, der gehen sollte. Nicht du, Maus«, flüsterte Jana mir zu und griff nach meinem Arm, als ich aufstand.

»Vielleicht. Aber ich muss hier raus. Wir reden morgen wieder, okay?«

»Nein, warte kurz. Ich brauche nur noch eine Minute, dann komm ich mit dir«, sagte sie laut und bevor ich sie davon abhalten konnte, startete sie ihren großen Auftritt.

»Keine von uns beiden wird dir je vergeben, so viel ist klar. Wenn du es mit deiner Reue tatsächlich ernst meinen solltest ...«, sie erhob sich und deutete auf unsere halb ausgetrunkenen Gläser, »bezahlst du zumindest die Rechnung. Komm Em, wir gehen!«

Sie hakte sich bei mir unter und ließ Fabian an unserem Tisch stehen, während sie an meiner Seite stolz den Laden verließ.

Obwohl diese Aktion rein gar nichts verbesserte, legte sich ein schwaches Lächeln auf meine Lippen.

Es hatte mich Stunden gekostet, mein Gesicht so hinzubekommen, dass man mir das Augen-aus-dem-Kopf-Heulen nicht ansah. Wieso musste ich dauernd diese furchtbaren roten Hektikflecken bekommen, die in Kombination mit den Sommersprossen mein Gesicht wie eine chaotische Landkarte wirken ließen?

Janas unerschütterlich gute Laune hatte mich nur kurz aufgeheitert, nun war nichts mehr davon übrig, was wahrscheinlich an dem lag, was mir bevorstand.

So sehr ich mich auch davor drücken wollte, ich musste heute Abend zu diesem Theaterstück. Den Kindern zuliebe. Daher wagte ich mich langsam ins Wohnzimmer, um eine Kleinigkeit zu essen.

»Soll ich dich gleich begleiten?« Mein Vater saß am Küchentresen, den Laptop wie meistens vor der Nase.

»Schon okay, du bist sicher beschäftigt.« Gerne hätte ich behauptet, dass das Stück ausverkauft war, dabei waren so wenig Karten weggegangen wie seit Jahren nicht.

Vielleicht war es wirklich gut, dass Fabian frischen Wind in die Theater-AG brachte, denn das würde sich auf jeden Fall herumsprechen.

»Eigentlich bin ich für heute mit allem durch, und das Stück erinnert mich immer daran, wie niedlich du damals in deinem Engelskostüm aussahst.«

»Bitte keine Details«, stoppte ich ihn, bevor er mit den richtig peinlichen Geschichten anfing.

»Dann soll ich dir also nicht erzählen, wie du dich in der ersten Klasse mit Permanentstiften *geschminkt* hast und wir das vor dem Stück nicht mehr rausbekommen haben?«

Ich stöhnte, Paps grinste.

»Genau. Solche Storys bitte nicht. Ansonsten freue ich mich, wenn du dabei bist. Allerdings muss ich etwas früher los, um den Kindern mit den Kostümen zu helfen.«

»Kein Problem«, erwiderte er. »Also für den Fall, dass sie wieder diesen Waffelstand mit Kaffee haben? Da habe ich mir damals immer die Zeit bis zum Stück vertrieben.«

Ich rollte mit den Augen. »Ja, den gibt's noch.«

Wie aufs Stichwort klappte mein Vater seinen Laptop zu und sprang von seinem Stuhl auf. »Na prima. Worauf warten wir?«

In mir erwachte Argwohn. »Sag mal, hast du weitere tolle Neuigkeiten wie den geplanten Einzug von Susie? Oder warum bist du so euphorisch?«

»Was für Neuigkeiten sollten das sein?« Paps strich sich über seine nicht vorhandenen Haare und wirkte tatsächlich so, als hätte er keine Ahnung, wovon ich sprach.

»Na ein Geschwisterchen oder eine Hochzeit vielleicht?«

Erschreckend, dass mich diese Dinge nicht einmal wirklich schockieren würden. In den letzten Wochen hatte sich definitiv irgendetwas verändert.

»Was, nein!« Seine Reaktion war so ehrlich und direkt, dass ich lachen musste.

»Bei der Arbeit wird es einfach langsam ruhiger und ich freue mich darauf, mit dir ein paar der alten Traditionen wieder aufleben zu lassen«, sprach er weiter. »Ich weiß doch, wie wichtig die dir sind.«

Das fiel ihm ausgerechnet jetzt ein?

»Danke«, war alles, was ich darauf erwidern konnte.

»Also das Heiraten schließe ich nicht aus, irgendwann.« Sein Lächeln wirkte verlegen. »Aber wieso sollte ich noch mal mit einem Kind anfangen, wo du bald endlich auszieshst?«

»Hey!«, rief ich aus und knuffte ihn in den Arm. »Womöglich gefällt es mir ja in Hotel Papa und ich bleib ein paar Jahre länger?«

Da die Zeit langsam knapp wurde, schnappte ich mir die letzte Banane aus dem Obstvorrat, um sie während unseres Gesprächs zu essen. Zu meinem Bedauern stellte ich dabei fest, dass unser Schoko-Zimt-Müsli alle war, welches ich nur zur Weihnachtszeit im Supermarkt bekam.

»Das ist ein nettes Kompliment, Emily. Aber du kannst ruhig zugeben, dass das hier alles andere als ein Hotel für dich ist.«

Mitten im Schälen hielt ich inne und sah meinem Vater einfach nur an. »Es ist kein Hotel, sondern ein Zuhause.«

»Das ist alles, was ich mir für dich gewünscht habe.« Seine Augen glänzten verräterisch.

Wir plauderten noch eine Weile über dies und das, dann machten wir uns auf den Weg zur Lessing-Grundschule, in dessen Sporthalle das Stück aufgeführt wurde.

Obwohl die Vorstellung erst in knapp zwei Stunden begann, herrschte bereits ein reges Treiben auf dem Schulhof.

Der Waffelstand, zu dem sich mein Vater gleich verkrümelte, war gut besucht und Eltern suchten zusammen mit ihren Kindern die Umkleiden, während sie nebenbei die quengelnden Geschwisterkinder beschäftigten.

»Ich nehme Leonie gerne mit, Frau Hesse«, bot ich der Mutter des Mädchens an, die verzweifelt einen Zwillings-Kinderwagen durch die Reihen der Leute rangierte.

»Danke, Liebes. Du bist Nadines Tochter, oder?«

Bei der Erwähnung meiner Mutter zog sich etwas in meinem Innersten zusammen.

Lange hatte ich diese Sehnsucht, diese große, dunkle Lücke in meinem Herzen nicht mehr gespürt, daher überwältigte sie mich in diesem Moment umso mehr.

»Du hast solche Ähnlichkeit mit ihr«, fuhr Leonies Mutter fort, ohne eine Erwiderung abzuwarten. »Es tut mir furchtbar leid, was mit ihr passiert ist.«

Passiert.

So nannten die Leute es wohl. Es drückte aber nicht einmal im Ansatz aus, was ihr Verlust mit meiner Familie angerichtet hatte. Dass von einen auf den anderen Tag der Mittelpunkt meines Universums verschwunden war, hatte sämtliche seiner Umlaufbahnen aus dem Gleichgewicht gebracht.

Vielleicht war das auch der Grund dafür, dass ich alles so zwanghaft in geordneten Strukturen halten wollte.

»Dann zieh dich mal um, mein Engel«, wandte sich Frau Hesse nun an ihre Tochter und strich ihr übers Haar. »Keine Sorge, du schaffst das.«

Du schaffst das.

Wie oft ich mich danach gesehnt hatte, diese Worte von *ihr* noch ein einziges Mal zu hören.

»Emily? Leonie? Ihr seid spät dran!«

Fabians Stimme löste einen sofortigen Umschwung meiner gesamten Gefühlslage aus. Wobei Wirbelsturm eher die passende Beschreibung für meinen Zustand gewesen wäre.

Da waren so viele Emotionen, die einander abwechselten, dass ich nicht einmal selbst hinterherkam. Auch das Gesicht zu seiner Stimme in den durcheinanderlaufenden Menschen zu entdecken, machte es nicht besser.

Fabian

Obwohl mir in diesem Moment tausend Dinge durch den Kopf schossen, war es nur ein blöder Vorwurf, der mir aus dem Mund schlüpfte.

Ihr seid spät dran.

Viel lieber hätte ich so etwas zu Emily gesagt wie: »Ich freue mich, dich zu sehen.« Oder: »Die offenen Haare stehen dir.« Dicht gefolgt von: »Sollen wir nicht einfach noch mal von vorn anfangen?«

Wie schön es doch wäre, den Dezember auf null zu stellen, so wie bei Emilys Adventskalender, wo sie nun wieder mit dem ersten Türchen beginnen konnte.

Ich grinste unwillkürlich bei der Erinnerung an ihr Gesicht, als ich ihr vor ein paar Wochen vorgeschlagen hatte, die Schokolade einzuschmelzen. Schon damals hatte ich gewusst, wie sie sich dabei fühlte. Nun war diese Situation unendlich weit entfernt und mir zugleich so präsent vor Augen, als wäre es gestern passiert.

»Was ist so lustig?«, fragte sie im Vorbeigehen.

Da ich mit einem solchen Spruch überhaupt nicht gerechnet hatte, fiel mir keine passende Erwiderung ein.

Emily war längst mit dem Mädchen, das den Geist der zukünftigen Weihnacht spielte, in den Gang mit den Umkleiden verschwunden, als ich murmelte: »Lustig ist an dieser Situation rein gar nichts.«

Die letzten Vorbereitungen liefen reibungslos, genau wie das Stück selbst und obwohl die Reihen nicht voll besetzt waren, bedankte sich das Publikum bei den Kindern mit einem ordentlichen Applaus.

»Sie waren einfach nur großartig«, sagte Emily, vermutlich mehr zu sich selbst als zu mir.

Ich wandte mich zu ihr und bemerkte erst jetzt, wie nah wir nebeneinanderstanden, um durch den Vorhang zu schielen, bis wir an der Reihe waren und der Ansager uns auf die Bühne holen würde.

»Es tut mir leid, ich wollte nicht …«, begann ich und fuhr einen Schritt zurück, ohne meinen Blick von ihr zu nehmen.

Die aufgeregte Röte ihrer Wangen hob die Sommersprossen hervor und ich hätte am liebsten jede einzelne geküsst.

»Schon klar, du warst gerade mal wieder nicht du selbst«, fuhr sie mich unerwartet harsch an. »Sag mal, Fabian. Weißt du überhaupt noch, wer du eigentlich bist? Oder hast du dich so sehr in all deinen *Rollen* verstrickt, dass es eine echte Version von dir gar nicht mehr gibt?«

Ich runzelte die Stirn und wollte nachfragen, wie sie das gemeint hatte, als ich in diesem Moment unsere Namen hörte.

Sofort setzten wir ein Lächeln auf, und ich bekam keine Gelegenheit mehr mit ihr zu sprechen.

Womöglich war an ihr ebenfalls eine Schauspielerin verloren gegangen.

23. Dezember

Emily

»Und du kommst wirklich klar über die Feiertage ohne mich?«, fragte Jana zum wiederholten Male.

Ich seufzte ins Handy und streckte die Füße in die Luft, bis meine Beine zu kribbeln anfingen.

In dieser Position auf dem Bett zu telefonieren, war eine meiner Lieblingsbeschäftigungen, doch jetzt nervte mich der Anblick der pinken Plüschsocken mit dem Zuckerstangen-Motiv.

Fabian hatte sie bei unserer ersten Begegnung getragen und ich hasste ihn dafür, dass er es geschafft hatte, mir sogar meine geliebten Kuschelsocken madig zu machen.

»Ob du in der Stadt bist oder in den Bergen Ski fährst, ändert nichts daran, wer mir an Heiligabend am Esstisch gegenübersitzen wird.« Ich verdrehte die Augen, obwohl sie es nicht sehen konnte.

»Du strafst ihn einfach mit Verachtung und verstehst dich stattdessen ganz *besonders* gut mit seinem Bruder.« Die hochgezogenen Brauen hörte ich sogar durchs Handy.

Obwohl die Idee verlockend klang, mich mit Frederik – *so hieß er doch, oder?* – zu verbünden und Fabian womöglich damit sogar eifersüchtig zu machen, war mir mehr als bewusst, dass es in der Realität anders ablaufen würde.

Dennoch wählte ich eine Antwort, die meine Freundin für den Moment beruhigte. Schließlich sollte sie sich während ihres Urlaubs nicht dauernd einen Kopf um meine Probleme machen.

»Keine schlechte Idee.« Damit blieb ich nah bei der Wahrheit.

»Schlimmer als Fabian kann der nicht sein, oder?«

»Das hoffe ich doch.« Aus dem Hintergrund hörte ich, wie jemand etwas rief, woraufhin Jana mit gedämpfter Stimme antwortete: »Keine Ahnung, wo deine Skibrille ist. Ich hab sie bestimmt nicht.«

Obwohl sie ihre Hand auf das Mikrofon gelegt haben musste, war sie so laut, dass ich vor Schreck meine Füße aus der Luft fallen ließ und reflexartig das Handy vom Ohr riss.

»Tut mir leid, Em, das war mein idiotischer Bruder. Im gleichen Haus zu sein wie er, wenn er seinen Koffer packt, ist deutlich stressiger, als den eigenen zu packen.«

Ich grinste und dachte daran, wie wir seinen Glücksbringer hatten verschwinden lassen. In dieser Situation war er ähnlich verzweifelt.

»Kommt das Armband etwa auch mit in den Urlaub?«

Jana lachte auf. »Seit dem Spiel nimmt er es nicht mal zum Duschen ab. Erwähne nicht, dass du es weißt, aber die Geschichte von dem Teil ist ziemlich kitschig.« Ihre Stimme bekam einen verschwörerischen Unterton.

»Das würde mir im Traum nicht einfallen«, beteuerte ich. »Erzähl schon!«

Sie machte eine Kunstpause, dann sagte sie: »In der fünften Klasse hatte er sein erstes wichtiges Spiel, und ein Mädchen, das in ihn verschossen war, hat ihm das Armband gemacht. Als sie gewonnen haben, hat er geschworen, es bei jedem Spiel zu tragen. Tja und daran hat er sich während der letzten neun Jahre immer gehalten.«

Ein geseufztes »*Ohh*« konnte ich mir nicht verkneifen, dann beschloss ich, meine Freundin dem Urlaubsstress zu überlassen.

»Vielleicht hilfst du dem armen Kerl besser, der scheint echt eine sensible Seele zu sein. Und mach dir um mich bitte keine Sorgen, ich werde die Feiertage schon überleben.«

»Daran zweifle ich überhaupt nicht, Süße. Die Frage ist eher, ob *Fabian* die Feiertage überleben wird.«

Ich grinste. Wie gut, dass wir uns wieder vertragen hatten. »Eine Garantie gibt es wohl nicht, aber ich gebe mir Mühe, ihn am Leben zu lassen. Dir wünsche ich auf jeden Fall Hals- und Beinbruch auf der Piste.«

»Danke und wahrscheinlich sollte ich dir dieselben Wünsche fürs Festessen zurückgeben«, sagte sie mit einer überraschend großen Portion Ernst in der Stimme. »Auf dem Berg ist der Empfang ungefähr so mies wie hinterm Mond. Schreib mir trotzdem mal, wie es gelaufen ist.«

»Das mache ich«, versprach ich ihr, beendete das Gespräch und ließ mein Handy aufs Kissen fallen.

Etwas mehr als vierundzwanzig Stunden blieben mir noch, um mich seelisch für unser Aufeinandertreffen zu wappnen. Wie gut, dass es bis dahin eine Menge zu tun gab.

Seufzend machte ich mich auf den Weg nach unten. Der Baum schmückte sich schließlich nicht von selbst. Paps hatte die Kartons schon bereitgelegt und mein Blick fiel auf die Kugeln in der Schachtel, die nicht uns gehörte.

»Ich finde es albern, dass wir die Sachen von Susie mit an den Baum hängen. Ich meine, Lila und Gold, das passt überhaupt nicht zusammen.« Mir war bewusst, dass ich quengelte wie ein kleines Kind, doch ich hatte nicht die Kraft, es sein zu lassen.

»Wir sind dir entgegengekommen, als du darauf bestanden hast, beim Schmücken im kleinen Kreis zu bleiben«, warf mein Vater ein.

Im kleinen Kreis.

Ich hatte keine Lust darauf, mich zusammen mit Susie und Fabian im gleichen Kreis zu befinden. Ganz egal, ob es ein großer oder ein kleiner war.

Tief sog ich Luft durch die Nase ein, hielt sie kurz an und stieß sie dann hörbar wieder aus. Das tat erstaunlich gut. Zumindest so lange, bis mir bewusstwurde, woher ich diesen Trick kannte. Fabian hatte ihn den Kindern beigebracht, als Mittel gegen Aufregung.

»Ich weiß, wie wichtig dir unsere Traditionen sind, Emily«, nutzte mein Vater die entstandene Pause. »Glaub mir, wir haben uns echt in die Haare gekriegt bei der Frage, wo wir Heiligabend verbringen. Susie lässt sich nicht so gerne einladen, aber ich habe darauf bestanden, dass wir bei uns feiern.«

Wow, seit wann gelang es Paps, mir durch wenige Worte den Wind aus den Segeln zu nehmen?

Sogar meine Oma schwieg, während sie zwischen mir und ihrem Sohn hin und her blickte wie zwischen zwei Tennisspielern. Eine von Susies matt glänzenden violetten Kugeln baumelte an ihrem Zeigefinger.

»Na schön.« Ich griff nach einem Stern in einem dunklen Lilaton und hängte ihn möglichst weit hinten im Baum auf. »Lasst nur genügend Platz für die Strohengel.«

»Keine Sorge, Emily.« Meine Oma legte mir eine Hand auf die Schulter. »Die bekommen wie immer ihren Ehrenplatz.«

»Ich weiß noch, wie deine Mutter sich dieses Projekt vorgenommen hatte. Du warst gerade drei und sie hatte sich in den Kopf gesetzt, Christbaumschmuck mit dir zu basteln.« Da war so viel Liebe in Paps Stimme, dass mein Hals bei seinen Worten ganz eng wurde.

»Nadine hat mich am Nachmittag angerufen und gebeten, dass ich vorbeikomme, um mit dir zu spielen.« Meine Oma lachte. »Ihre ersten Worte an mich waren: ›Wann hören sie bloß damit auf, so ein Wildfang zu sein?‹«

»Eigentlich nie, oder?« Mein Vater zwinkerte in meine Richtung, doch es gelang mir nicht, in die unbeschwerte Stimmung der beiden mit einzusteigen.

Nachdem wir die restlichen Kugeln im Baum verteilt hatte, holte Oma behutsam die Strohengel aus einer Schachtel und reichte sie mir. »Ganz nach Tradition.« Sie zwinkerte mir zu.

Ja, für den Moment war alles vertraut und das gab mir ein warmes und sicheres Gefühl.

Während ich die Engel aus Stroh an die üblichen Plätze in der Tannenkrone hängte, ertappte ich mich jedoch dabei, wie ich über all das nachdachte, was dieses Jahr nicht nach Plan verlaufen war.

Wie die Zimtsterne beim Wichteln alle gewesen waren, das Mehl beim Backen fehlte, ich auf meinen geliebten Adventskalender und das alte Theaterstück verzichtet und den Baumkauf mit Paps verschwitzt hatte.

Im gleichen Atemzug fielen mir all die wundervollen Dinge ein, die dadurch geschehen waren. Die superleckeren Brownies, ein fantastisches Theaterstück und ein toller Nachmittag mit Fabian, an dem ich so viel gelacht hatte wie lange nicht mehr.

Veränderungen sind nicht immer schlecht, Emily.

Da war sie wieder, diese Stimme, die von Tag zu Tag lauter wurde und mir Dinge einzureden versuchte, die ich nicht glauben wollte.

Denn ihr zu glauben würde bedeuten, dass *er* etwas Gutes in meinem Leben bewirkt hatte.

»Genauso, wie wir es immer gemacht haben«, sagte ich daher laut und wusste im gleichen Moment, dass ich mir bloß etwas vormachte.

Es war bereits später Abend, als meine Oma sich verabschiedete und ich im Zimmer verschwand, um die letzten Geschenke einzupacken.

Normalerweise war ich damit am 23. Dezember längst fertig und schaute noch einen Weihnachtsfilm, aber dieses Jahr war ... Langsam nervte es mich selbst, immerzu den gleichen Gedanken nachzuhängen.

Ja, Emily. In diesem Jahr ist alles anders. Komm endlich damit klar!

Ich drehte das rosa Plüschgeweih in meinen Händen und fragte mich, wie Fabian wohl auf sein Wichtelgeschenk reagieren würde. Wahrscheinlich hätte er den perfekten Spruch auf den Lippen und würde sich kein bisschen darüber ärgern. Ich wettete sogar darauf, dass ihm das blöde Ding stand.

Ich schnaubte leise. Wenigstens beim Einpacken würde ich mir keine Mühe geben, damit er nicht auf die Idee kam, mir wäre das Geschenk für ihn in irgendeiner Form wichtig.

Mein Handy vibrierte und zeigte damit den Eingang einer neuen Nachricht an.

Vielleicht war es Jana, die mir von ihrer Skihütte vorschwärmte? Obwohl ich bisher nicht verstanden hatte, warum ihre Familie über die Feiertage in den Urlaub fuhr, beneidete ich sie nun um diesen Ort. Eine kleine Zuflucht, abgeschieden und damit so weit wie nur möglich von meinen Problemen entfernt.

Ich schmiss das Plüschgeweih zu den Geschenkpapierrollen auf mein Bett und griff nach dem Handy.

Als ich das Wort *Schokodieb* auf dem Display las, beschleunigte mein dummes kleines Herz auf Hochtouren.

Was wollte Fabian denn von mir? Seitdem wir uns wegen des Eishockeyspiels *ausgesprochen* hatten, gab es keine Nachrichten mehr zwischen uns.

Und ausgerechnet heute, einen Tag vor Weihnachten, kam er auf die Idee, mir zu schreiben?

> Schokodieb:
> Wenn du willst, bleib ich morgen zu Haus. Ich könnte es verstehen. Und meinen Bruder kann ich auch dazu überreden.

Mehrmals las ich die Zeilen, wurde aus ihnen jedoch nicht schlau.

Wieso zog er nun schon wieder seinen Bruder in die Sache mit rein? Ich hatte ihn bisher nicht mal kennengelernt.

Auch sein Angebot, zu Hause zu bleiben, wusste ich nicht einzuordnen.

Hatte Susie mit ihm über meinen Spruch geredet? Oder widerstrebte es ihm mittlerweile so sehr, mich zu sehen?

Aber auf diese Art von Freifahrtschein konnte er lange warten. Fabian sollte morgen Abend genauso leiden, wie ich es tat. Mit einem klackenden Geräusch auf dem Display tippten meine Finger die Nachricht an ihn.

> Emily:
> Klar kommt ihr morgen vorbei. Ich kann es kaum erwarten, dir mein Wichtelgeschenk zu überreichen.

24. Dezember

Emily

Noch nie in meinem Leben hatte ich mich an einem Heiligmorgen beim Aufwachen so mies gefühlt wie heute. Vielleicht gehörte es zum Erwachsenwerden dazu, nicht länger diese neugierige Vorfreude und aufgekratzte Erwartung zu empfinden, wenn der Weihnachtsabend vor der Tür stand.

Ein Gedanke an meine Mutter reichte jedoch aus, zu erkennen, dass es nichts mit dem Alter zu tun hatte. Auch mit ihren fast vierzig Jahren war es noch immer kindlicher Glanz gewesen, der mir aus ihren Augen entgegengeblickt hatte, sobald der große Tag endlich gekommen war.

Wir waren aufgestanden, hatten ausgiebig gefrühstückt und den halben Vormittag in der Küche verbracht, um das Festessen für den Abend vorzubereiten. Diesen Part hatte ich ganz selbstverständlich übernommen, sobald sie nicht mehr bei uns gewesen war.

Ich wälzte mich ein letztes Mal in den Laken, dann schwang ich die Beine über die Bettkante.

So gerne ich den heutigen Tag unter der Decke verbracht hätte – diese Option bestand leider nicht. Zumindest der Hauptgang lag in meinen Händen, während ich die Vorspeise an Susie abgetreten hatte. Mittlerweile war es mir unbegreiflich, wie ich mich tagelang gegen diesen Vorschlag hatte wehren können.

In diesem Moment hätte ich wahrscheinlich sogar mit Freude dafür gestimmt, heute Pizza zu bestellen. Dann wäre das Essen zumindest schnell vorbei.

Ein Lichtblick des Tages war meine Oma. Sie wollte bereits gegen Mittag vorbeikommen, um mir bei der Zubereitung des Nachtischs zu helfen.

Als ich aufstand, fiel mein Handy mit einem dumpfen Geräusch auf den Boden. Es musste unter meinem Kopfkissen gelegen haben, seit ich die Nachricht gestern abgeschickt hatte.

Wieso hatte ich Fabians Angebot, heute zu Hause zu bleiben, noch gleich ausgeschlagen? Jetzt verfluchte ich mich für meine eigene Sturheit. Gerne wollte ich es darauf schieben, dass ich bloß meinem Vater zuliebe das Fest mit seiner Auserwählten durchzog.

Doch es war ganz allein mein Dickschädel, der vor diesem scheinheiligen Kerl namens Fabian niemals zugegeben hätte, wie viel Bammel ich vor dem Abend hatte. Davor, ihn wiederzusehen und von meinem eigenen Herzen verraten zu werden.

Mein Handy ließ ich liegen, wo es war. Ich hatte es seit der Nachricht gestern nicht mehr angerührt.

Vielleicht war noch eine Antwort von Fabian eingegangen, in der er schrieb, dass er nicht auftauchen würde. Bekanntlich starb die Hoffnung zuletzt und ich wollte sie sicher nicht zerstören. Andernfalls würde ich den Tag nicht durchstehen.

Ich schlüpfte in eine Kuscheljacke und machte mich auf den Weg in die Küche, die ich leer vorfand. Paps schlief an freien Tagen gern aus, was manchmal bis in den Vormittag hinein andauerte. Das hatten wir gemeinsam, und es erleichterte unser Zusammenleben.

Wie es wohl bei Susie, Fabian und seinem Bruder war? Wahrscheinlich waren sie allesamt Frühaufsteher, wie es im Buche stand.

Diese Frau in Designerklamotten und mit strenger Frisur brachte mein Gehirn jedenfalls bei bestem Willen nicht mit Sonntagvormittagen im Schlafanzug in Einklang. Und Fabian brauchte schließlich alle Zeit, die er kriegen konnte, um die vielen Verabredungen zu koordinieren, die in seinem Terminkalender standen.

Mein Blick fiel auf den Tannenbaum mit der gebogenen Spitze, der dicht mit Kugeln und Sternen in Gold und Violetttönen behangen war. Obwohl ich es ungern zugab, die Kombination hatte etwas Frisches an sich. Die Strohengel gaben dem Gesamtbild das nötige Maß an Vertrautheit und Tradition.

War das hier etwa eine Metapher meines künftigen Lebens? Wieso benannte man das Konzept zweier zusammengewürfelter Kleinfamilien eigentlich nach einer Decke, die meist ein relativ geordnetes Muster oder zumindest einen einheitlichen Stil aufwies?

Traditionelle Strohengel und goldene Kugeln, das passte einfach nicht zu dem modernen, violetten Christbaumschmuck. Genauso wenig konnte ich mir vorstellen, dass wir fünf jemals irgendeine Art von geordnetem Muster abgeben würden.

Baumschmuck-Familie. So würde ich uns künftig nennen.

»Ist wirklich hübsch geworden, der Baum.« Paps' laute Stimme direkt hinter mir ließ mich zusammenfahren. »Warum bist du so früh auf?«

Ich nahm ein paar tiefe Atemzüge, um meinen Herzschlag zu beruhigen, dann erwiderte ich: »Das fragst ausgerechnet du? Normalerweise schläfst du doch bis zum Mittagessen, wenn dein Urlaub anfängt.«

Mein Vater rieb sich über die wenigen Haare und grinste schief. Es ließ ihn jünger wirken und er erinnerte mich jetzt an die Version, die ich von alten Fotos kannte. Mit weniger Falten im Gesicht und mehr Haaren auf dem Kopf. »Na schön. Ich habe mir einen Wecker gestellt.«

Ich hob eine Augenbraue.

»Aber nur heute«, fügte er rasch hinzu. »Morgen schlafe ich dann aus.«

»Und wieso nicht heute?«, hakte ich nach.

»Ich hatte den Eindruck, dass du den Vormittag nicht allein bestreiten solltest. Ich würde dich gerne bei den Vorbereitungen unterstützen.« Er umrundete den Baum, der weit in den Raum hineinragte, und schlenderte zum Küchenbereich. »Es wäre doch gut, wenn ich langsam ein paar der Familienrezepte lerne, bevor du auszieht.«

Als wollte er mir seine Absichten demonstrieren, öffnete er den Kühlschrank und holte den Orangensaft heraus.

»Normalerweise läuft es andersrum, das ist dir bewusst, oder? Die Kinder lernen vor ihrem Auszug die Familienrezepte, um für sich selbst zu kochen.« Es gelang mir nicht, ein amüsiertes Schmunzeln zu unterdrücken.

»Halte mir meine eigene Unzulänglichkeit bitte nicht vor Augen, wenn es geht.« So ernst seine Worte klangen, so wenig tat es der Tonfall, mit dem er sie aussprach.

»Okay. Dann würde ich vorschlagen, dass du die letzten Einkäufe erledigst, während ich schon mal mit der Maronencreme anfange.«

Es fühlte sich gut an, Dinge zu organisieren und Aufgaben zu delegieren.

Vielleicht wäre Eventmanagement ja etwas für mich?

»Was ist denn mit Frühstück?« Paps hob die Flasche mit Orangensaft in die Höhe, die er weiterhin in der Hand hielt. »Und warum bekomme ich von allen Aufgaben die schlimmste?«

Keine Ahnung, ob er es bemerkte, aber das Gespräch mit ihm schaffte es tatsächlich, mich aufzuheitern.

Daher gab ich mich gnädig. »Na schön, wir frühstücken erst mal.« Danach würde ich ihn allerdings in den Supermarkt schicken. Die Aussicht, mich nur ein einziges Mal nicht durch die überfüllten Gänge mit der verrückten Meute aus Last-Minute-Käufern drängen zu müssen und keinen einzigen Kampf um die letzte Dose Was-auch-immer auszufechten, war einfach zu verlockend.

»Hast du die Bratäpfel im Blick?«

Obwohl ich wie immer alles im Griff hatte und eigentlich das gesamte Menü fertig war, flitzte ich zwischen Ess- und Küchenbereich hin und her wie ein Kind, das zum ersten Mal Cola getrunken hatte.

Prompt schien auch meine Oma zu bemerken, dass etwas faul war. »Emily, so nervös bist du doch sonst nicht.«

»Wieso sollte ich nervös sein?« Meine Stimme klang ein wenig zu hoch. »Die Gäste kommen in einer halben Stunde und es ist schon alles fertig.«

Vielleicht war mein Problem vielmehr, dass die Gäste in einer *halben Stunde* hier sein würden. Die meiste Zeit des Tages hatte ich mich erfolgreich von dieser Tatsache ablenken können, denn die Vorbereitung des Menüs mit Paps und meiner Oma hatte wirklich viel Spaß gemacht.

Ich betrachtete durch die Scheibe des Backofens die Bratäpfel, die wir gerade erst hineingeschoben hatten. Danach kontrollierte ich zum wahrscheinlich fünfzigsten Mal die Anordnung des Geschirrs.

Lagen überall drei Gabeln? Wo waren die Dessertlöffel?

»Wie wäre es, wenn wir uns noch mal kurz aufs Sofa setzen, bis es so weit ist?« Ich spürte, wie meine Oma ihre Hand sanft auf meinen Rücken legte, als wollte sie mich dorthin schieben, falls ich mich weigerte.

Mein Vater war oben und zog sich sein rot-grün kariertes Hemd an, das er nur an Heiligabend aus dem Schrank holte. Ich trug bereits ein eng geschnittenes Wollkleid, das mir bis knapp über die Knie reichte. Es war zwar schlicht und hochgeschlossen, die feinen Goldstickereien auf dem tannengrünen Stoff und der großzügige Rückenausschnitt machten es jedoch zu einem Hingucker.

Als meine Oma von mir keine Reaktion auf ihren Vorschlag bekam, fügte sie hinzu: »Ich kann dir deine Haare vorne neu hochstecken.«

»Stimmt was damit nicht?« Sofort fuhr ich mir über die Wange, um zu prüfen, ob sich eine der vorderen Strähnen gelöst hatte. Hinten hatte ich die Haare offen gelassen und alles, was mir ins Gesicht fiel, aufgesteckt.

Oma grinste. »Es ist wegen des Jungen, oder? Deswegen bist du so nervös.«

»Hast du dein Wichtelgeschenk schon auf den richtigen Platz gelegt?«, stellte ich eine vollkommen andere Frage, weil ich keine große Lust verspürte, ausgerechnet jetzt über Fabian zu sprechen.

»Alles an seinem Platz«, sagte sie. »Genauso wie vor einer Stunde, als du mich das zum ersten Mal gefragt hast.«

Unsere Tradition war es, die Wichtelgeschenke neben den Teller desjenigen zu legen, den wir beschenkten. Normalerweise war unsere Sitzordnung immer klar gewesen, doch in diesem Jahr hatte ich kleine Platzkärtchen geschrieben. Bei Fabians Namen war es mir ziemlich schwergefallen, nicht *Schokodieb* in geschwungenen Buchstaben auf das Papier zu bringen.

»Na gut.« Ich stieß die Luft aus und ließ mich aufs Sofa fallen.

Wie hatte nur so viel Sauerstoff in meinen Lungen Platz gefunden?

»Was er auch angestellt hat …«, brach meine Oma nach kurzer Zeit das Schweigen. »Ich bin mir sicher, du wirst die richtige Entscheidung treffen.«

Ich schnaubte innerlich. Als hätte ich überhaupt die Möglichkeit dazu, eine Entscheidung zu treffen. Ich hatte mir verboten, an eine weitere Chance für uns zu glauben, denn es wäre nur ein neues Argument für mein Herz, in Fabians Anwesenheit für einen Marathon zu trainieren.

»Danke«, erwiderte ich trotzdem. Im nächsten Moment sprang ich auf. »Mist, ich hab oben was vergessen. Bin gleich wieder da. Behalte die Äpfel im Blick, ja?«

Ich beeilte mich, in mein Zimmer zu kommen, um das Handy vom Boden aufzuheben. Darauf waren nicht nur die Songs abgespeichert, sondern auch die Fotos für die Diashow. Außerdem konnte ich die Gelegenheit nutzen, meine Frisur noch mal im Spiegel zu prüfen.

Zum Glück waren alle Strähnen an ihrem Platz. Wahrscheinlich hatte meine Oma nur nach einem Vorwand gesucht, mich in ein Gespräch über Fabian zu verwickeln.

Als es an der Haustür klingelte, erstarrte ich kurz in der Bewegung.

Waren sie etwa zu früh? Oder vergingen dreißig Minuten neuerdings schneller?

»Emily, kommst du mit nach unten?« Mein Vater lief an mir vorbei zur Treppe.

»Sofort«, antwortete ich knapp, denn zu mehr als einem Wort war ich gerade nicht in der Lage.

Unten hörte ich Susies Stimme, die gestresst klang und die von Fabian, der mit seiner Mutter diskutierte. Ich schnappte das Wort *Geschenke* auf, alles andere ging im Hintergrundrauschen meiner Ohren unter.

Emily, benimm dich doch bitte nicht wie ein kleines Kind!

Schließlich hatte ich mir überhaupt nichts vorzuwerfen. *Er* war es, der an diesem Abend ein schlechtes Gefühl haben sollte.

Dreimal atmete ich tief ein und aus, dann machte auch ich mich auf den Weg nach unten und versuchte mich an einem Lächeln, das sich seltsam fehl am Platz auf meinen Lippen anfühlte. Irgendwann half selbst atmen nicht mehr.

In dem Moment, als ich im Flur ankam, schloss sich gerade die Haustür, durch die jemand nach draußen gegangen sein musste.

Ich zog die Augenbrauen zusammen. »Wo ist denn dein Bruder hin?« Er musste es sein, der eben aus der Tür verschwunden war.

»Er hat die Geschenke zu Haus vergessen und fährt sie eben mit meinem Auto holen«, antwortete Susie, die ich überhaupt nicht angesprochen hatte.

Dann hängte sie ihren Mantel auf und ging zusammen mit meinem Vater ins Wohnzimmer, wo sie meine Oma begrüßte.

»Nimm es ihr nicht übel, sie ist ganz schön nervös.« Fabian war mit mir im Flur stehen geblieben.

»Alles gut.« Mehr wusste ich nicht zu sagen und ich vermied es auch, ihn direkt anzusehen.

»Lass die Schuhe ruhig an, heute hab ich keine Kuschelsocken für dich.« Nun hob ich doch kurz den Blick, um seine Reaktion einzufangen. Aber er schaute mich an, als würde ich eine andere Sprache sprechen.

Na schön. Dann halt keine Insider mehr zwischen uns.

»Okay«, meinte er gedehnt und zuckte mit den Schultern. »Emily, ich würde mich echt gern noch mal bei dir entschuldigen. Die ganze Sache …«

»Lass gut sein«, unterbrach ich ihn und zwang meine Mundwinkel nach oben. »Heute ist Weihnachten, wir klammern dieses Thema für einen Tag aus, okay?«

Er wirkte erleichtert und ich fragte mich, ob es eine gute Entscheidung von mir war, ihn für den Abend aus seinen Schuldgefühlen zu entlassen. Er sollte ruhig ein wenig länger schmoren.

Ein Gefühlsausbruch vor meiner Familie war allerdings das Letzte, was ich wollte, und deswegen entschied ich, eine Konfrontation mit Fabian zu vermeiden.

Wir gingen zu den anderen und ich wusste zunächst überhaupt nicht, wohin mit mir. Da war dieser unbändige Fluchtinstinkt in jeder Faser meines Körpers, den ich zu unterdrücken versuchte, weshalb ich wahrscheinlich ziemlich verloren irgendwo im Raum herumstand, während die Anwesenden sich unterhielten.

Na ja, nicht ganz. Fabian enthielt sich ebenfalls größtenteils der Konversation. Stattdessen schien er sich brennend für die Tischdekoration und die Anordnung des Bestecks zu interessieren. Zumindest starrte er die ganze Zeit darauf.

Dieser Zustand, der sich ein bisschen nach einem stramm gezogenen Gummiband anfühlte, wurde erst durch ein erneutes Klingeln an der Tür gelöst.

»Geh und hilf deinem Bruder bitte beim Tragen«, sagte Susie zu ihrem Sohn und wandte sich dann wieder ihrem Gespräch mit meiner Oma und Paps zu.

»Soll ich auch …?«, fragte ich und ließ den Satz seltsam unvollständig in der Luft hängen.

Jeden Moment würde ich Frederik kennenlernen und es machte mich nervöser, als ich angenommen hatte. Aber Fabian winkte mit einem knappen *Schon gut* ab, woraufhin mir nichts anderes übrig blieb, als im Wohnzimmer stehen zu bleiben, um nicht aufdringlich zu wirken.

Ich lauschte angestrengt, hörte jedoch nur die Tür und dann Stimmen, die wenige Worte miteinander wechselten. Fast schon so leise, als sollten sie nicht verstanden werden.

Kurze Zeit später stand Fabian bereits wieder im Wohnzimmer und kam auf mich zu. »Hey, Emily.«

Etwas im Klang seiner Stimme ließ mich meinen Vorsatz vergessen, ihn möglichst *nicht* direkt anzusehen. Also verschränkte sich der Blick aus seinen moosgrünen Augen mit meinem und das vertraute Kribbeln machte sich in meiner Magengegend bemerkbar.

»Dein Bruder ist ...«, begann ich, weil ich in diesem Moment unmöglich über *uns* sprechen konnte.

Eigentlich lag mir nämlich etwas ganz anderes auf den Lippen. Zum Beispiel: *Wir haben uns doch eben erst begrüßt*, aber daraufhin hätte Fabian sicher unverschämt gegrinst und einen Spruch losgelassen, der weitere meiner guten Vorsätze ins Wanken gebracht hätte.

Silvester ist die Zeit der guten Vorsätze, noch darfst du also.

»Der ist auf der Toilette.« Seine Augen verdunkelten sich ein wenig und er wirkte enttäuscht.

Etwa, weil ich über Frederik sprach?

»Emily?« Paps kam zu uns rüber. »Hast du vielleicht den Adpater für den Fernseher mit in dein Zimmer genommen? Alle sind sehr gespannt auf deine Diashow.«

»Kann sein. Ich schaue sofort nach.« Ich freute mich über die Ausrede, die mein Vater mir auf dem Silbertablett geliefert hatte, um einen Moment länger für mich zu haben.

Es dauerte ein wenig, bis ich fündig wurde. Das war ein erneuter Beweis dafür, wie zerstreut ich in diesem Jahr war. So einen wichtigen Teil des Weihnachtsabends vergaß ich normalerweise nicht.

Als ich ins Wohnzimmer zurückkam, hatten sich bereits alle um den Tisch versammelt und die Geschenke auf den Plätzen verteilt. Nur Fabians Bruder fehlte noch immer.

»Er wird gleich da sein«, sagte Susie, die meinen Blick auf den leeren Platz zu bemerken schien. »Musste nur kurz für kleine Jungs.«

»Wie? Ist Frederik etwa schon wieder auf der Toilette? Der Kerl scheint ja eine ganz schön schwache Blase zu haben.« Ich setzte mich auf meinen Stuhl, gleich gegenüber von Fabian, dabei war ich mir sicher, ihn dort nicht platziert zu haben.

Er musterte mich irritiert. »Emily, ich dachte, du wüsstest es längst.«

»Was sollte ich wissen?«

»Bitte sag mir, dass das nur eine nette Theatereinlage von euch wird«, wandte sich Susie nun an Fabian. »Oder habt ihr Jungs etwa wieder euer Spielchen getrieben? Ausgerechnet mit Emily? Ich dachte, dass ihr mittlerweile erwachsen genug wärt.«

Paps und meine Oma sahen ungefähr so ratlos drein, wie ich mich gerade fühlte.

Im nächsten Moment spürte ich die Anwesenheit einer weiteren Person direkt hinter mir und hatte den Duft von Orangenschale in der Nase.

»Was ist denn hier auf einmal los?«, fragte eine Stimme, die verdächtig nach der von Fabian klang. Doch sie kam nicht vom Platz mir gegenüber. Stattdessen kroch sie über meinen Rücken und verursachte mir eine Gänsehaut im Nacken.

Sehr langsam drehte ich mich um und als ich Fabian hinter mir entdeckte, schlug ich mir die Hände vor den Mund. Ich sprang so hektisch von meinem Stuhl auf, dass ich mit den Beinen gegen die Tischplatte stieß und die Gläser darauf ins Wanken gerieten. Dabei spürte ich weder den Schmerz noch empfand ich Sorge um mögliche Scherben.

Ich versuchte Abstand zum Tisch zu gewinnen, um nun beide Personen gleichzeitig ansehen zu können und zu verstehen, was vor sich ging.

Da saß ein Fabian am Tisch, gegenüber von meinem Platz. Und dort, hinter meinem Stuhl, stand ein zweiter Fabian. Obwohl mein Hirn längst kapiert hatte, was das bedeutete, wollte ich es nicht wahrhaben.

»Scheiße, Fabian, du hast mir gesagt, dass sie es weiß«, sagte der Typ, der saß.

»Ja, das dachte ich auch.« Der andere Kerl, der eben den Raum betreten hatte, machte einen Schritt auf mich zu. »Emily, lass es mich erklären. Wenn ich geahnt hätte, dass du es gar nicht weißt, dann ...«

Ja, was dann?

»Ist das da ...« Ich schluckte und deutete mit dem Finger auf den Typen, den ich noch vor wenigen Minuten für Fabian gehalten hatte. Für meinen Geschmack saß er viel zu entspannt auf seinem Stuhl, dafür, dass meine Realität in diesem Augenblick aus seiner Umlaufbahn geriet. »Ist das dein Bruder?«

»Hi, ich bin Frederik.« Er hob die Hand. »Schön, dich kennenzulernen, Emily.«

Hinweis der Autorin

Wahrscheinlich fragst du dich jetzt: »Wie bitte? Was soll das denn für ein Ende sein?« Vielleicht hast du das Buch als Adventskalender gelesen, denn so ist es ja auch gedacht. Tja, aber Geschichten haben manchmal ihren eigenen Kopf und von den Figuren will ich gar nicht erst anfangen. Das ist der Grund, warum bei diesem ›Adventskalender‹ eben noch nicht bei 24 Schluss ist.

Und wenn sogar Emily lernen konnte, dass es nicht immer schlecht sein muss, mit Traditionen zu brechen, dann kommst du sicher ebenfalls damit zurecht, nach Heiligabend noch drei weitere Türchen zu öffnen. Denn ich meine: Mehr Lesestoff ist mehr Lesestoff und das ist ein guter Grund für eine Planänderung, oder nicht?

25. Dezember

Fabian

»Das ist nicht ganz so gelaufen wie geplant.« Mein Bruder ließ sich neben mich aufs Sofa plumpsen.

»Ich würde sagen, es ist knapp dran vorbei«, erwiderte ich, ohne aufzusehen.

Er lachte, obwohl ich es in einem ziemlich ernsten Tonfall gesagt hatte. Ohne es verhindern zu können, hoben sich meine Mundwinkel ebenfalls.

»Und was hast du jetzt vor?«, fragte er nach einer Weile.

Ich zuckte mit den Schultern und sah ihn an. »Was schon? Emily hat ziemlich deutlich gemacht, wie angepisst sie wegen der ganzen Aktion ist.«

Bei dem Gedanken an ihren erschütterten Gesichtsausdruck und die scharfen Worte zog sich etwas in mir zusammen. Wenn ich seit dem Eishockeyspiel eine Aussöhnung zwischen uns für unwahrscheinlich gehalten hatte, ging meine Chance darauf mittlerweile gegen null.

»Aber du konntest überhaupt nichts dafür. Das war doch alles nur …« Er knetete seine Hände im Schoß, aber ich bemerkte es.

»Es fällt dir echt schwer, deinen Fehler zuzugeben, oder?« Ich boxte ihn gegen den Oberarm und grinste.

Freddy stieß hörbar Luft aus. »Ich hab's versaut. Einfach alles. Das mit Emily, unserer Familie und dass Ma von den Schauspielstunden erfahren hat, ist auch meine Schuld.«

»Wow.« Mehr brachte ich erst mal nicht heraus. Das waren mehr Eingeständnisse, als ich von ihm in all den Jahren unseres gemeinsamen Lebens jemals gehört hatte.

Zusammengenommen.

»Falls es dich beruhigt – das mit den Schauspielstunden hat sie ganz allein rausgekriegt.«

»Wie hat sie reagiert?«, fragte er sofort und ich wusste, wie dankbar er war, dass ich das Thema in eine andere Richtung lenkte. Seine Worte – das war mehr gewesen, als ich mir erhofft hatte. Auch wenn es keiner von uns beiden zugab, die besondere Verbindung zwischen uns war nie verschwunden und hielt einiges aus.

»Erstaunlich gut.« Wieder zuckte ich mit den Schultern. »Aber ehrlich gesagt ist es gerade nicht das, was mir wichtig ist.«

»Mann, du solltest das mit Emily klären. Sieht doch ein Blinder, dass ihr euch mögt. Schieb einfach alles auf mich.«

»Es ist egal, was du getan hast«, erwiderte ich. »Ich hätte es gleich zu Beginn aufklären sollen. Ich war ein solcher Idiot.«

»Soll ich noch mal mit ihr reden?«

»Sorry, deinen Charme hast du bei ihr, glaube ich, verspielt.«

Freddy kratzte sich im Nacken. »Wahrscheinlich hast du recht. Sie hat sich nicht gerade darüber gefreut, mich *kennenzulernen*.«

Wie er das letzte Wort betonte, brachte mich erneut zum Grinsen.

Als es im nächsten Moment klingelte, warfen wir uns gegenseitig fragende Blicke zu.

Wer konnte das sein? Am ersten Weihnachtsfeiertag?

Ma kam aus dem Schlafzimmer und fragte: »Erwartet ihr jemanden?« Dabei sah sie uns an, als wären wir zehn und hätten was ausgefressen.

Seit gestern war sie nicht besonders gut auf uns zu sprechen. Verständlich, schließlich hatten wir ihr erstes Weihnachtsfest mit der neuen Familie gecrasht. Wie ich sie kannte, hatte sie sich bereits Wochen im Voraus alles in den buntesten Farben ausgemalt. Ein Weihnachtsfest mit Partner und ihren beiden Söhnen. Endlich wie eine richtige Familie, nachdem unser Vater eine einzige Enttäuschung für sie gewesen war.

»Nein«, erwiderten wir synchron und ich war derjenige, der sich dazu durchrang, die Tür zu öffnen.

Der Rest meiner Familie blieb, wo er war, sodass die beiden unseren Besuch im Gegensatz zu mir nicht sehen konnten.

»Du?!« Es war nicht unbedingt die höflichste Begrüßung für jemanden, der mit einer Tüte voller Weihnachtsgeschenke bei uns auftauchte, aber es war die einzige Begrüßung, die mir bei diesem Anblick möglich war.

»Hast du jemand anderen erwartet?« Mein Vater trug sein übliches, lässiges Outfit, was ihn mehr wie einen Rockstar als einen Schauspieler aussehen ließ. Doch sein Lächeln hatte in diesem Moment etwas an sich, das ich nicht einmal im Traum mit ihm in Verbindung bringen würde.

Unsicherheit.

»Nein, aber dich genauso wenig. Sonst gibt es ja Weihnachten immer bloß das obligatorische Paket.« Ich verschränkte die Arme vor der Brust.

Nur weil er mir in den letzten Wochen zu dieser Rolle und auch zu den Schauspielstunden verholfen hatte, war ich längst nicht dazu bereit, ihm seine jahrelange Abwesenheit zu verzeihen.

»Heilige Scheiße«, sagte nun Freddy, als er neben mir auftauchte.

»Das ist nicht gerade das, was man an Weihnachten sagen sollte«, warf ich ein.

»Dieses Weihnachten ist da, glaube ich, eine Ausnahme«, erwiderte er und wandte sich dann an unseren Vater: »Ma ist momentan nicht in der besten Verfassung, dich hier zu empfangen. Ich würde dir echt raten, wieder abzuhauen, bevor sie dich sieht.«

Abhauen kannst du doch so gut, dachte ich und wusste, dass meinem Bruder etwas Ähnliches durch den Kopf ging.

»Bevor ich *wen* sehe?«, fragte meine Mutter, sodass Daniel nicht mal die Chance dazu bekam, es sich anders zu überlegen und Freddys Rat zu befolgen.

»Hallo, Susanne. Gut siehst du aus«, grüßte mein Vater sie und klang dabei weder einschmeichelnd noch unehrlich.

Aber sie schien nicht für Komplimente dieser Art empfänglich zu sein, was ich an ihren verschränkten Armen und den zusammengepressten Lippen erkannte. Wahrscheinlich, weil sie bereits genug nette Worte von ihm bekommen und sie als leer und ohne Bedeutung abgespeichert hatte.

Was bringt es einem Menschen, wenn du ihm sagst, wie schön, klug, witzig oder toll er ist? Nicht das Geringste, wenn du deine Zeit nicht dafür opfern willst, sie mit diesem Menschen zu teilen.

»Vielleicht lassen wir die beiden besser kurz allein?«, raunte mir Freddy ins Ohr und ich nickte stumm.

Wir verzogen uns ins Wohnzimmer und setzten uns wieder aufs Sofa.

»Sollen wir eine Wette abschließen?« Bei dieser Frage hatte mein Bruder diesen freudigen Glanz in den Augen.

»Worüber?«

In den letzten Tagen war eindeutig zu viel geschehen und mein Kopf voll von Informationen.

Denn normalerweise fiel es mir leicht, die Gedankengänge und absurden Ideen meines Bruders nachzuvollziehen.

Es stimmte nämlich, was man über Zwillinge sagte. Manchmal schien es, als teilten wir unsere Gedanken. Auch wenn dieses Gefühl in den letzten Wochen ein wenig nachgelassen hatte.

»Na, ob sie ihn reinbittet oder nicht.« Freddys Stimme klang ungeduldig. »Es wird echt Zeit, dass du dich mit Emily aussprichst.«

Womit wir wieder beim Thema wären.

»Es wird eher Zeit, dass du mich mit der Sache in Ruhe lässt«, antwortete ich genervt, weil ich nicht zugeben wollte, dass er recht hatte. »Was ist dein Einsatz?«

Eine gute Wette war bestens dafür geeignet, meinen Bruder auf andere Gedanken zu bringen. Also – danke, Freddy, für diese Vorlage!

»Wenn ich gewinne, klärst du die Sache mit Emily. Sagen wir mal, noch in diesem Jahr. Wenn du gewinnst, werde ich kein Wort mehr darüber verlieren.« Er streckte mir die Hand entgegen, eine Einladung, auf den Deal einzugehen.

So viel dazu, eine Wette kann meinen Bruder von irgendetwas ablenken.

»Gut, abgemacht«, gab ich mich geschlagen. »Aber ich tippe darauf, dass sie ihn abblitzen lässt. Nicht mal der Zauber von Weihnachten wird sie nach gestern gnädig stimmen. Du musst also dagegen wetten, sonst gilt die Vereinbarung nicht.«

»Kein Problem.« Freddy lehnte sich nach einem kurzen Handschlag zurück und verschränkte die Hände hinter seinem Kopf.

Wir mussten nicht lange darauf warten, zu erfahren, wer von uns die Wette gewonnen hatte.

»Bescherung!«, rief mein Vater mit einer Euphorie in der Stimme, als wären wir erneut fünf Jahre alt und empfänglich für einen Berg von Geschenken.

Die ersten zwei oder drei Pakete von ihm hatten uns damals wirklich gefallen. Danach hofften wir ein paar weitere Jahre darauf, endlich mal wieder unseren Vater unter dem Tannenbaum sitzen zu sehen, bis wir es schließlich ganz aufgaben.

Ein schiefes Grinsen und ein Zwinkern – mehr Reaktion gab es von Freddy nicht auf seinen Sieg. Vielleicht sollte ich ihm dankbar sein und die allerletzte Chance nutzen, auch wenn sie noch so klein war. Womöglich gab es ja doch so etwas wie ein Weihnachtswunder.

»Ich bin nicht nur wegen der Geschenke gekommen«, sagte mein Vater etwas später, nachdem wir seine Tüte geleert und um einige Smartwatches, Pralinenschachteln und Eau de Parfums reicher waren. Es war erstaunlich, wie schlecht dieser Mann seine Familie kannte. Na ja, eigentlich war es eher zu erwarten.

»Sondern?« Meine Mutter lächelte säuerlich und hätte mit den verschränkten Armen und ihrem Gesichtsausdruck wohl kaum mehr Ablehnung demonstrieren können als in diesem Moment. Ich musste sie unbedingt später fragen, womit er sie überzeugt hatte, ihn ins Haus zu lassen.

»Es geht um Fabian.« Mein Vater sah mich an und schien eine Reaktion von mir zu erwarten.

Doch ich wusste nicht, was ich darauf antworten sollte. Dabei ahnte ich, worauf er hinauswollte.

»Ich weiß, dass du Bedenken hast, was seine Zukunft angeht, Susanne …«, begann er, sein Blick lag weiterhin auf mir.

»Wir besprechen das besser mal ohne die Jungs«, unterbrach sie ihn sofort.

»Vielleicht wäre das wirklich besser«, murmelte ich vor mich hin und stand bereits auf, spürte aber eine Hand an meinem Arm.

»Wir sind alt genug, um mitzureden.« Freddy hielt mich fest.

»Schon okay, ich brauch eh gerade ein bisschen Ruhe.«

Daher verabschiedete ich mich von meinem Vater, der ebenfalls aufstand. »Junge, ich wollte nicht …«

»Lass gut sein«, antwortete ich.

»Ich hab gehört, wie begeistert sie beim Casting von dir waren und ich wollte wiedergutmachen, dass …«

»Dass du mich nicht mit auf Tour genommen hast, um mein unglaubliches Talent zu fördern und mich zu einem Kinderstar zu machen?« Es war mir egal, dass meine ganze Familie die Worte mit anhörte. Noch war ich nicht bereit, ihm auch nur ansatzweise zu verzeihen. Wahrscheinlich würde ich das nie.

»Nicht ganz, aber so ähnlich. Na ja, auf jeden Fall klingt alles scheiße, was ich jetzt sagen könnte. Daher … viel Erfolg. Ich werde mir die Sendung auf jeden Fall ansehen.«

Innerlich verdrehte ich die Augen.

Klar, ein ›Ich bin stolz‹ hätte blöd geklungen. Oder ein ›Ich hab Scheiße gebaut‹. Doch es hätte sich verdammt noch mal gut angefühlt.

Weil Weihnachten war und ich wusste, wie schwer ihm solche Gespräche fielen, bedankte ich mich trotzdem für seine Worte und setzte dann meinen Weg fort.

Dass mein Bruder ebenfalls das Feld räumte, bekam ich kaum mit, und er besuchte mich auch nicht in meinem Zimmer, sondern schien sich in sein eigenes Reich zurückzuziehen.

Auf dem Schreibtisch kramte ich nach Papier und Stiften, Dinge, die ich selten nutzte. Jetzt brauchte ich einen Ort, um meine Gedanken zu ordnen, zu brainstormen. Und das ging auf einem weißen Blatt, das ich unter meinen Fingerspitzen spürte, am besten.

Backen, schrieb ich irgendwo in die Mitte und grinste bei dem Gedanken daran, wie Emily sich über mich amüsiert hatte, als ich mit dem Buttermesser in der Hand vor ihr gestanden hatte.

Ich kritzelte es daneben und kringelte beides ein. Zog ein paar Striche, die von dem Kreis abgingen. *Mehl* schrieb ich als Nächstes, dann *Butterplätzchen* und schüttelte den Kopf über Emilys Vater. Er und meine Mutter – anfangs hatte ich nicht verstanden, wieso sie sich ineinander verliebt hatten. Mittlerweile war mir klar, wie ähnlich sie einander waren.

Nach kurzem Zögern ergänzte ich *Brownie-Tannenbäume naschen.*

Mein Lächeln von gerade wurde schwächer, es gesellte sich ein ungutes Bauchgefühl dazu. Ich hatte keine Ahnung, ob dieser Plan funktionierte. Ob ich überhaupt in der kurzen Zeit alles zusammenbekäme, was ich dazu brauchte. Doch ich wünschte es mir mehr als alles andere.

Emily

Du wirst es nicht glauben.

Nur diese Worte sendete ich an Jana, wahrscheinlich, weil ich selbst bisher nicht dazu in der Lage war, die Wahrheit vollständig und in ihrer ganzen Unglaublichkeit zu verdauen. Dann legte ich mein Handy auf den Nachttisch und schnappte mir das Buch, welches Oma mir gestern geschenkt hatte.

Ich blätterte ein wenig darin herum, besah mir die Illustrationsvorschläge für ein selbst gestaltetes Bullet Journal und versuchte, mich auf den Infotext zu konzentrieren, der voller Tipps für die Aufteilung des Planers war. Die vielen Worte fügten sich allerdings kaum zu sinnvollen Sätzen zusammen.

Einen Finger zwischen die Seiten geklemmt, fischte ich nach meinem Handy, aber es gab bisher keine Antwort.

Weil die Nachricht noch gar nicht bei ihr angekommen ist.

Ich stöhnte und erinnerte mich daran, wie schlecht der Empfang auf dieser blöden Skihütte war. Wenn das in diesem Tempo weiterging, würde Jana bis zum Jahreswechsel kaum erfahren, welcher unglaubliche Schock mich gestern unter dem Tannenbaum erwartet hatte.

Fabian hat einen Zwillingsbruder, sendete ich gleich die nächste Nachricht hinterher, in der albernen Hoffnung, sie könnte die erste anstupsen wie ein stecken gebliebenes Geschenk im Kamin.

Ein weiteres Stöhnen und ich ließ mich rückwärts aufs Bett fallen. Dieses Gefühl von Ungewissheit war ein ständiger Begleiter meines diesjährigen Dezembers und ich könnte echt darauf verzichten.

Statt die Sache jedoch zu vergessen, drängten sich Bilder vor mein inneres Auge, die ich auszublenden versuchte, was mir leider kläglich misslang.

»Hi, ich bin Frederik. Schön, dich kennenzulernen, Emily.«
Diese grausame Erkenntnis, die auf seine Worte folgt.

Obwohl ich bereits wusste, dass er mich mehrere Wochen lang hintergangen hatte, war diese Neuigkeit ein vollkommen anderes Level.

»Wir kennen uns schon, stimmt's?«

Das hatte ich darauf erwidert. In wie vielen Situationen war es eigentlich er gewesen, mit dem ich meine Zeit verbracht hatte? Hatten wir uns etwa auch …?

»Schuldig.« Die Art, wie er daraufhin grinst …

Und ich hatte es all die Male nicht erkannt. Hatte nicht gemerkt, wie unterschiedlich die beiden eigentlich waren. Stattdessen hatte ich gedacht, Fabian hätte bloß einen ziemlich wankelmütigen Charakter.

»Es tut mir furchtbar leid, Emily«, wendet sich Susie an mich und ihre Stimme dringt wie durch Watte zu mir durch. »Eigentlich habe ich angenommen, dass ich andere nicht mehr vor meinen Zwillings-Jungs warnen muss.« Sie wirft ihren Söhnen einen durchdringenden Blick zu, einen, zu dem nur Mütter fähig sind.

»*Ich dachte, du wüsstest es ... unser Gespräch nach dem Spiel im Café ... du hast gesagt, ich meine ...*«

Fabians Gestotter und sein umherspringender Blick, der alles, nur nicht mich fixiert, sind für mich kaum zu ertragen.

»*Ich* habe *es aber nicht gewusst, Fabian.*«

Am schlimmsten war dieses leise Gefühl von Hoffnung, das fest an die Tür meines Herzens geklopft hatte. Es war absolut unangebracht. Der Kerl hatte mich nach Strich und Faden belogen. Nur, weil es in Wirklichkeit eine andere Lüge gewesen war, verwandelte sie das noch lange nicht in eine Wahrheit.

»Du kennst seine Gründe nicht«, flüsterte eine innere Stimme. »Vielleicht war alles bloß ein riesengroßes Missverständnis.«

Ich schüttle die Worte ab, sehe von einem Zwilling zum anderen. Und weiß nicht mehr, was ich glauben soll.

Eine eingehende Nachricht weckte mich aus meinem Tagtraum. *Zum Glück.* Die Nachrichten waren bei Jana in den Bergen angekommen und sie hatte mir darauf geantwortet.

Jana:
Jackpot! Ist der wenigstens
netter?

Ich verdrehte die Augen. Normalerweise war meine Freundin besser darin, Zusammenhänge zu erkennen.

»Du meinst, so wie du, als du wochenlang zwei verschiedene Jungs für denselben gehalten hast?«, höhnte wieder diese Stimme. »Trotz all der merkwürdigen Vorkommnisse?«

Wahrscheinlich sollte ich über einen Therapeuten nachdenken. Zumindest verriet mir mein Laienwissen, dass es nicht das beste Zeichen war, ständig eine Stimme im Ohr zu haben.

Im Gegenteil, tippte ich zurück. *Du kennst ihn schon. Die zwei sehen sich echt zum Verwechseln ähnlich.*

Den Wink mit dem Zaunpfahl sollte meine Freundin selbst vom höchsten Berg aus gesehen haben. Wobei die Luft dort oben ja ziemlich dünn sein sollte. Ob sie mich bloß veräppelte, um mich aufzuheitern?

Mein Handy zeigte mir mal wieder an, dass die Nachricht nicht zugestellt wurde, und mein Gehirn mit seinem Hang zur Selbstquälerei nutzte die Gelegenheit, mich zurück in den furchtbaren Tagtraum zu ziehen.

Fabians Miene ist so erschüttert, dass ich beinahe weich werde. Aber nur beinahe.

»Also ich weiß nicht, wie ihr alle das seht. Für mich ist Weihnachten jedenfalls gelaufen.«

Scheiß auf die Traditionen. Scheiß auf Baumschmuck-Familie. Die können mir allesamt gestohlen bleiben.

»Emmi. Vielleicht können wir dieses Kennenlernen nutzen, um in Ruhe über alles zu reden.« Die Stimme meiner Oma bringt mich zum ersten Mal kein bisschen runter.

»Reden.« Ich lache. »Fabian, möchtest du den Anwesenden erklären, wie oft wir versucht haben, über alles zu reden?«

Er bleibt stumm, dafür schaltet Freddy sich ein: »Wenn du auf jemanden sauer sein willst, dann auf mich. Fabian kann überhaupt nichts dafür.«

Wenn ich auf jemanden ... Dieser Kerl hat echt Nerven, das muss ich ihm lassen.

»Klar, kein Problem. Ich vergesse jetzt einfach die ganze Sache und verbringe einen netten Abend unter dem Tannenbaum mit euch allen.« Mir schießen Tränen in die Augen und aus meinem Tagtraum wird Realität.

Ich wischte mir über die feuchten Wangen und versuchte, mich daran zu erinnern, wann ich zum letzten Mal geweint hatte. Keine feuchten Lider oder vereinzelte Tränen. Sondern so richtig lautstarkes Losheulen? Sofort bereute ich diesen Gedanken, denn ich wusste sofort, wann das gewesen war.

Nein. Nicht ausgerechnet dieser Tag. Doch so sehr ich mich gegen die aufkommende Erinnerung sträubte, sie war nicht mehr aufzuhalten.

»Mama wollte Mehl mitbringen, dann können wir die Zimtsterne dieses Jahr zusammen machen«, schlage ich vor. »Was meinst du, Omi?«

Sie lächelt mich an, die vielen Fältchen um ihre Augen lassen sie dabei noch fröhlicher aussehen. »Das wäre toll.«

Ihr Blick huscht zur Uhr und sie zieht die Stirn kraus. »Wann ist sie denn losgefahren?«

Ich zucke die Schultern. »Weiß nicht. Mit dir vergeht die Zeit immer so schnell.«

In diesem Moment höre ich, wie der Schlüssel ins Schloss der Haustür gesteckt wird, und laufe in den Flur, um meine Mutter zu begrüßen.

Doch als ich den Gesichtsausdruck meines Vaters sehe, der eigentlich erst in ein paar Stunden Feierabend machen wollte, breitet sich eine Kälte in meinen Adern aus, die mich mitten in der Bewegung erstarren lässt.

Mein Vater hat nicht das gleiche sonnige Gemüt wie meine Mutter, aber so ernst wie in diesem Moment habe ich ihn wahrscheinlich noch nie gesehen.

»Was ist passiert?«, fragt meine Oma hinter mir, die einen besonders ausgeprägten Sinn für die Stimmungen anderer hat.

»Sie ... sie konnten ihr nicht mehr ... Ich meine, das Auto hat Feuer gefangen und es gab keine ...« Paps schaut in unsere Richtung, aber er scheint durch uns hindurchzusehen.

»Oh Gott«, sagt meine Oma und legt mir einen Arm um meine Schulter. Fast, als wolle sie mich stützen.

Ich verstehe es nicht. Nein, ich will *es nicht verstehen. Das Einzige, was ich verstehe, ist unmöglich.* Darf *einfach nicht wahr sein.*

»Es tut mir so leid, mein Schatz.« Jetzt sieht mein Vater mich endlich an und seine Augen glänzen feucht.

Aber er weint nicht. Er weint doch nie. Ich habe Paps niemals weinen sehen.

»Was ist denn los? Ich verstehe nicht«, sage ich, als würde das Aussprechen die Worte wahr werden lassen.

Ich sehe zwischen meiner Oma und meinem Paps hin und her, spüre Tränen auf meinen Wangen. Fast schon trotzig wische ich sie fort. Warum soll ich weinen? Es ist nichts geschehen, alles ist gut.

»Deine Mutter hatte einen Unfall«, sagt mein Vater nach einer kurzen Stille.

Diese simplen Worte sind es, die meine Welt in tausend Teile zerspringen lassen wie ein heruntergefallenes Glas, das auf den Fliesen zerschellt. Doch ein Glas kann man neu kaufen. Meine Welt, die gibt es nur ein einziges Mal. Mein Leben, wie ich es kenne, es bisher kannte, dreht sich um meine Mutter, meinen Vater und meine Oma. Nun ist jemand fort. Das spüre ich so deutlich, als wäre das, was plötzlich fehlt, normalerweise ein Teil meines eigenen Körpers.

Alle Erinnerungen, die danach kamen, waren verschwommen. Genauso wie es meine Sicht in diesem Moment war. Wir hatten uns nicht von Mama verabschieden können. Plötzlich war sie uns genau in der Zeit entrissen worden, die uns als Familie immer am nächsten zusammengebracht hatte. Vom einen auf den anderen Tag fehlte unser Mittelpunkt und ich wusste, dass ich diesen mit allem, was ich hatte, ersetzen musste. Denn nur so lebte ein Teil von ihr weiter. Nur so erinnerte ich mich daran, wie die Adventszeit und das Weihnachtsfest mit ihr gewesen waren.

Der Ton einer eingehenden Nachricht erklang und ich bemerkte erst jetzt, wie dunkel es in meinem Zimmer geworden war. Wie viele Stunden ich auf meinem Bett gelegen und meinen Gedanken nachgehangen hatte.

Die Nachricht war allerdings nicht von Jana, sondern von Fabian.

Schokodieb:

Liebe Emily, bitte nimm dir am 30. Dezember nichts vor. Ich würde mich gerne bei dir entschuldigen. Wenn du mich lässt. Es liegt ganz bei dir. Wir treffen uns um 8 Uhr bei mir zu Hause. Ich hoffe sehr, dass du kommst.
Liebe Grüße vom Schokodieb (dem echten Fabian)

30. Dezember

Fabian

Seit etwa einer Stunde starrte ich alle paar Minuten auf mein Handy. Zum einen, um die Uhrzeit zu checken, zum anderen, weil ich auf eine Nachricht von Emily wartete.

Na ja, eigentlich hatte ich schon in der Nacht kaum geschlafen. Nicht einmal wegen des Vorsprechens war ich so nervös gewesen wie jetzt.

Es war halb acht und damit blieben noch dreißig Minuten bis zu unserer Verabredung.

Der Haken an der Sache: Emily hatte mir bisher gar nicht zugesagt.

Emily

Ein Morgenmensch also. Wer sonst lud einen um 8 Uhr in der Früh zu sich nach Hause ein? In den *Ferien*. Eigentlich hatte ich ausgiebig und lange schlafen wollen, doch diese blöde innere Stimme gab nicht mal nachts Ruhe. Ständig redete sie auf mich ein, dass ich mir zumindest anhören könnte, was Fabian zu sagen hatte.

Dabei hatte es dazu so viele Chancen gegeben, dass ich sie schon nicht mehr zählen konnte.

Was also sollte sich plötzlich verändert haben, dass er mir nun etwas sagen würde, dass mich umstimmte?

Fabian

Weniger reden und mehr Taten sprechen lassen. Das war mein heutiges Motto. Es war bloß schwer umzusetzen, wenn Emily gar nicht hier auftauchte.

Zehn Minuten. Keine Chance mehr, still auf meinen vier Buchstaben sitzen zu bleiben. Ma und Frederik hatte ich für heute ausquartiert, zumindest bis zum Abend. Heute sollte es erst mal nur um Emily gehen.

Wenn sie mich nur lässt, dann wird das ein unvergesslicher Tag.

Emily

Ein paar Lügen mehr oder weniger – welchen Schaden könnten die schon anrichten? Mit diesem Gedanken hatte ich mich schließlich auf den Weg zu Fabian gemacht. Dabei zweifelte ich stark daran, die richtige Entscheidung getroffen zu haben.

Aber nun war es für einen Rückzieher zu spät, redete ich mir zumindest ein. Ich stand vor seiner Tür, könnte noch immer abhauen, ohne bemerkt zu werden.

»Emily, du bist es«, weckte Fabians Stimme mich aus einer Starre, die ich selbst kaum bemerkt hatte.

Die Worte klangen überrascht, als wäre es nicht er selbst gewesen, der mich zu sich eingeladen hatte.

Moment ... vielleicht hatte er auch gar nicht ...

»Ich hab vor ein paar Tagen diese Nachricht von dir ... von deinem Bruder ... ach, ich weiß es doch auch nicht.« Meine Wangen glühten. Peinlicher ging es ja kaum.

»Die Nachricht war von mir.« Er öffnete die Tür so weit, dass ich eintreten konnte. »Ehrlich gesagt hatte ich mir unsere Begrüßung etwas anders vorgestellt. Ich hätte mir denken können, dass du misstrauisch wegen der Nachricht bist. Aber Freddy wird sich nie wieder für mich ausgeben, das hat er mir versprochen.«

Ich rang meine Hände, unschlüssig, was ich erwidern sollte.

Vor mir stand also tatsächlich Fabian. Nun, da ich von den Zwillingsbrüdern wusste, fühlte ich mich sogar dazu imstande, sie zu unterscheiden. Schließlich hatte ich den ganzen Dezember über die zwei unterschiedlichen Versionen vom vermeintlichen Fabian studiert.

»Ich freue mich echt, dass du gekommen bist, Emily.«

»Keine Ahnung, wieso ich das getan habe.«

Er presste die Lippen leicht auteinander, formte sie dann zu einem angestrengten Lächeln. »Weil du neugierig bist?«

»Vielleicht«, gab ich möglichst gleichgültig zurück und musste mich davon abhalten, sein Lächeln zu spiegeln, weil er mich so gut kannte. Das alles erinnerte viel zu sehr an unsere ersten Begegnungen, in denen noch kein Netz aus Lügen zwischen uns gehangen hatte.

»Emily.« Die Art, wie Fabian meinen Namen sagte, traf mich bis ins Innerste. »Du bringst mich echt durcheinander.«

Ich hob eine Augenbraue. Wer bitte brachte hier wen durcheinander?

Aus seiner Jeanstasche fischte Fabian einen gefalteten Zettel, der schon ziemlich abgegriffen wirkte und ließ den Blick über die dicht beschriebenen Zeilen wandern. »Stimmt ja. Zu jeder vollen Stunde …«, murmelte er. »Möchtest du reinkommen?«

Na schön, liebe innere Stimme. Ich bin neugierig.

»Was ist zu jeder vollen Stunde?«

Zum ersten Mal betrat ich die Wohnung der Familie Müller. Gleich im Flur lenkte etwas meine Aufmerksamkeit auf sich.

»Von wem ist denn der Hello-Kitty-Adventskalender?«, fragte ich, weil ich den weder einem der Jungs noch Susie zuordnen konnte. Zumal er ungeöffnet aussah.

»Ja, das …«, begann Fabian. »Leider hatten sie nur den oder einen von Lego Ninjago.«

Er zuckte mit den Schultern und langsam dämmerte mir, dass der Kalender für mich sein sollte.

»Ach und da dachtest du dir, sie ist schließlich ein Mädchen und steht nicht auf Lego oder coole Ninjas?« Ich verschränkte die Arme vor der Brust und hielt mein Pokerface aufrecht.

»Ja, nein … Jana meinte … Sorry, hättest du lieber den anderen gehabt?«

Er wirkte ehrlich zerknirscht. Doch ich konnte mich bloß auf ein Detail seiner Aussage konzentrieren.

»Wieso Jana?«, fragte ich misstrauisch und meine Muskeln verspannten sich. Erst gestern war meine beste Freundin aus ihrem Urlaub zurückgekehrt.

Gegen den Protest ihrer Familie hatte sie sich ein paar Stunden Zeit genommen, mich aufzubauen und gemeinsamen Kriegsrat zu halten.

Natürlich war sie dafür, Fabians Einladung zu folgen. Notfalls eben, um ihm eins auszuwischen. Dass sie mit ihm unter einer Decke steckte, musste sie dabei wohl vergessen haben, zu erwähnen.

»Sie hat mir nur etwas bei den Vorbereitungen für heute geholfen«, erklärte er.

»Inwiefern?« Immer noch hielt ich die Arme verschränkt. Diesmal nicht gespielt, sondern demonstrativ.

»Mensch, Emily.« Fabian stieß hörbar Luft aus. »Ich weiß, du hast eine Menge durchgemacht mit mir und meinem Bruder in den letzten Wochen. Aber glaub mir, den gleichen Fehler werde ich nicht zweimal machen. Du bist hergekommen, weil du das mit uns nicht ganz aufgegeben hast. Also lass mich dir erst mal zeigen, was ich geplant habe.«

Das mit uns. Dieser Teil seiner Ansprache hallte in mir nach, als ich meine Arme aus der Verknotung löste.

Hatte er es für sich so genannt? Hatte es für ihn ein *Uns* gegeben?

»In Ordnung«, sagte ich. »Was hat es also mit Hello Kitty und den Ninja Turtles auf sich?«

»Ninjago.« Er grinste. »Ja, der Adventskalender ist für dich. Zu jeder vollen Stunde kannst du ein Türchen öffnen. 24 Türchen für 24 Stunden. Also na ja, ganz so lange werden wir wohl nicht durchhalten.«

Ich wollte ihm nicht zeigen, wie süß ich diese Idee fand, also griff ich schnell nach dem flachen Pappkalender, um mich auf die Suche nach der ersten Zahl zu machen.

24 Stunden? Mit einer so langen Verabredung hatte ich nicht gerechnet und die Aussicht darauf, einen vollen Tag mit ihm zu verbringen, machte mich auf so viele Arten nervös, dass ich meine Gedanken schnell in eine andere Richtung lenkte.

»Hier im Haushalt gibt es leider noch keine Plüschsocken.« Fabian blickte auf die Winterboots an meinen Füßen. »Du kannst die Schuhe auch anlassen, wenn du möchtest.«

Ich ließ das Schokotäfelchen aus der Vertiefung ploppen und betrachtete es kurz, dann sah ich ihn an. »Bloß, weil ich so gerne Plüschsocken trage, heißt das ja nicht, dass ich ohne gleich kalte Füße krieg.«

Bitte lass diese Worte in seinen Ohren nicht zweideutig klingen.

Die Glocke aus Schokolade wanderte in meinen Mund, danach zog ich mir die Boots von den Füßen. Der Fliesenboden war kühl durch meine dünnen Socken zu spüren, aber nicht wirklich kalt.

»Mir fehlen die Plüschdinger mittlerweile.« Fabian zuckte die Schultern und bedeutete mir, ihm zu folgen.

Eine Tür weiter standen wir im kleinen Wohnzimmer. Eine braune, etwas abgewetzte Ledercouch bildete zusammen mit dem Ohrensessel eine Sitzgruppe um einen runden Marmortisch mit weißen und schwarzen Mustern.

So hatte ich mir Susies Einrichtung definitiv nicht vorgestellt. Mein Blick fiel auf den Adventskranz auf dem Couchtisch, der kunstvoll zusammengestellt war und mich an irgendetwas erinnerte. Der Docht der Kerzen war weiß, sie hatten bisher also nicht gebrannt. Das passte allerdings perfekt zu Susie. Einen Adventskranz aufzustellen, ihn dann jedoch nicht anzuzünden.

»Zimtsterne?«

Irritiert drehte ich mich zu Fabian um, der mir einen kleinen Plätzchenteller mit duftenden Keksen entgegenstreckte.

»Ähm …« Mir fehlten kurz die Worte.

»Zimtsterne«, wiederholte Fabian und sein Lächeln geriet ins Wanken. »Die isst du doch normalerweise, wenn …«

»Wenn ich die erste Kerze an Omas Adventskranz anzünde.« Endlich hatte ich meine Sprache wieder, dafür sammelte sich ein Kloß in meinem Hals.

»Ist der etwa von ihr?« Ich deutete auf das weihnachtliche Gesteck. Es sah anders aus als unseres, aber die persönliche Note meiner Oma war mir gleich aufgefallen.

»Ja, es gab leider keine Restposten mehr, und als ich sie nach eurer Tradition gefragt habe, hat sie sofort angeboten, einen zu binden. Sie hatte Material übrig und ...«

»Moment«, unterbrach ich ihn. Vielleicht sollte ich darüber nachdenken, ihn häufiger aussprechen zu lassen, die Informationen kamen bloß einfach zu schnell. »Hast du etwa auch eine Geschichte zum Kranz?«

Fabians Wangen färbten sich dunkler und er fuhr sich über seinen nicht vorhandenen Bart. »Na ja. Ich hätte da schon eine. Mir war es wichtig, dass alles genauso ist, wie du es kennst. Nachdem ich den ganzen Monat über ein solches Chaos angerichtet habe.«

Er starrte auf den Teller mit den Zimtsternen, den er weiterhin in den Händen hielt.

»Fabian.« Ich nahm ihm die Plätzchen ab und stellte sie neben den Kranz. »Wir sollten uns erst mal setzen, und dann erklärst du mir, was das hier soll, in Ordnung?«

So viel Wut eigentlich noch tief in mir steckte, in diesem Moment konnte ich sie gegenüber diesem verunsicherten Typen mit den tiefbraunen Augen, in denen der grüne Kranz jetzt seltsam fahl wirkte, nicht empfinden. Gerade wirkte er so verletzlich und unsicher, wie er mit herabhängenden Schultern und gehobenen Händen vor mir stand, als hielte er weiterhin den Teller.

»Klar«, sagte er und löste seine Starre.

Er ließ mir den Vortritt und wir nahmen auf dem Sofa Platz, in das ich ein ordentliches Stück versank. Allzu deutlich nahm ich nun Fabians Nähe wahr, nicht in der Lage, wieder Distanz zwischen uns zu bringen.

»Eigentlich wollte ich weniger reden, denn das hat ja in den letzten Wochen auch nicht so gut funktioniert«, begann er und ich schnaubte leise.

»Kann man wohl so sagen.«

»Aber ich kann auch verstehen, dass du wissen möchtest, wozu ich dich eingeladen habe.«

Als eine kurze Pause entstand, griff ich mir einen Zimtstern und knabberte zuerst die Zacken ab. »Das wäre super.«

»Ich hab darüber nachgedacht, was es für dich bedeutet hat, dass unsere Eltern so viel Zeit miteinander verbracht haben. Wie mein Bruder und ich einige deiner Pläne durcheinandergebracht und was wir für ein Chaos angerichtet haben.«

Die Zimtsterne waren auf den Punkt perfekt. Außen leicht kross, innen schön saftig und mit einem Hauch von Orange. Zudem hielten sie mich davon ab, Fabian nicht allzu gebannt auf die Lippen zu starren, während er sprach. Seine Worte waren wie Balsam für mein Herz.

»Darum würde ich dir gerne etwas von dem zurückgeben, was du diesen Dezember versäumt hast.«

Beinahe verschluckte ich mich an einem Kekskrümel. »Zurückgeben?« Nun hielt ich meinen Blick doch fest auf Fabian geheftet. Suchte nach der vertrauten Version von ihm, die mir in den letzten Tagen so gefehlt hatte.

»Ja, Emily. Ich möchte mich wirklich von Herzen bei dir für alles entschuldigen. Und da Worte bekanntlich nur der Schatten einer guten Tat sind, habe ich in den letzten Tagen alles dafür vorbereitet.«

Unsere Blicke verflochten sich miteinander, wir beide schienen unfähig, sie abzuwenden.

»Was hast du vorbereitet?«, hauchte ich.

»Deine Traditionen. 24 Dezembertage in 24 Stunden, also fast. Bist du bereit für deinen Dezember 2.0, Emily?«

»Lust auf Plätzchenbacken?«, fragte Fabian.

»Attackiere mich nur nicht wieder mit einem Messer, okay?« Ich grinste.

»Es war ein Buttermesser.« Er verdrehte die Augen und sah gleichzeitig so glücklich aus, dass ich schwören könnte, er dachte genauso gern an diesen Tag zurück wie ich.

»Diesmal gibt es sogar genug Mehl, wie ich sehe.« Die Arbeitsfläche in der Küche war ziemlich klein, dadurch bedeckten die vier Pakete Mehl bereits einen Großteil davon.

»Ich wollte bloß auf alles vorbereitet sein.«

»Du meinst darauf, dass gleich spontan eine ganze Grundschule vor der Tür steht und nach Plätzchen verlangt?«

»Solche oder ähnliche Notfälle sollten wir nicht unterschätzen.«

»Oder …« Ich nahm ein Paket Mehl hoch und wog es prüfend auf der Handfläche. »Wir machen was, das ich immer schon mal ausprobieren wollte. Nur hatte ich nie Lust, es hinterher aufzuräumen, aber das hier ist eure Küche, also …«

Fabian bekam große Augen und streckte den Arm in Richtung der Mehlpackung aus, aber ich drückte sie an meine Brust wie einen Schatz.

»Also eigentlich ging es heute darum, dass wir alles genauso machen, wie du es Weihnachten immer tust. Weil Traditionen dir doch so wichtig sind.«

»Stimmt natürlich.« Ich legte einen Finger ans Kinn und zog die Brauen gespielt nachdenklich zusammen. »Müsste ich nicht mal langsam das nächste Türchen aufmachen?«

Fabian wandte sich um, damit er den Kalender aus dem Wohnzimmer holen konnte. Auf diese Chance hatte ich spekuliert.

Möglichst leise riss ich die Packung auf, griff mir eine Handvoll Mehl heraus und hielt beides hinter dem Rücken, bis Fabian mit dem Adventskalender zurückkam. Mein Herzschlag pochte mir bis in die Ohren und ich fühlte mich wie damals, als ich es geliebt hatte, mich hinter Türen zu verstecken, um meinen Eltern einen Schreck einzujagen.

»Soll ich die Zahl für dich suchen oder worauf wartest du?«

»Nein, das mach ich schon«, antwortete ich und ließ dann meine Hand vorschnellen. Statt jedoch nach dem Kalender zu greifen, schleuderte ich Fabian einen kleinen Mehlball entgegen, der ihn an der Schulter traf und in einer Wolke auseinanderstob.

Sofort ließ er den Kalender fallen und schlug die Hände vors Gesicht. Der Mehlstaub breitete sich schneller aus als gedacht, sodass ich meine Augen schließen und husten musste.

»Das hab ich mir echt lustiger vorgestellt«, gab ich zu, als sich der Staub gelegt hatte.

»Ich hab es mir genauso vorgestellt.«

»In Filmen sieht das eigentlich nach einer Menge Spaß aus.« Ich hob die Schultern und grinste schief.

»Selbst als Nicht-Schauspielerin solltest du wissen, dass es vor der Kamera ganz anders wirkt, als es hinter der Kamera tatsächlich ist.« Fabian klopfte sich Mehl von der Schulter, und selbst in seinen Haaren hing der Staub.

»Sorry«, gab ich mich zerknirscht. Ein wenig war ich es sogar. »War eine spontane und eindeutig zu unbedachte Aktion von mir.«

»Irgendwie hab ich das Gefühl, dass du gar nicht scharf drauf bist, die jährlichen Butterplätzchen zu backen.« Es schwang keinerlei Frage in seiner Aussage mit.

Daher antwortete ich bloß mit einem einfachen »Schuldig«.

Es entstand eine kleine Pause, die ich dazu nutzte, meine Gedanken zu sortieren.

Wieso hatte ich gerade eben einen wirklich süß gemeinten Plan sabotiert? Das sah mir überhaupt nicht ähnlich.

»Was möchtest du dann?«, fragte Fabian mich jetzt.

Was ich wollte ... Wahrscheinlich ziemlich genau das, was ich bereits den ganzen Dezember vor meiner Nase gehabt hatte.

»Es liegt nicht an dir, also schon. Um ehrlich zu sein ...« Ich atmete tief durch, sammelte Kraft für die folgenden Worte. »Eigentlich habe ich durch dich gelernt, dass es nicht immer nach Plan laufen muss, um schön zu sein.«

Diese Erkenntnis laut auszusprechen und ihn daran teilhaben zu lassen, sollte sich nach einem Verlust anfühlen. Dabei war es vielmehr so, dass sich eine Leichtigkeit in mir breitmachte, die ich schon ewig nicht gespürt hatte.

»Also das freut mich wirklich«, antwortete Fabian und als er sich durchs Gesicht fuhr, verteilte er eine Spur Mehl darin. Es nahm ihm die Ernsthaftigkeit und lockte ein Kichern in mir hervor.

»Lach mich nur aus. All die Planung der letzten Tage ist also umsonst gewesen.« Sein Lächeln verriet, dass er nicht ganz so niedergeschlagen war, wie es seine Worte vermuten ließen. Er setzte sich auf die Eckbank gegenüber der Küchenzeile.

»Ach Quatsch. Wir tauschen für heute einfach die Rollen. Du bist der Planer und ich die Unruhestifterin. Wir machen das Beste draus und sind ... spontan.« Ich konnte gar nicht mehr mit dem Kichern aufhören, so komisch war diese Situation.

»Ach komm. Der Titel passt vielleicht doch etwas besser zu meinem Bruder, auch wenn mich mindestens genauso viel Schuld an dem Schlamassel trifft wie ihn.«

»Warum hat er dieses Spiel eigentlich begonnen?« Ich schob mich neben ihn auf die Bank und überlegte, welche meine erste Begegnung mit Freddy gewesen sein musste.

Wahrscheinlich war es das Mal, als er die Dose bei uns abgeholt und mir den blöden Snickers-Spruch reingedrückt hatte. Wahrscheinlich hatte er nicht mal was von meiner Allergie gewusst.

»Er war ziemlich unzufrieden in Köln und hat sich mehr Unterstützung von seiner Familie gewünscht. Eishockey war seine Welt und die Mannschaft in München zu verlassen, hat ihm einige Steine in den Weg gelegt. Ich denke, er wollte es mir heimzahlen, dass ich ihn im Stich gelassen und meine Träume über seine gestellt habe.«

Mir fiel nichts ein, was ich darauf erwidern konnte. Gewissermaßen verstand ich seine Gefühle, auch wenn ich selbst bisher keinen Plan von meiner Zukunft hatte.

Aber verraten zu werden von einem Menschen, den man liebte, war wie ein sauberer Stich ins Herz. Von hinten, da man es nicht kommen sah.

»Mein Plan beinhaltete wenige Worte und viele Taten. Trotzdem sitzen wir nun hier und reden.« Fabian suchte meinen Blick und die Hand, die auf der Tischplatte lag, berührte wie beiläufig meine.

»Taten also.« Ich schluckte und spürte unsere Nähe überdeutlich. »An was hattest du da gedacht? Vielleicht etwas ohne dieses gemeingefährliche Mehl.«

Statt mir zu antworten, löste er die federleichte Berührung zwischen unseren Fingern.

Aber nur, um seine Hand zu heben und mir eine verirrte Locke aus dem Gesicht zu streichen.

Dass mein Puls sich zusammen mit meinem Atem beschleunigte, konnte ich nicht verhindern.

»Mich aus dem Konzept zu bringen, steht also als Nächstes auf deiner Liste? Darf ich die mal sehen?«, fragte ich, um meine Unsicherheit zu überspielen.

»Nein«, sagte Fabian. »Bringe ich dich denn aus dem Konzept?«

Unsere Gesichter waren sich nah.

Wann waren sie einander näher gekommen? Hatte ich mich zu ihm gelehnt oder er zu mir? Sollte ich nicht … Na ja, jetzt war es wohl zu spät für diese und andere Fragen.

Seine Lippen lagen warm auf meinen und es fühlte sich an wie Nachhausekommen.

Ich griff in sein mehlbestäubtes Haar, zog ihn ein kleines Stück näher zu mir heran.

Eindeutig war *kein* Plan manchmal einfach der beste von allen.

Auf den ersten waren weitere Küsse gefolgt und obwohl ich am liebsten den ganzen Tag mit Fabian zusammen auf dieser ganz besonderen Wolke, die nach Zimt und Tanne duftete, verbracht hätte, standen noch einige Vorhaben auf unserer Liste. Dass er in den letzten Tagen viel dafür getan hatte, diese Aktion für mich auf die Beine zu stellen, wurde mir mit jeder Minute und mit jedem liebevollen Detail seiner Planung bewusster.

Nicht nur Jana und meine Oma, auch Paps, Freddy und sogar Susie hatten ihn dabei unterstützt. So gab es einen unperfekten Tannenbaum mit zwei Spitzen in Gold und Rot zu schmücken, das Theaterstück aus meiner Kindheit mit Fabian in drei unterschiedlichen Rollen zu bestaunen sowie einen Abstecher zum Shoppingcenter und Tonis Café und viele weitere Highlights. Nebenbei gab es all die typisch weihnachtlichen Snacks von früher, an die selbst ich mich nicht mehr erinnerte.

Zum Dinner waren dann auch Paps, Oma, Susie und Freddy wieder da und wir holten unseren verpatzten Heiligabend nach – wie ich es kannte und doch ein kleines bisschen anders. Und dieses *anders* war eindeutig eines der guten Sorte.

»Kommen wir jetzt zur Verteilung der Wichtelgeschenke«, verkündete Fabian, der noch immer die Rolle des Organisators innehatte. Mich zurückzulehnen und die Kontrolle abzugeben, war zwar ungewohnt, aber auch erleichternd.

»Ach, Scheiße«, stieß ich aus, als ich mir vorstellte, wie Fabian gleich sein Plüschgeweih auspacken würde. Nach dem 24. hatten wir alle Päckchen zusammen in einen Sack gepackt und bisher nicht angerührt.

Mit meinem Ausbruch lenkte ich die Aufmerksamkeit aller Anwesenden auf mich. Susie wirkte irritiert, Paps und Freddy amüsiert.

»Emmi, Kleines. Dieses Jahr mussten wir uns doch alle erst mal kennenlernen. Ein passendes Geschenk zu finden, war sicher für keinen von uns einfach.«

»Danke, Omi«, sagte ich nur und schlug dann vor, dass sie mit dem Auspacken anfing.

Es war eine geblümte Kochschürze von Susie, bei der sie sich überschwänglich bedankte, obwohl ich wusste, dass meine künftige Stiefmutter nicht ganz ihren Geschmack getroffen hatte.

Susie bekam von Frederik, der das Glück gehabt hatte, seine Mutter zu ziehen, ein Paar Ohrringe. Freddy hatte ein Geschenk von meinem Paps bekommen, bei dem ich mir sicher war, dass er sich gegen die Regeln Tipps bei seiner Freundin geholt hatte. Wie sonst hätte er auf die neuen Eishockeyhandschuhe kommen sollen? Doch ich war viel zu nervös, um ihn jetzt darauf anzusprechen. Außerdem hatte meine Oma recht – dieses Jahr war es für keinen von uns leicht gewesen.

Paps bekam von Susie einen Reiseführer über Schweden geschenkt und als ich seine ehrliche Freude bemerkte, wurde mein Inneres ganz warm vor Glück. Jahrelang hatte er das Land besuchen wollen, aber mir zuliebe auf diese Reise verzichtet. Dass er sie bald mit seiner Freundin unternehmen konnte, freute mich unbeschreiblich für ihn.

Obwohl der 24. ins Wasser gefallen war, hatte mein Vater sie gefragt, ob sie zu uns ziehen wollte, und sie hatte *Ja* gesagt.

Es fühlte sich gut an, sich deswegen mit ihm zu freuen.

»Da die Kette abgerissen ist, schätze ich mal, dass wir uns gegenseitig gezogen haben«, sagte Fabian und mein Lächeln schwand.

»Was für ein Zufall ...« Mir brach der Schweiß aus, weil ich eindeutig das schlimmste Geschenk von allen hatte.

Jana, wozu hast du mich da bloß wieder angestiftet?

»Sollen wir es gleichzeitig aufmachen?«

»Mach du lieber meins zuerst auf.«

Dann hatte ich es hinter mir.

Ihm dabei zu zuzusehen, wie er das verpackte Geschenk vorsichtig öffnete, war, wie ein Unglück zu beobachten, ohne einschreiten zu können. Womit würde ich mich wohl lächerlicher machen? Ihm das Ding jetzt gleich aus den Händen zu reißen oder es ihn auspacken zu lassen?

»Ich möchte noch mal daran erinnern, dass ich ziemlich wütend war, als ich dieses Geschenk ...«, versuchte ich zu retten, was nicht mehr zu retten war.

»Wow, das ist ... pink und ... plüschig.«

Zu spät.

Frederik begann lautstark zu lachen, als sein Bruder das Geweih aus dem Papier zog und es in die Runde zeigte.

»Alter, das ist perfekt! Setz es auf, ich mach ein Foto.« Er zückte sein Handy. »Emily, dafür hast du was gut bei mir.«

»Das war nur so eine blöde Idee, als ich mit Jana shoppen war«, versuchte ich zu erklären.

Freddys Begeisterung machte die Situation nicht gerade besser.

»Erzähl es mir später«, sagte Fabian sanft und lächelte mich so zärtlich an, dass ich spontan auf meinem Sitz jegliche Körperspannung verlor. »Und Bruder, auch das müssen wir verschieben. Emily ist jetzt dran mit Auspacken.«

Klar, nach dem Plüschgeweih konnte sein Geschenk ja nur gut sein. Ich tastete nach dem Päckchen und als ich spürte, wie weich es war, kroch bereits eine Ahnung in mir hoch, die mich zum Grinsen brachte.

Tatsächlich waren es Plüschsocken. Schlichte, in einem schönen Weinrot mit goldener Aufschrift. Doch als ich las, was dort stand, verblasste mein Lächeln und Tränen stahlen sich in meine Augen.

Schokodiebe küssen besser.

Wie recht er damit hatte.

31. Dezember

Emily

»Sind da eigentlich Türchen in meinem Hello-Kitty-Kalender übrig, die ich aufmachen kann?«

Fabians Brust zitterte unter meiner Wange, als er leise lachte. »Du meinst, unter all dem Mehlstaub schmecken die noch?«

»Du solltest mittlerweile wissen, dass ich Schokolade nicht verschwende. Das bisschen Mehl lässt sich sicher leicht abwaschen«, sagte ich in gespielt ernstem Tonfall.

»Also nach dem Chaos gestern in der Küche weiß ich leider nicht, wo dein Adventskalender abgeblieben ist.« Ich liebte es, wie er seine Rolle perfekt mitspielte.

Ich stemmte meine Hände links und rechts von ihm auf die Matratze und sah ihm in die Augen. »Wenn du wieder für das Verschwinden meiner geliebten Adventsschokolade verantwortlich sein solltest, du gemeiner Schokodieb, dann …« Als ich seinen veränderten Gesichtsausdruck bemerkte, geriet ich ins Stocken.

In ihm erkannte ich eine Sehnsucht, die auch in meiner Mitte brannte. Die offenen Locken fielen mir über die rechte Schulter und bildeten einen Vorhang, der diesen Moment zwischen uns intimer werden ließ. Ich spürte seinen Atem auf meiner Haut, und obwohl ich unbedingt streng aussehen wollte, gelang es mir einfach nicht.

»Kinder, wir müssen los!«

Wir stöhnten synchron auf und ich ließ mich neben ihm auf den Rücken plumpsen.

»Also dieses *Kinder* soll sie sich doch bitte schnell abgewöhnen.«

»Auf jeden Fall«, bestätige Fabian. »Klingt irgendwie, als wären wir Geschwister.«

»Zum Glück sind wir das nicht.«

Er gab ein zustimmendes Knurren von sich und im nächsten Moment war er über mir. »Sonst könnte ich das hier nicht mit dir tun.«

Der erlösende Kuss weckte nur den Hunger nach mehr, weil wir dafür in diesem Moment absolut keine Zeit hatten. Dabei fühlten sich seine Lippen auf meinen so richtig und gut an, als hätten sie schon immer dorthin gehört und als sollten sie dort auch noch für eine längere Weile bleiben.

»Wir sollten …«, keuchte Fabian, ohne die Berührung gänzlich zu lösen.

»Ja, wir müssen jetzt wirklich …«, japste ich.

Sein Seufzen war so ehrlich bedauernd, dass es mich zum Schmunzeln brachte.

Endlich. Endlich gab es zwischen uns keine Geheimnisse mehr, sondern bloß echte Zuneigung.

Er erhob sich aus meinem Bett und ich setzte mich ebenfalls auf. Grinsend beobachtete ich ihn dabei, wie er seine Frisur vor dem Spiegel richtete. Von Anfang an war er derjenige mit den ordentlichen Haaren gewesen.

Fabian drehte sich zu mir um und lächelte schief. »Beobachtest du mich etwa?«

»Vielleicht.« Ich zuckte mit den Schultern und fuhr mir durch die Locken. Mit dem Haargummi an meinem Handgelenk nahm ich sie schnell zu einem einfachen Zopf zusammen und ließ ihn dabei nicht aus den Augen.

»Du solltest dich wohl mit etwas Wasser abkühlen. So rot, wie dein Gesicht ist, könnte man meinen, es sei Hochsommer.«

Hektisch legte ich mir die Handrücken auf die Wangen und spürte tatsächlich ein Glühen auf meiner Haut.

Ich stürmte aus dem Zimmer und rannte fast gegen Susie, die sich gerade einen Schal umband. »Da seid ihr ja endlich. Wir sind in zehn Minuten an der Eisfläche verabredet.«

Zum Glück schien sie in dieser Situation keinen Blick für mein Äußeres zu haben, also drängte ich mich mit einem gemurmelten ›Kommen jetzt‹ an ihr vorbei ins Bad, um mich frisch zu machen.

Wenige Minuten später stiegen wir, also Paps, Susie, Fabian und ich aus dem Auto und schlenderten über den Weihnachtsmarkt.

»Warum wollte Freddy uns eigentlich dort treffen?«, fragte ich.

»Er sagte, dass er verabredet ist und noch jemanden für das Spiel mitbringen will.« Fabian zuckte mit den Schultern. »Eine ungerade Anzahl ist ja auch blöd bei zwei Teams.«

An wen er dabei wohl gedacht hatte?

Wir schwiegen den Rest des Weges – Susie bei meinem Paps eingehakt, ich bei Fabian.

In der einsetzenden Dämmerung kam die Beleuchtung des Markts und seiner Handwerksbuden besonders gut zur Geltung, und ich hatte mich an kaum einem anderen Tag des Dezembers so weihnachtlich gefühlt wie in diesem Moment.

Die Eisbahn war bereits in Sichtweite, da kam Freddy uns entgegen. Neben sich ein Mädchen, das ich kannte.

»Jana?«, stieß ich verblüfft aus. »Was machst du denn hier?«

Frederik

Weihnachten und den ganzen Quatsch vom Fest der Liebe hatte ich immer ziemlich kitschig gefunden.

Klar war ich nicht abgeneigt, mit einem Mädel eine … na ja, nette Zeit zu verbringen, doch wirklich ernst war es mir dabei nicht mit denen gewesen.

Nun kam mein Bruder mit Emily an seiner Seite auf mich zu und sah dabei so scheiße glücklich aus, dass ich froh war, es nicht voll und ganz zwischen ihnen versaut zu haben. Wahrscheinlich hatte auch meine geniale Wette mit Fabi zu dieser Entwicklung beigetragen, sonst hätte mein kleiner Bruder sicher nie die Eier in der Hose gehabt, es wieder hinzubiegen.

»Maus, ich wollte dir eigentlich schreiben, aber der grummelige Kerl hier hat drauf bestanden, dass es eine Überraschung wird.« Jana umarmte ihre Freundin.

Nie würde ich verstehen, warum Mädchen einander mit diesen komischen Tiernamen ansprachen. Kam so was irgendwann etwa auch auf mich zu?

Bitte nicht.

»Wir haben uns ausgesprochen«, erklärte Jana und selbst zwischen der tief sitzenden Mütze und dem hochgezogenen Schal erkannte ich, dass sie rot wurde.

Ausgesprochen, ja. Und noch ein bisschen mehr als das. Wie sehr mich dieses Mädchen anzog, hatte mich selbst überrascht.

Es war das Feuer in ihren eisblauen Augen und diese Selbstverständlichkeit, die sie ausstrahlte. Dass sie absolut alles, was sie haben wollte, auch bekam.

»Soso und jetzt möchtest du in unser Eisstock-Team?«, fragte Emily sie und beide kicherten.

»Was meint ihr denn? Spielen wir Mädels gegen Jungs?«, schlug mein Bruder vor und handelte sich durch diesen Vorschlag einen empörten Seitenblick seiner neuen Freundin ein.

»Wieso nicht«, rief Jana sofort und hakte sich bei Emily ein. »Wollen wir mal sehen, was die Eishockeystars so draufhaben, wenn Präzision gefragt ist.«

Dabei warf sie mir ein so verführerisches Lächeln zu, dass ich mich bei dem Gedanken ertappte, vielleicht doch eine gute Sache an diesem bescheuerten Umzug gefunden zu haben.

Emily

»Wir haben noch einen letzten Stock, wer will den schießen?«, fragte Jana in unsere kleine Runde.

Susie sah zwischen uns hin und her. Es war offensichtlich, dass sie hoffte, diese Aufgabe würde eine aus der jüngeren Generation übernehmen. Obwohl sie ihr übliches Kostüm heute gegen Jeans und Pulli getauscht hatte, wirkte sie auf der Eisbahn einfach fehl am Platz. Umso erstaunter war ich darüber, wie sicher sie sich auf der glatten Fläche bewegte.

Auch meine Freundin ließ sich nicht anmerken, wie viel Respekt sie normalerweise vor einer Eisbahn hatte.

Wahrscheinlich, um Freddy gegenüber gut dazustehen.

»Ich finde, Susie sollte den letzten Schuss übernehmen. Sie hat ihren ersten Stock von uns dreien am besten platziert.«

Jana nickte. »Dasselbe habe ich auch gedacht.«

Sie deutete auf die dicke runde Scheibe mit Griff, die im Standfeld lag, und meine künftige Stiefmutter lächelte etwas zu angestrengt.

Die Jungs hatten bereits drei Kehren, also Runden, für sich entschieden und wir erst zwei. Es hieß also jetzt, unsere Ehre zu verteidigen und das Spiel mit einem Unentschieden zu beenden.

»Su-san-ne, Su-san-ne«, feuerten Jana und ich sie an, während sie sich aufstellte, zielte und schließlich den Eisstock in Richtung Daube schoss, die bereits an den linken Rand des Zielfeldes gerutscht war.

Würde sie den Bereich verlassen, hätten wir verloren.

Auf seiner Bahn streifte der Stock einen der Jungs und Fabian und Freddy stöhnten gleichzeitig auf, weil er dadurch außerhalb des Zielfeldes rutschte.

Obwohl Susies Eisstock nicht optimal landete, war er zusammen mit den anderen drei Stöcken unserer Mannschaft in Bestlage, was uns zu Siegern dieser Runde machte.

Wir stürmten auf die Bahn und klatschten ab, während Paps und die Zwillinge schmollten. Das Spiel hatte unglaublich viel Spaß gemacht und ich wusste, dass gerade eben eine neue Silvestertradition geboren worden war.

»Glückwunsch zum Unentschieden.« Fabian war zu mir herübergekommen.

»Nächstes Jahr schlagen wir euch.« Ich grinste und verschränkte die behandschuhten Hände in seinem Nacken.

»Eine neue Tradition, soso. Und was machst du Silvester normalerweise?«

Ich spähte auf die Uhr an meinem Handgelenk und war überrascht, wie spät es schon war. Die Öffnungszeit der Eisbahn hatten wir bis zur letzten Minute ausgereizt.

»Ach ja, da schaue ich mal eben auf meiner Liste nach.« Ich kramte in meiner Hosentasche.

Ich tat, als hätte ich einen Zettel in der Hand, den ich mit den Augen überflog.

»Mh, ganz schön blöd«, murmelte ich.

»Was denn?«

»Nichts, was hier draufsteht, möchte ich heute machen.«

»Dann würde ich vorschlagen, dass wir einfach spontan sind.« Mit diesen Worten überwand er die letzten paar Zentimeter zwischen uns und schenkte mir einen Kuss, der nach Neuanfang, Schokolade und Weihnachten schmeckte.

Rezepte

Fabians Brownie-Tannenbäumchen

Für diese besonderen Brownies benötigt ihr zunächst einen Adventskalender mit etwa *200g Schoki* – sagt nur bitte Emily nichts! Ob auch normale Schokolade funktioniert? Klar, aber wo bliebe da der Spaß?

Weitere Zutaten:
- ★ 125 g Buttter
- ★ 3 Eier (M)
- ★ 150 g Mehl (kann teilweise durch gemahlene Nüsse ersetzt werden, z. B. 50 g Mandeln oder Haselnüsse)
- ★ 200 g Zucker
- ★ 1 TL Backpulver
- ★ 1 Prise Salz
- ★ Etwas Vanille oder Vanillezucker
- ★ 1 EL Kakaopulver
- ★ Grüne Zuckerschrift und Konfettistreusel

Schritt 1: Heize den Backofen auf 175 Grad Celsius Ober-/Unterhitze (Umluft 155 Grad) vor und fette ein kleines Blech (quadratisch funktioniert am besten, Maße ca. 25x25cm) oder lege es mit Backpapier aus.

Schritt 2: Plündere den Adventskalender (mein Lieblingsschritt) und schmelze 150 g der Schokolade zusammen mit der Butter in einem kleinen Topf oder einer super praktischen Wasserbadschale.

Schritt 3: Schlage die Eier mit dem Zucker schaumig und rühre die abgekühlte Schoko-Butter-Masse darunter.

Schritt 4: Vermische alle trockenen Zutaten und gebe sie zu der Eiermasse. Rühre alles zu einem cremigen Teig und gebe die restlichen 50 g Schokolade grob gehackt dazu.

Schritt 5: Gebe den Teig in das Blech und streiche ihn glatt. Nach 15–20 Minuten im Ofen die erste Stäbchenprobe machen. Die Brownies werden saftiger, wenn sie kürzer im Ofen sind.

Schritt 6: Das Blech auskühlen lassen und die Brownies dann in Dreiecke schneiden (Abbildung). Jedes Brownie-Dreieck mit grüner Zuckerschrift und anschließend mit Konfettistreuseln, Sternen o.ä. verzieren.

Fertig sind die super leckeren Tannenbaum-Brownies! Da muss sogar Emily zugeben, dass es sich gelohnt hat, dafür ihren Kalender zu plündern.

Emilys Kokosmakronen

(garantiert ohne Schokolade!)

Wenn ich auf einer bekannten Rezepte-Suchseite den Begriff *Plätzchen* eingebe, ergibt das 18.179 Treffer. Sogar bei Weihnachtsplätzchen sind es noch 1.121.

Warum Fabian ausgerechnet eines mit Schokolade auswählen musste, ist mir ein Rätsel. Andererseits hätte er ansonsten nie diesen wundervollen Spitznamen von mir bekommen – mein Schokodieb, das hat schon was.

Für die Kokosmakronen brauchst du:
- ★ 4 Eiweiß
- ★ 150 g Zucker
- ★ 1 Päckchen Vanillezucker
- ★ 1 Prise Zimt
- ★ 200 g Kokosraspeln
- ★ keine Schokolade

Schritt 1: Lege ein Blech mit Backpapier aus und heize den Ofen auf 170 Grad Celsius Ober-/Unterhitze (Umluft 150 Grad) vor.

Schritt 2: Trenne die Eier – das ist tricky, ich weiß. Aber mit etwas Übung klappt es! Schlage dann das Eiweiß mit Handrührgerät oder Küchenmaschine sehr steif. Wichtig dafür ist eine fettfreie Form und dass garantiert kein Eigelb ins Weiß gelangt. Außerdem kann eine Prise Salz helfen.

Schritt 3: Hebe Zucker, Vanillezucker und Zimt vorsichtig unter den Eischnee. Als Nächstes kommen die Kokosraspeln. Dabei ist ein schmaler Teigschaber hilfreich, damit der Eischnee nicht wieder zusammenfällt.

Schritt 4: Verteile mithilfe von zwei Teelöffeln kleine Teigkugeln auf dem Backblech. Wer möchte, kann Oblaten als Boden für die Makronen nutzen. Das Rezept ergibt etwa 40 Plätzchen.

Schritt 5: Kokosmakronen etwa 10–12 Minuten im Ofen backen. Vollständig auskühlen lassen.

Paps' garantiert gelingsicherer Nudelauflauf

Für alle Väter (und Mütter) dieser Welt, die ihren Kindern beweisen wollen, dass sie auch was in der Küche draufhaben – jeder kann kochen, es braucht nur das richtige Rezept!

Das Beste an dem Auflauf ist, dass ihr meist alles zu Haus habt, was ihr dafür benötigt. So könnt ihr ihn auch gut an den Geschmack eurer Familie anpassen.

Wichtiger Hinweis:
Euer Topf sollte ofenfest bis 200 Grad Celsius sein!

Ihr braucht:
- ★ 250 g Nudeln (Spiralen oder Penne)
- ★ 1 Dose passierte Tomaten (oder stückig)
- ★ 200 ml Kochsahne
- ★ 150 g geriebenen Käse
- ★ nach Belieben Gemüse (z. B. Möhren, Paprika, Pilze, Mais, Erbsen etc.), Salami und/oder Kochschinken
- ★ evtl. Butter oder Öl zum Anbraten
- ★ evtl. 2–3 Tassen Brühe

Schritt 1: Kochschinken, Salami und/oder Gemüse im Topf anbraten. Fett bzw. Gemüseflüssigkeit abgießen.

Schritt 2: Nudeln, passierte Tomaten und ggf. Brühe (hier kommt es darauf an, wie viel Gemüse ihr nutzt, da dieses selbst noch Flüssigkeit abgibt) unterrühren und mit geschlossenem Decken 2 Minuten köcheln lassen.

Schritt 3: Sahne und ca. 50 g Käse unterrühren und den restlichen Käse über dem Auflauf verteilen. Darauf achten, dass alle Nudeln mit ausreichend Flüssigkeit bedeckt sind. Ansonsten noch etwas Brühe dazugeben.

Schritt 4: Den Auflauf für 25 Minuten bei 180 Grad Umluft im Ofen backen. Abdecken, falls der Käse zu dunkel wird.

Über die Autorin

Janila Fuchs wurde 1994 geboren und entdeckte früh ihre Liebe zu fantastischen Geschichten. Bereits im Grundschulalter verfasste sie Kurzgeschichten und Gedichte. Ihren ersten Roman begann sie mit 16 Jahren.

Heute lebt sie mit Ehemann, Tochter und drei verrückten Katzen in einer nordrhein-westfälischen Kleinstadt und arbeitet als Lehrkraft für sonderpädagogische Förderung. Ihre Freizeit verbringt sie gern in ihrem Garten oder mit dem Malen von Aquarellen – am liebsten mit einem Hörbuch im Ohr.

Ob fantastisch, romantisch oder weihnachtlich – Janilas Jugendbücher zeichnen sich immer durch eine Extraportion Gefühl aus.

Dank

Dieses Buch hat eine ziemlich lange Geschichte, entsprechend viele Menschen sind an seiner Entstehung beteiligt. Die Aufzählung erhebt daher keinen Anspruch auf Vollständigkeit. Dennoch möchte ich einige Personen nennen, die eine größere Rolle gespielt haben.

Kürzlich habe ich einen Gruppenchat gefunden, in dem ich vor einigen Jahren mit *Steffi* und meiner *Mama* für die Geschichte von Emily und ihrem Schokodieb gebrainstormt habe. *Steffi*, irgendwie bist du bisher immer dabei gewesen, wenn es um die ersten Ideen zu meinen später veröffentlichten Büchern geht. Ich weiß also, an wen ich mich für meine künftigen Projekte zuerst wenden muss. Und *Mama*, einfach danke für alles. Ohne dich hätte ich meine Leidenschaft zum geschriebenen Wort wahrscheinlich gar nicht auf diese Weise entdecken können.

Ein weiterer, gerade für diese Geschichte wichtiger Schritt war meine Zusammenarbeit mit Testleserinnen. Mein Dank gilt hier insbesondere *Lisa, Carina, Lissa, Denise* und *Sophie*. Danke euch für eure Liebe zur Geschichte, euer hilfreiches Feedback und das Daumendrücken bei der Verlagssuche. Denn, ja, ohne euch hätten die Jungs wohl sogar mich auf eine falsche Fährte geführt, aber es war auch der emotionale Support, der am Ende dazu beigetragen hat, dass dieses Buch jetzt in die Welt hinaus darf.

Ich danke auch meiner *Tochter*, denn ich werde nie ihre Reaktion vergessen, als ich ihr – sie war 7 Jahre alt – vom Plot erzählt habe. So eine ehrliche kindliche Begeisterung darüber, wie Emily und auch der Schokodieb während der Geschichte an der Nase herumgeführt werden, hat mich total gerührt. Danke auch an meinen *Mann*, der es mit meinem Autorinnen-Ich aushält. Die ganzen Gespräche über Plotholes, die Foto-Shootings für die Sozialen Medien und die Nervenzusammenbrüche wegen der hundersten Absage vom Verlag können ziemlich anstrengend werden.

Zuletzt gilt mein Dank *Corinne* und dem ganzen *Sternensand-Team*, denn ohne euren Glauben an meine Geschichte gäbe es dieses Buch nicht. Danke für die wunderbare Zusammenarbeit, die herzliche Aufnahme ins Autorenteam und für eure Liebe, die ihr jedem einzelnen Buchprojekt schenkt.

In diesem Sinne: Frohe Weihnachten euch allen!

Besucht uns im Netz:

www.sternensand-verlag.ch

www.facebook.com/sternensandverlag

www.instagram.com/sternensandverlag